口絵❖山本タカト「笛塚」
デザイン❖ミルキィ・イソベ

中公文庫

青蛙堂鬼談

岡本綺堂読物集二

岡本綺堂

中央公論新社

目次

附録

青蛙堂鬼談

岡本綺堂読物集二

口絵　山本タカト

青蛙堂鬼談

青蛙神《せいあじん》

一

『速達！』

三月三日の午《ひる》ごろに、一通の速達郵便がわたしの家《うち》の玄関に投げ込まれた。

拝啓。春雪霏々《しゅんせつひひ》、このゆふべに一会《いっかい》なかるべけんやと存じ候《そうろう》。万障《ばんしょう》を排《はい》して、本日午後五時頃より御参会くだされ度《たく》、ほかにも五六名の同席者あるべくと存じ候。但《ただ》し例の俳句会には無之《これなく》候《そうろう》。まづは右御案内まで、早々、不一《ふいっ》。

三月三日朝

青蛙堂主人《せいあどうしゅじん》

話の順序として、先《ま》づこの差出人の青蛙堂主人について少しく語らなければならない。井《い》の中《うち》の蛙《かわず》といふ意味で、井蛙《せいあ》と号する人はめづらしくないが、青いといふ字を冠《かむ》らせた青蛙《せいあ》の号はすくないらしい。彼は本姓《ほんせい》を梅沢君と云《い》つて、年はもう四十を五つ六つも越えてゐるが、非常に気の若い、元気のいゝ男である。その職業は弁護士であるが、十年ほど前から法律事務所の看板を外《はず》してしまつて、今では日本橋辺《へん》のある大商店の顧問といふ格で納まつてゐる。ほかにも三四の会社に関係して、相談役とか監査役とかいふ肩書を所持してゐる。先《まず》は一廉《ひとかど》の当世紳士である。梅沢君は若いときから俳句の趣味があつたが、七八年前《ぜん》からいよ〳〵その趣味が深くなつて、忙しい閑《ひま》をぬすんで所々《しょしょ》の句会へも出席する。自宅でも句会をひらく。俳句の雅号を金華《きんか》と称して、あつぱれの宗匠顔《そうしょうがお》をしてゐるのである。

梅沢君は四五年前《ぜん》に、支那から帰つた人のみやげとして広東製《かんとんせい》の竹細工を貰《もら》つた。それは日本では迚《とて》も見られないやうな巨大な竹の根をくりぬいて、一匹の大きい蝦蟇《がま》をこしらへたものであるが、その蝦蟇は鼎《かなえ》のやうな三本足であつた。一本の足はあやまつて折れたのではない、初めから三本の足であるべく作られたものに相違《そうい》ないので、梅沢君も不思議に思つた。呉《く》れた人にもその訳《わけ》はわからなかつた。いづれにしても面白いものだといふので、梅沢君はその蝦蟇を座敷の床《とこ》の間《ま》に這《は》はせて置くと、ある支那通《つう》の人が教へてくれた。

『それは普通の蝦蟇ではない。青蛙《せいあ》といふものだ。』

その人は清《しん》の阮葵生《げんきせい》の書いた「茶余客話《ちやよかくわ》」といふ書物を持つて来て、梅沢君に説明して聞かせた。それには斯《こ》ういふことが漢文で書いてあつた。

——杭州《こうしゆう》に金華《きんか》将軍なるものあり。蓋《けだ》し青蛙《せいあ》の二字の訛《なま》りにして、その物はきはめて蛙《かわず》に類《るい》す。但《た》だ三足《さんそく》なるのみ。そのあらはるゝは、多く夏秋《かしゆう》の交《こう》にあり。降《くだ》るところの家《いえ》は秫酒一盂《じゆつしゆいちう》を以《もつ》てし、その一方を欠《か》いてこれを祀《まつ》る。その物その傍《かたわ》らに盤踞《ばんきよ》して飲み啖《くら》はず、而《しか》もその皮膚はおのづから青より黄となり、更《さら》に赤となる。祀るものは将軍すでに酔《え》へりといひ、それを盤《ばん》にのせて湧金門外《ゆうきんもんがい》の金華太侯《たいこう》の廟内《びようない》に送れば、たちまちにその姿を見うしなふ。而《しか》して、その家《いえ》は数日の中《うち》にかならず獲《う》るところあり。云々《しかじか》。——

これで三本足の蝦蟇の由来はわかつた。それのみならず、更に梅沢君をよろこばせたのは、その霊ある蝦蟇が金華将軍と呼ばれることであつた。梅沢君の俳号を金華といふのに、恰《あたか》もそこへ金華将軍の青蛙が這《は》ひ込んで来たのは、まことに不思議な因縁《いんねん》であるといふので、梅沢君はその以来大いにこの蝦蟇を珍重することになつて、ある書家にたのんで青蛙堂といふ額を書いて貰《もら》つた。自分自身も青蛙堂主人と号するやうになつた。

その青蛙堂からの案内をうけて、わたしは躊躇《ちゆうちよ》した。案内状にも書いてある通り、けふは朝から細《こまか》い雪が降つてゐる。主人はこの雪をみて俄《にわか》に今夜の会合を思ひ立つたのであらうが、青蛙堂は小石川の切支丹坂《きりしたんざか》をのぼつて、昼でも薄暗いやうな木立《こだち》の奥にある。かういふ日のゆふ方からそこへ出かけるのは、往《ゆ》きは兎《と》もあれ、復《かえ》りが難儀だと少しく恐れたからである。例の俳句会ならば無論に欠席するのであるが、それではないと態々《わざわざ》断り書きがしてある以上、何かほかに趣向があるのかも知れない。三月三日でも梅沢君に雛祭をするやうな女の子はない。まさかに桜田浪士《さくらだろうし》の追悼会を催すわけでもあるまい。そんなことを考へてゐるうちに、好《い》い塩梅《あんばい》に雪も小降りになつて来たらしいので、わたしは思ひ切つて出かけることにした。

午後四時頃からそろ〳〵と出る支度《したく》をはじめると、あいにくに雪は又はげしく降り出して来た。その景色を見てわたしは又躊躇したが、え丶構《かま》はずにゆけと度胸を据《す》ゑて、たうとう真白な道を踏《ふ》んで出た。小石川の竹早町《たけはやちょう》で電車にわかれて、藤坂《ふじざか》を降りる、切支丹坂をのぼる、この雪の日には可《か》なりに難儀な道中をつゞけて、兎《と》もかくも青蛙堂まで無事にたどり着くと、もう七八人の先客があつまつてゐた。

『それでも皆《み》んな偉《えら》いよ。この天気にこの場所ぢやあ、せい〴〵五六人だらうと思つてゐたところが、もう七八人も来てゐる。まだ四五人は来るらしい。どうも案外の盛会になつたよ。』と、青蛙堂主人はひどく嬉しさうな顔をして私《わたし》を迎へた。

二階へ案内されて、十畳と八畳をぶちぬきの座敷へ通されて、さて先客の人々を見わたすと、そのなかの三人ほどを除《のぞ》いては、みな私の見識《みし》らない人達ばかりであつた。学者らしい人もゐる。実業家らしい人もゐる。切髪《きりかみ》の上品なお婆さんもゐた。さうかと思ふと、まだ若い学生のやうな人もゐる。なんだか得体《えたい》のわからない会合であると思ひながら、先《ま》づ一通りの挨拶をして座に着いて、顔なじみの人たちと二つ三つ世間話などをしてゐるうちに、私のあとから又二三人の客が来た。そのひとりは識《し》つてゐる人であつたが、ほかの二人はどこの何《なに》といふ人だか判《わか》らなかつた。

やがて主人からこの天気に好《よ》うこそと云ふやうな挨拶があつて、それから一座の人々を順々に紹介した。それが済んで、酒が出る、料理の膳が出る。雪はすこし衰へたが、それでも休みなしに白い影を飛ばしてゐるのが、二階の硝子戸越《がらすどご》しに窺《うかが》はれた。あまりに酒を好む人がないとみえて、酒宴は案外に早く片附いて、更に下座敷《したざしき》の広間へ案内されて、煙草《たばこ》を喫《す》つて、あつい レモン茶を啜《すす》つて、しばらく休息してゐると、主人は勿体らしく咳《しわぶ》きして一同に声をかけた。

『実はこのやうな晩にわざ〳〵お越しを願ひましたのは外《ほか》でもございません。近頃わたくしは俳句以外、怪談に興味を持ちまして、ひそかに研究してをります。就《つ》きましては一夕《いっせき》怪談会を催しまして、皆さまの御高話を是非拝聴いたしたいと存じて居《お》りましたところ、恰《あたか》も今日《こんにち》は春の雪、怪談には雨の夜《よ》の方がふさはしいかとも存じましたが、雪の宵もまた興《きよう》あること、考へまして、急に思ひついてお呼び立て申したやうな次第でございます。

わたくしばかりでなく、これにも聴き手が控へてをりますから、どうか皆さまに、一席づつ珍しいお話をねがひたいと存じますが、如何《いかが》でございませうか。』

主人が指さす床の間の正面には、彼《か》の竹細工の三本足の蝦蟇が大きくうづくまつてゐて、その前には支那焼らしい酒壺《さけつぼ》が供《そな》へてある。欄間《らんま》には青蛙堂と大きく書いた額がかゝつてゐる。主人のほかに、この青蛙を聴き手として、われ〳〵はこれから怪談を一席づつ弁じなければならないことになつたのである。雛祭の夜に怪談会を催すも変つてゐるが、その聴き手には三本足の金華将軍が控へてゐるなどは、いよ〳〵奇抜である。主人の註文に対して、どの人も無言のうちに承諾の色目をみせたが、さて自分から先づ進んでその皮切りを勤《つと》めようといふ者もない。たがひに顔をみあはせて譲《ゆず》り合つてゐるやうな形であるので、主人の方から催促するやうに第一番に出る人を指名することになつた。

『星崎さん。いかゞでせう。あなたから先づ何かお話し下さるわけには……。この青蛙をわたくしに教へて下すつたのは貴方《あなた》ですから、その御縁であなたから先づ願ひませう。今晩は特殊の催しですから、さういふ材料を沢山お持ちあはせの方々ばかりを選んでお招き申したのですが、誰《だれ》か一番に口を切る方《かた》がないと、やはり遠慮勝《えんりよがち》になつてお話が進行しませんやうですから。』

真先に引き出された星崎さんといふのは、五十ぐらゐの紳士である。かれは薄白くなつてゐる髯《ひげ》をなでながら微笑した。

『なるほどさう云はれると、この床の間の置物にはわたしが縁のふかい方《ほう》かも知れません。わたしは商売の都合で、若いときには五年ほども上海《しやんはい》の支店に勤めてゐたことがあります。その後《ご》にも二年に一度、三年に一度ぐらゐは必ず支那へゆくことがあるので、支那の南北は大抵《たいてい》遍歴しました。さういふわけで支那の事情もすこしは知つてゐます。御主人が唯今《ただいま》おつしやつた通り、その青蛙の説明をいたしたのも私です。』

『それですから、今夜のお話はどうしてもあなたからお始めください。』と、主人はかさねて促《うなが》した。

『では、皆さまを差措《さしお》いて、失礼ながら私が前座を勤めることにしませう。一体この青蛙に対する伝説は杭州地方ばかりでなく、広東地方でも青蛙神《せいあじん》と云つて尊崇《そんすう》してゐるやうです。したがつて、昔から青蛙については色々の伝説が残つてゐます。勿論《もちろん》その多くは怪談ですから、丁度今夜の席上には相応《ふさわ》しいかも知れません。その伝説のなかでも成《な》るべく風変りのものを鳥渡《ちよつと》お話し申しませう。』

星崎さんは一膝《ひとひざ》ゆすり出て、先づ一座の人々の顔をしづかに見まはした。その態度がよほど場馴《ばな》れてゐるらしいので、わたしも一種の興味をそゝられて、思はずその人の方にむき直つた。

二

支那の地名や人名は皆さんにお馴染《なじみ》が薄くて、却《かえ》つて話の興をそぐかと思ひますから、なるべく固有名詞は省略して申上げることにしませう。と、星崎さんは劈頭《へきとう》に先づ断つた。

時代は明《みん》の末《すえ》で、天下が大いに乱れんとする時のお話だと思つてください。江南《こうなん》の金《きん》陵《りょう》、すなはち南京《なんきん》の城内に張訓《ちょうくん》といふ武人があつた。ある時、その城をあづかつてゐる将軍が饗宴をひらいて列席の武官と文官一同に詩や絵や文章を自筆でかいた扇子《せんす》一本づつをくれた。一同ひどく有難《ありがた》がつて、めい〳〵に披《ひら》いてみる。張訓もおなじく押戴《おしいただ》いて披いてみると、どうしたわけか自分の貰つた扇《おうぎ》だけは白扇《はくせん》で、なにも書いてない。裏にも表にも無い。これには甚《はなは》だ失望したが、この場合、上役《うわやく》の人に対して、それを云ふのも礼を失ふと思つたので、張訓はなにげなくお礼を申して、ほかの人たちと一緒に退出した。しかし何だか面白くないので、家《うち》へ帰るとすぐに其妻《そのつま》に話した。

『将軍も一度に沢山《たくさん》の扇をかいたので、屹《きっ》と書き落したに相違ない。それが生憎《あいにく》におれに当つたのだ。とんだ貧乏鬮《びんぼうくじ》をひいたものだ。』

詰《つま》らなさうに溜息をついてゐると、妻も一旦は顔の色を陰《くも》らせた。妻は今年十九で三年前から張と夫婦になつたもので、小作りで色の白い、右の眉のはづれに大きい黒子《ほくろ》のある、まことに可愛らしい女であつたが、夫の話をきいて少し考へてゐるうちに、又だん〴〵にいつもの晴れやかな可愛らしい顔に戻つて、かれは夫を慰めるやうに云つた。

『それはあなたの仰《おつ》しやる通り、将軍は別に悪意《わるぎ》があつてなされた事ではなく、沢山のなかですから、屹《きつ》とお書き落しになつたに相違ありません。あとで気がつけば取換へて下さるでせう。いゝえ、きつと取換へて下さいます。』

『しかし気がつくかしら。』

『なにかの機《はずみ》に思ひ出すことがないとも限りません。それについて、若《も》し将軍から何かお尋《たず》ねでもありましたら、そのときには遠慮なく、正直にお答へをなさる方《ほう》がようございます。』

『むゝ。』

夫は気のない返事をして、その晩は先づそのまゝで寝てしまつた。それから二日ほど経つと、張訓は将軍の前によび出された。

『おい。このあひだの晩、おまへに遣《や》つた扇には何が書いてあつたな。』

かう訊《き》かれた、張訓は正直に答えた。

『実は頂戴の扇面には何にも書いてございませんでした。』

『なにも書いてない。』と、将軍はしばらく考へてゐたが、やがて、徐《しず》かに首肯《うなず》いた。

『なるほど、さうだつたかも知れない。それは気の毒なことをした。では、その代りにこれを上げよう。』

前に貰つたのよりも遥かに上等な扇子に、将軍が手づから七言絶句《しちごんぜつく》を書いたのを呉《く》れたので、張訓はよろこんで頂戴して帰つて、自慢らしく妻にみせると、妻もおなじやうに喜んだ。

『それだから、わたくしが云つたのです。将軍はなか〳〵物覚えのいゝ方ですから。』

『さうだ、まつたく物覚えが好《い》い。大勢のなかで、どうして白扇がおれの手に這入《はい》つたことを知つてゐたのかな。』

さうは云つても、別に深く穿鑿《せんさく》するほどのことではないので、それは先づそのまゝで済んでしまつた。それから半年ほど経つと、彼《か》の闖賊《ちんぞく》といふ怖ろしい賊軍が蜂起して、江北《こうほく》は大いに乱れて来たので、南方でも警戒しなければならない。太平が久しくつゞいて、誰《たれ》も武具の用意が十分であるまいと云ふので、将軍から部下の者一同に鎧《よろい》一着づつを分配してくれることになつた。張訓もその分配をうけたが、その鎧がまた悪い。古い鎧で破れてゐる。それをかゝへて、家《うち》へ帰つて、又もや妻に愚痴をこぼした。

『こんなものが、大事のときの役に立つものか。いつそ紙の鎧を着た方がましだ。』

すると、妻はまた慰めるやうに云つた。

『それは将軍が一々にあらためて渡したわけでもないのでせうから、あとで気がつけば屹と取換へて下さるでせう。』

『さうかも知れないな。いつかの扇子の例もあるから。』

さう云つてゐると、果して二三日の後《のち》に、張訓は将軍のまへに呼び出されて、この間の鎧はどうであつたかと、又訊かれた。張訓はやはり正直に答へると、将軍は仔細《しさい》ありげに眉をよせて、張の顔をぢつと眺めてゐたが、やがて詞《ことば》をあらためて訊いた。

『おまへの家《うち》では何かの神を祭つてゐるか。』

『いえ、一向に不信心でございまして、なんの神仏《かみほとけ》も祭つて居《お》りません。』

『どうも不思議だな。』

将軍の額《ひたい》の皺《しわ》はいよ〱深くなつた。そのうちに何を思ひ付いたか、かれは又訊いた。

『おまへの妻はどんな女だ。』

突然の問《とい》に、張訓はいさゝか面喰《めんくら》つたが、これは隠すべき筋でもないので、正直に自分の妻の年頃や人相などを申立てると、将軍は更にきいた。

『さうして、右の眉の下に大きい黒子はないか。』

『よく御存じで……。』と、張訓もおどろいた。

『む、知つてゐる。』と、将軍は大きく首肯《うなず》いた。『おまへの妻はこれまで、二度もおれの枕もとへ来た。』

驚いて、呆《あき》れて、張訓はしばらく相手の顔をぼんやりと見つめてゐると、将軍も不思議さうにその仔細を説明して聞かせた。

『実は半年ほど前に、おまへ達を呼んでおれの扇子を遣《や》つたことがある。その明くる晩のことだ。ひとりの女がおれの枕もとへ来て、昨日張訓に下さいました扇子は白扇でございました、どうぞ御直筆のものと御取換へをねがひますと、云ふかと思ふと夢がさめた。そこで、念のためにお前をよんで訊いてみると、果してその通りだといふ。そのときにも少し不思議に思つたが、まづ其儘《そのまま》にして置くと、又ぞろその女がゆうべも来て、先日張訓に下さいました鎧は、朽《く》ち破れてゐて物の用にも立ちません。どうぞ然《しか》るべき品と御取換へをねがひますと云ふ。そこで、おまへに訊いてみると、今度も亦《また》その通りだ。あまりに不思議がつゞくので、もしやと思つて詮議すると、その女は正《まさ》しくお前の妻だ。年ごろと云ひ、人相といひ、眉の下の黒子までが寸分違はないのだから、もう疑ふ余地はない。おまへの妻は一体どういふ人間だか知らないが、どうも不思議だな。』

仔細をきいて、張訓もいよ〳〵呆れた。

『まつたく不思議でございます。よく詮議をいたしてみませう。』

『いづれにしても鎧は換へてやる。これを持つてゆけ。』

将軍から立派な鎧をわたされて、張訓はそれをかゝへて退出したが、頭はぼんやりして半分は夢のやうな心持であつた。三年越し連れ添つて、なんの変つたこともない貞淑な妻が、どうしてそんなことをしたのか。さりとて将軍の詞《ことば》に嘘があらうとは思はれない。家《うち》へ帰る途中で色々かんがへてみると、なるほど思ひ当ることがある。半年前の扇子の時にも、今度の鎧の問題にも、妻はいつでも先を見越したやうなことを云つて自分を慰めてくれる。それがどうも奇怪《おか》しい。たしかに不思議だ。これは一《ひ》と詮議しなければならないと、張訓は急いで帰つてくると、妻はその鎧を眼疾《めばや》く見つけてにつこり笑つた。

その可愛らしい笑ひ顔は鬼とも魔とも変化《へんげ》とも見えないので、張訓はまた迷つた。しかし彼のうたがひはまだ解けない。殊《こと》に将軍の手前に対しても、なんとかこの解決を付けなければならないと思つたので、かれは妻を一間《ひとま》へ呼び込んで、先づその夢の一条を話すと、妻も不思議さうな顔をして聞いてゐた。さうして、こんなことを云つた。

『いつかの扇子のときも、今度の鎧についても、あなたは大層心もちを悪くしておいでのやうでしたから、どうかしてお心持の直るやうにして上げたいと、わたくしも心から念じてゐました。その真心が天に通じて、自然にそんな不思議があらはれたのかも知れません。わたくしも自分の念がとゞいて嬉しうございます。』

さう云はれてみると、夫もその上に踏み込んで詮議の仕様もない。唯《ただ》わが妻のまごころを感謝するのほかはないので、結局その場は有耶無耶《うやむや》に済んでしまつたが、張訓はどうも気が済まない。その後も注意して妻の挙動《そぶり》をうかゞつてゐるうちに、前にも云ふ通りのわけで世の中はだん〳〵に騒がしくなる。将軍も軍務に忙がしいので、張訓の妻のことなどを詮議してもゐられなくなつた。張訓もまた自分の務《つとめ》が忙がしいので、朝は早く出て、夕《ゆうべ》はおそく帰る。かうして半月あまりを暮してゐると、五月に這入つて梅雨《ばいう》が毎日ふり続く。それも今日はめづらしく午後から小歇《おや》みになつて、夕方には薄青い空の色がみえて来た。

張訓も今日はめづらしく自分の仕事が早く片附いて、まだ日の暮れ切らないうちに帰つてくると、いつもはすぐに出迎へをする妻がどうしてか姿をみせない。内へ這入つて庭の方を不図《ふと》みると、庭の隅には大きい石榴《ざくろ》の木があつて、その花は火の燃えるやうに紅く咲きみだれてゐる。妻はその花の蔭に身をかゞめて、なにか一心にながめてゐるらしいので、張訓は窃《そつ》と庭に降り立つて、ぬき足をして妻のうしろに近寄ると、石榴の木の下には大きい蝦蟇《がま》が傲然《ごうぜん》としてうづくまつてゐる。その前に酒壺をそなへて、妻は何事をか念じてゐるらしい。張訓はこの奇怪なありさまに胸をとゞろかして猶《なお》も注意して窺《うかが》ふと、その蝦蟇は青い苔《こけ》のやうな色をして、しかも三本足であつた。

それが例の青蛙であることを知つてゐたら、何事もなしに済んだかも知れなかつたが、張訓は武人で、青蛙神も金華将軍もなんにも知らなかつた。かれの眼に映《うつ》つたのは、自分の妻が奇怪な三本足の蝦蟇を拝してゐる姿だけである。このあひだからの疑ひが初めて解けたやうな心持で、かれは忽《たちま》ちに自分の剣をぬいたかと思ふと、若い妻は背中から胸を突き透《とお》されて、殆《ほとん》ど声を立てる間もなしに石榴の木の下に倒れた。その死骸の上に紅い花がはら〳〵と散つた。

張訓はしばらく夢のやうに突つ立つてゐたが、やがて気がついて見まはすと、三本足の蝦蟇はどこへか影を隠してしまつて、自分の足もとに転《ころ》げてゐるのは妻の死骸ばかりである。それをぢつと眺めてゐるうちに、かれは自分の短慮を悔《くや》むやうな気にもなつた。妻の挙動《そぶり》は確に奇怪なものに相違なかつたが、兎もかくも一応の詮議をした上で、生かすとも殺すとも相当の処置を取るべきであつたのに、一途《いちず》に逸《はや》まつて成敗《せいばい》してしまつたのはあまりに短慮であつたとも思はれた。しかし今更どうにもならないので、かれは妻のなきがらの始末をして、翌日それを窃《ひそ》かに将軍に報告すると、将軍はうなづいた。

『おまへの妻は矢《や》はり一種の鬼であつたのだ。』

三

それから張訓の周囲には色々の奇怪な出来事が続いてあらはれた。かれの周囲にはかならず三本足の蝦蟇が附きまとつてゐるのである。室内にゐれば、その榻《とう》のそばに這つてゐる。庭に出れば、その足もとに這つて来る。外へ出れば、矢はりそのあとから附いてくる。あたかも影の形にしたがふが如きありさまで、どこへ行つても彼のある所にはかならず青い蝦蟇のすがたを見ないことはない。それも最初は一匹であつたが、後には二匹となり、三匹となり、五匹となり、十匹となり、大きいのもあれば小さいのもある。それがぞろ〳〵と繋《つな》がつて、かれのあとを附けまはすので、張訓も持てあました。

その怪しい蝦蟇の群は、かれに対して別に何事をするのでもない。唯《ただ》のそ〳〵と附いて来るだけのことであるが、何分にも気味がよくない。勿論、それは張訓の眼にみえるだけで、ほかの者にはなんにも見えないのである。かれも堪《たま》らなくなつて、ときどきに剣をぬいて斬り払はうとするが、一向に手応《てごた》へがない。たゞ自分の前にゐた蝦蟇がうしろに位置をかへ、左にゐたのが右へ移るに過ぎないので、どうにも斯《か》うにもそれを駆逐する方法がなかつた。

そのうちに彼等は色々の仕事をはじめて来た。張訓が夜寝てゐると、大きい蝦蟇がその胸のうへに這ひあがつて、息が止まるかと思ふほどに強く押付けるのである。食卓にむかつて飯を食はうとすると、小さい青い蝦蟇が無数にあらはれて、皿や椀《わん》のなかへ片端から飛び込むのである。それがために夜もおち〳〵は眠られず、飯も碌々《ろくろく》には食《く》へないので、張訓も次第に瘦せおとろへて半病人のやうになつてしまつた。それが人の目に立つやうにもなつたので、かれの親友の羊得《ようとく》といふのが心配して、だん〳〵その事情を聞きたゞした上で、ある道士をたのんで祈禱を行《おこな》つて貰つたが、やはりその効《しるし》はみえないで、蝦蟇は絶えず張訓の周囲に附きまとつてゐた。

一方かの闖賊《ちんぞく》は勢ひます〳〵猖獗《しょうけつ》になつて、都もやがて危《あやう》いといふ悲報が続々来るので、忠節のあつい将軍は都へむけて一部隊の援兵を送ることになつた。張訓もその部隊のうちに加へられた。病気を申立てゝ、辞退したらよかろうと、羊得は切《しき》りにすゝめたが、張訓は聞かずに出発することにした。かれは武人気質《かたぎ》で報国の念が強いのと、もう一つには、得体も知れない蝦蟇の怪異に悩まされて、いたづらに死を待つよりも帝城の下《もと》に忠義の死屍《しかばね》を横《よこた》へた方が優《ま》しであるとも思つたからであつた。かれは生きて再び還らない覚悟で、家《うち》のことなども残らず始末して出た。羊得も一緒に出発した。

その一隊は長江《ちょうこう》を渡つて、北へ進んでゆく途中、ある小さい村落に泊まることになつたが、人家《じんか》が少いので、大部分は野営した。柳の多い村で、張訓も羊得も柳の大樹の下《もと》に休息してゐると、初秋の月のひかりが鮮《あざや》かに鎧《よろい》の露を照《てら》した。張訓の鎧はかれの妻が将軍の夢まくらに立つて、とりかへて貰つたものである。そんなことを考へながらうつとりと月をみあげてゐると、傍《そば》にゐる羊得が訊いた。

『どうだ。例の蝦蟇はまだ出て来るか。』

『いや、江《こう》を渡つてからは消えるやうに見えなくなつた。』

『それは好《い》い塩梅《あんばい》だ。』と、羊得もよろこばしさうに云つた。『こつちの気が張つてゐるので、妖怪も附け込む隙がなくなつたのかも知れない。やつぱり出陣した方がよかつたな。』

そんなことを云つてゐるうちに、張訓は俄《にわか》に耳をかたむけた。

『あ、琵琶の音《ね》がきこえる。』

それが羊得には些《ちっ》ともきこえないので、大方《おおかた》おまへの空耳であらうと打消したが、張訓はどうしても聞えると云ひ張つた。しかもそれは自分の妻の撥音《ばちおと》に相違ない。どうも不思議なこともあるものだと、かれはその琵琶の音にひかれるやうに、弓矢を捨てゝふら〳〵とあるき出した。羊得は不安に思つて、あわてゝそのあとを追つて行つたが、張の姿はもう見えなかつた。

『これは唯事《ただごと》でないらしい。』

羊得は引返して三四人の朋輩《ほうばい》を誘つて、明るい月をたよりに其処《そこ》らを尋《たず》ねあるくと、村を出たところに古い廟《びょう》があつた。あたりは秋草に掩《おお》はれて、廟の軒《のき》も扉もおびたゞしく荒れ朽《く》ちてゐるのが月のひかりに明かに見られた。虫の声は雨のやうにきこえる。もしやと思つて草むらを掻きわけて、その廟のまへまで辿りつくと、先に立つてゐる羊得があつと声をあげた。

廟の前には蝦蟇のやうな形をした大きい石が蟠《わだか》まつてゐて、その石の上に張訓の兜《かぶと》が載せてあつた。そればかりでなく、その石の下には一匹の大きい青い蝦蟇が恰《あたか》もその兜を守るが如《ごと》くにうづくまつてゐるのを見たときに、人々は思はず立竦《たちすく》んだ。羊得はそれが三本足であるか何《ど》うかを確めようとする間もなく、蝦蟇のすがたは消えるやうに失せてしまつた。人々は云ひ知れない恐怖に打たれて、しばらく顔を見あはせてゐたが、この上はどうしても廟内を詮索しなければならないので、羊得は思ひ切つて扉《と》をあけると、他《た》の人々も怖々《こわごわ》ながら続いて這入つた。

張訓は廟のなかに冷たい体を横《よこた》へて、眠つたやうに死んでゐた。おどろいて介抱したが、かれはもうその眠りから醒《さ》めなかつた。よんどころなくその死骸を運んで帰つて、一体あの廟には何を祭つてあるのかと村のものに訊くと、単に青蛙神《せいあじん》の廟であると云ひ伝へられてゐるばかりで、誰《たれ》もその由来を知らなかつた。廟内はまつたく空虚で何物を祭つてあるらしい様子もなく、この土地でも近年は参詣《さんけい》する者もなく、たゞ荒れるがまゝに打捨てゝあるのだと云ふことであつた。青蛙神――それが何であるかを羊得等《ら》も知らなかつたが、大勢の兵卒のうちに杭州出身の者があつて、その説明によつて初めてその仔細《しさい》が判《わか》つた。張訓の妻が杭州の生れであることは羊得も知つてゐた。

『これで、このお話はおしまひです。さういふわけですから、皆さんもこの青蛙神に十分の敬意を払つて、怖るべき祟《たたり》をうけないやうに御用心をねがひます。』

かう云ひ終つて、星崎さんはハンカチーフで口のまはりを拭《ふ》きながら、床の間の大きい蝦蟇をみかへつた。

利根《とね》の渡《わたし》

一

星崎さんの話のすむあひだに、又三四人の客が来たので、座敷は殆《ほとん》ど一杯になつた。星崎さんを皮切りにして、これらの人々が代《かわ》るがはるに一席づゝの話をすることになつたのであるから、まつたく怪談の惣仕舞《そうじまい》といふ形である。勿論そのなかには紋切形のものもあつたが、なにか特色のあるものだけを私はひそかに筆記して置いたので、これから順々にそれを紹介したいと思ふ。しかし初対面の人が多いので、一度その名を聞かされたゞけでは、どの人が誰であつたやら判然しないのもある。又その話の性質上、談話者の姓名を発表するのを遠慮しなければならないやうな場合もあるので、皮切りの星崎さんは格別、ほかの人々の姓名はすべて省略して、単に第二の男とか第三の女とか云ふことにして置きたい。

そこで、第二の男は語る。

享保《きようほう》の初年《しよねん》である。利根川《とねがわ》の向う河岸《がし》、江戸の方角から云へば奥州《おうしゆう》寄《よ》りの岸のほとりに一人の座頭《ざとう》が立つてゐた。坂東太郎《ばんどうたろう》といふ利根《とね》の大河《たいが》もこゝは船渡しで、江戸時代には房川《ぼうかわ》の渡《わたし》と呼んでゐた。奥羽《おうう》街道と日光街道との要所であるから、栗橋《くりはし》の宿《しゆく》には関所がある。その関所をすぎて川を渡ると、むかう河岸は古河《こが》の町《まち》で、土井家八万石《ごく》の城下《じようか》として昔から繁昌《はんじよう》してゐる。彼《か》の座頭はその古河の方面の岸に近くたゝずんでゐるのであつた。

座頭が利根川の岸に立つてゐる。――唯《ただ》それだけのことならば格別の問題にもならないかも知れない。かれは年のころ三十前後で、顔色の蒼黒《あおぐろ》い、口のすこし歪《ゆが》んだ、痩形《やせがた》の中背《ちゆうぜい》の男で、夏でも冬でも浅黄《あさぎ》の頭巾《ずきん》をかぶつて、草鞋《わらじ》ばきの旅すがたをしてゐるのであるが、朝から晩までこの渡し場に立ち暮してゐるばかりで、曾《かつ》て渡らうとはしない。相手が盲人であるから、船頭《せんどう》は渡し賃を取らずに渡してやらうと云つても、彼は寂しく笑ひながら黙つて頭《かしら》を掉《ふ》るのである。それも一日や二日のことではなく、一年、二年、三年、雨風を厭《いと》はず、暑寒《しよかん》を嫌はず、彼はいかなる日でもかならずこの渡し場にその痩せた姿をあらはすのであつた。

かうなると、船頭共も見逃すわけには行かない。一体なんのために毎日こゝへ出てくるのかと屢々《しばしば》聞きたゞしたが、座頭はやはり寂しく笑つてゐるばかりで、更《さら》に要領を得るやうな返事をあたへなかつた。併《しか》しかれの目的は自然に覚《さと》られた。

奥州や日光の方面から来る旅人は栗橋から渡し船に乗り込んでこゝに着く。その乗降りの旅人を座頭は一々に詮議してゐるのである。

『もし、このなかに野村彦右衛門《のむらひこえもん》といふお人はおいでなされぬか。』

野村彦右衛門――侍《さむらい》らしい苗字であるが、さういふ人は曽《かつ》て通り合せないとみえて、どの人もみな答へずに行き過ぎてしまふのである。それでも座頭は毎日この渡し場にあはれて、野村彦右衛門をたづねてゐる。それが前にもいふ通り、幾年《いくねん》といふ長い月日のあひだ一日もかゝさないのであるから、誰でもその根気のよいのに驚かされずにはゐられなかつた。

『座頭さんは何でその人をたづねるのだ。』

かうした質問も船頭共から屢々《しばしば》くり返されたが、かれは唯《ただ》いつもの通り、笑つてゐるばかりで、決してその口を開かうとはしなかつた。かれは元来無口の男らしく、毎日この渡し場に立ち暮してゐながら、顔はみえずとも声だけはもう聞き慣れてゐる筈の船頭どもに対しても、曽て馴々しい詞《ことば》を出したことはなかつた。こちらから何か話しかけても、かれは黙つて笑ふか首肯《うなず》くかで、なるべく他人との応答を避けてゐるやうにもみえるので、船頭共も後《のち》には馴れてしまつて、かれに向つて声をかける者もない。かれも結句それを仕合せとしてゐるらしく、毎日唯ひとりで寂しくたゝずんでゐるのであつた。

一体かれはどこに住んで、どういふ生活をしてゐるのか、それも判《わか》らない。どこから出て来て、どこへ帰るのか、わざ〳〵そのあとを附けて行つた者もないので、誰にもよく判らなかつた。こゝの渡《わた》しは明《あ》け六《む》つに始まつて、ゆふ七つに終る。彼はそのあひだこゝに立ち暮して、渡しの止まるのを合図にどこへか消えるやうに立去つてしまふのである。朝から晩まで斯《こ》うしてゐても、別に弁当の用意をして来るらしくもみえない。渡し小屋に寝起きをしてゐる平助《へいすけ》といふ老爺《じい》さんが余りに気の毒に思つて、あるとき大きい握り飯《めし》を二つこしらへて遣《や》ると、その時ばかりは彼も大層よろこんでその一つを旨《うま》さうに食つた。さうして、その礼だと云つて一文《いちもん》の銭《ぜに》を平助に出した。もとより礼を貰ふ料簡《りようけん》もないので、平助は要《い》らないと断つたが、かれは無理に押付けて行つた。それが例となつて、平助の小屋では毎日大きい握り飯を一つこしらへて遣《や》ると、かれは屹《きつ》と一文の銭を置いてゆく。いくら物価の廉《やす》い時代でも、大きい握り飯ひとつの値《あたい》が一文では引合はないわけであるが、平助の方では盲人に対する一種の施《ほどこ》しと心得て、毎日こゝろよくその握り飯をこしらへて遣るばかりでなく、湯も飲ませてやる、炉《ろ》の火にもあたらせて遣る。かうした深切《しんせつ》がかれの胸にも沁《し》みたと見えて、他の者とは殆《ほとん》ど口をきかない彼も、平助老爺さんだけには幾分か打解《うちと》けて暑さ寒さの挨拶をすることもあつた。

往来の繁しい街道であるから、渡し船は幾艘《いくそう》も出る。しかし他の船頭どもは夕方から皆めい〳〵の家《うち》へ引揚げてしまつて、この小屋に寝泊りをしているのは平助ぢいさんだけであるので、ある時かれは座頭に云つた。

『お前さんはどこから来るのか知らないが、眼の不自由な身で毎日往《い》つたり来たりするのは難儀《なんぎ》だらう。いつそこの小屋に泊ることにしたら何《ど》うだ。わたしのほかには誰もゐないのだから遠慮することはない。』

座頭はしばらく考へた後《のち》に、それではこゝに泊らせてくれと云つた。平助はひとり者であるから、たとひ盲《めくら》でも話相手の出来たのを喜んで、その晩から自分の小屋に泊らせて、出来るだけの面倒をみて遣ることにした。かうして、利根の川端の渡し小屋に、老いたる船頭と身許《みもと》不明の盲人とが、雨のふる夜《よ》も風の吹く夜も一緒に寝起きするやうになつて、ふたりの間はいよ〳〵打解けたわけであるが、兎《と》かくに無口の座頭はあまり多くは語らなかつた。勿論、自分の来歴や目的については、堅く口を閉ぢてゐた。平助の方でも無理に聞き出さうともしなかつた。強《し》ひてそれを詮議すれば、かれは屹《きつ》とこゝを立去つてしまふであらうと察したからである。それでも唯《ただ》一度、なにかの夜話のついでに、平助はかれに訊いたことがあつた。

『お前さんはかたき討《うち》かえ。』

座頭はいつもの通りにさびしく笑つて頭《かしら》を掉《ふ》つた。その問題もそれきりで消えてしまつた。

平助ぢいさんが彼を引取つたのは、盲人に対する同情から出発してゐたには相違なかつたが、そのほかに幾分かの好奇心も忍んでゐたので、かれは同宿者の行動に対してひそかに注意の眼をそゝいでゐたが、別に変つたこともないやうであつた。座頭は朝から夕まで渡し場へ出て、倦《う》まず怠《おこた》らずに野村彦右衛門の名を呼びつゞけてゐた。

平助は毎晩一合《いちごう》の寝酒で正体もなく寐入《ねい》つてしまふので、夜なかのことは些《ちつ》とも知らなかつたが、ある夜ふけに不図《ふと》眼をさますと、座頭は消えかゝつている炉の火をたよりに、何か太い針のやうなものを一心に磨《と》いでゐるやうであつたが、人一倍に感のいゝらしい彼は、平助が身動きしたのを早くも覚《さと》つて、たちまちにその針のやうなものを押隠した。その様子が唯ならないやうにみえたので、平助は素知らぬ顔をして再び眠つてしまつたが、その夜なかに彼《か》の盲人が窃《そつ》と這ひ起きて来て、自分の寝てゐる上に乗りかゝつて、彼《か》の針のやうなものを左の眼に突き透《とお》すとみて、夢が醒《さ》めた。その魘《うな》される声に座頭も眼をさまして、探りながらに介抱してくれた。平助はその夢に就《つい》てなんにも語らなかつたが、それ以来なんとなく彼《か》の座頭が怖しくなつて来た。

かれはなんの為に針のやうなものを持つてゐるのか、盲人の商売道具であると云へばそれまでゝあるが、あれほどに太い針を隠し持つてゐるのは少しく不似合のことである。あるひは偽盲《にせめくら》で実は盗賊のたぐひではないかなど、平助は疑つた。いづれにしても彼を同宿させるのを平助は薄気味悪く思ふやうになつたが、自分の方から勧《すす》めて引き入れた以上、今更それを追ひ出すわけにも行かないので、先《ま》づそのまゝにして置くと、ある秋の宵《よひ》である。この日は昼から薄寒い雨がふりつゞいて、渡しを越える人も少かつたが、暮れてはまつたく人通りも絶えた。河原には水が増したらしく、そこらの石を打つ音が例《つね》よりも凄《すさま》じく響いた。小屋の前の川柳《かわやなぎ》に降りそゝぐ雨の音も寂しくきこえて、馴れてゐる平助もおのづと侘《わび》しい思ひを誘ひ出されるやうな夜であつた。肌寒《はださむ》いので炉の火を強く焚《た》いて、平助は宵から例の一合の酒をちびり〳〵と飲みはじめると、ふだんから下戸《げこ》だと云つてゐる座頭は黙つて炉の前に坐つてゐた。

『あ。』

　座頭はやがて口のうちで云つた。それに驚かされて、平助も思はず顔をあげると、小屋の外には何かぴちや〳〵云ふ音が雨のなかにきこえた。

『何かな。魚かな。』と、座頭は云つた。

『さうだ。魚だ。』と、平助は起《た》ちあがつた。『この雨で水が殖《ふ》えたので、なにか大きい奴が跳《は》ねあがつたと見えるぞ。』

　平助はそこにかけてある蓑《みの》を引つかけて、小さい掬《すく》ひ網《あみ》を持つて小屋を出ると、外には風まじりの雨が暗く降りしきつてゐた。川の水は濁《にご》つてゐるので、いつもほどの水明りも見えなかつたが、その薄暗い岸の上に一尾《いつぴき》の大きい魚の跳ねまわつてゐるのが朧《おぼろ》げに窺《うかが》はれた。

「あゝ、鱸《すずき》だ。こいつは大きいぞ。』

鱸は強い魚であることを知つてゐるので、平助も用心して抑《おさ》へにかゝつたが、魚は予想以上に大きく、どうしても三尺《さんじやく》を越えてゐるらしいので、小さい網では所詮掬《すく》ふことは出来さうもなかつた。うつかりすると網を破られる虞《おそれ》があるので、かれは網を投げすてゝその魚を抱かうとすると、魚は尾鰭《おひれ》を振《ふる》つて自分の敵《てき》を力強く跳ね飛ばしたので、平助は湿《ぬ》れてゐる草に滑《すべ》つて倒れた。その物音を聞きつけて、座頭も表へ出て来たが、盲目の彼は暗いなかを恐れる筈《はず》はなかつた。かれは、魚の跳ねる音をたよりに探り寄つたかと思ふと、難《なん》なくそれを取抑へてしまつたので、盲人としては余りに手際《てぎわ》がよいと、平助はすこし不思議に思ひながら、兎《と》も角《かく》も大きい魚を小屋の内へかゝへ込むと、それは果して鱸であつた。鱸の眼には右から左へかけて太い針が突き透されてゐるのを見たときに、平助は何《なに》とはなしに慄然《ぞっ》とした。魚は半死半生に弱つてゐた。

『針は魚の眼に刺《さ》つてゐますか。』と、座頭はきいた。

『刺つてゐるよ。』と、平助は答へた。

『刺りましたか、確に、眼玉のまん中に……。』

見えない眼をむき出すやうにして、座頭はにやりと笑つたので、平助は又ぞつとした。

盲人は感の好《い》いものである。そのなかでもこの座頭は非常に感の好いらしいことを平助もかねて承知してゐたが、今夜の手際《てぎわ》をみせられて彼はいよ〳〵舌をまいた。もとより盲人であるから、暗いも明るいも頓着《とんじやく》はあるまいが、それにしてもこの暗い雨のなかで、勢よく跳ねまわつてゐる大きい魚をつかまへて、手探りながらに其眼のまつ只中《ただなか》を突き透したのは、よのつねの手練《しゆれん》でない。かれが人の目を忍んで磨《と》ぎすましてゐる彼《か》の針がこれほどの働きをするかと思ふと、平助はいよ〳〵怖《おそろ》しくなつた。かれはその晩も盲人の針に眼を突き刺される夢をみて、幾《いく》たびか魘《うな》された。

『とんだ者を引摺《ひきず》り込んでしまつた。』

平助は今更後悔したが、さりとて思ひ切つて彼を追ひ出すほどの勇気もなかつた。却《かえ》つてその後は万事に気をつけて、その御機嫌を取るやうに努《つと》めてゐるくらゐであつた。

座頭がこの渡し場にあらはれてから足かけ三年、平助の小屋に引取られてから足かけ二年、あはせて丸四年程の月日が過ぎた後《のち》に、かれは春二月のはじめ頃から風邪のこゝちで煩《わずら》ひ付いた。それは余寒の強い年で、日光や赤城から朝夕に吹きおろして来る風が、広い河原にたゞ一軒のこの小屋を吹き倒すかとも思はれた。その寒いのも厭《いと》はずに、平助は古河《こが》の町まで薬を買ひに行つて、病んでゐる座頭に飲ませて遣つた。

そんな体でありながら、座頭は杖にすがつて渡し場へ出てゆくことを怠《おこた》らなかつた。

『この寒いのに、朝から晩まで吹き晒《さら》されてゐては堪るまい。せめて病気の癒《なお》るまでは休んではどうだね。』

平助は見かねて注意したが、座頭はどうしても肯《き》かなかつた。日ましに痩せ衰へてくる体を一本の杖にあやふく支《ささ》へながら、かれは毎日とぼ〱と出て行つたが、その強情もたうとう続かなくなつて、朝から晩まで小屋のなかに倒れてゐるやうになつた。

『それだから云はないことではない。まだ若いのに、からだを大事にしなさい。』と、平助ぢいさんは深切《しんせつ》に看病して遣つたが、かれの病気はいよ〱重くなつて行《ゆ》くらしかつた。

渡し場へ出られなくなつてから、座頭は平助にたのんで毎日一尾《いっぴき》づゝの生きた魚を買つて来て貰つた。冬から春にかけては、こゝらの水も枯れて川魚《かわうお》も捕れない。海に遠いところであるから、生きた海魚《うみうお》などは猶《なお》さら少い。それでも平助は毎日さがしあるいて、生きた鯉《こい》や鮒《ふな》や鰻《うなぎ》などを買つてくると、座頭は彼の針をとり出して一尾づゝにその眼を貫いて捨てた。殺してしまへば用はない。あとは勝手に煮るとも焼くともしてくれと云つたが、座頭の執念の籠《こも》つてゐるやうな其魚《そのさかな》を平助はどうも食ふ気にはなれないので、いつもそれを眼の前の川へ投げ込んでしまつた。

一日に一尾、生きた魚《さかな》の眼を突き潰《つぶ》してゐるばかりでなく、更《さら》に平助をおどろかしたのは、座頭がその魚を買ふ代金として五枚の小判をかれに渡したことである。午飯《ひるめし》に握り飯一つを貰つてゐた頃には、毎日一文づゝの代を仕払つていたが、小屋に寝起きをするやうになつてからは、平助と一つ鍋で三度の飯を食つてゐながら、座頭は一文の金をも払はなくなつた。勿論《もちろん》、平助の方でも催促しなかつた。座頭は今になつてそれを云ひ出して、おまへさんには沢山《たくさん》の借がある。就《つい》てはわたしの生きてゐるあひだは此金《このかね》で魚を買つて、残つた分は今までの食料として受取つてくれと云つた。あしかけ二年の食料と云つたところで知れたものである。それに対して五枚の小判を渡されて、平助は胆《きも》を潰したが、兎も角もその云ふ通りにあづかつて置くと、座頭は半月ばかりの後にいよ〳〵弱り果てゝ、けふか翌日《あす》かといふ危篤の容体《ようだい》になつた。

　旧暦の二月、あしたは彼岸の入りといふのに、今年の春の寒さは身に堪《こた》へて、朝から吹きつゞけてゐる赤城颪《おろ》しは午過《ひるす》ぎから細かい雪さへも運び出して来た。時候はづれの寒さが病人に障《さわ》ることを恐れて、平助は例《つね》よりも炉の火を強く焚《た》いた。渡しが止まつて、ほかの船頭どもは早々に引揚げてしまふと、春の日もやがて暮れかゝつて、雪は左《さ》のみにも降らないが、風はいよ〳〵強くなつた。それが時々にぐわう〳〵と吼えるやうに吹きよせて来ると、古い小屋は地震のやうにぐら〳〵と揺れた。

　その小屋の隅《すみ》に寝てゐる座頭は弱い声で云つた。

『風が吹きますね。』

『毎日吹くので困るよ。』と、平助は炉の火で病人の薬を煎じながら云つた。『おまけに今日はすこし雪が降る。どうも不順な陽気だから、おまへさんなんぞは猶《なお》さら気をつけなければいけないぞ。』

『あ、、雪が降りますか。雪が……。』と、座頭は溜息をついた。『気をつけるまでもなく、わたしはもうお別れです。』

『そんな弱いことを云つてはいけない。もう少し持ち堪《こた》へれば陽気も屹《きつ》と春めいて来る。暖《あつた》かにさへなれば、お前さんのからだも自然に癒《なお》るにきまつてゐる。せい〴〵今月一杯の辛抱だよ。』

『いえ、なんと云つて下すつても、わたしの寿命はもう尽きてゐます。所詮癒る筈はありません。どういふ御縁か、おまへさんには色々のお世話になりました。就《つ》きましては、わたしの死際《しにぎわ》に少し聴いて置いて貰ひたいことがあるのですが……。』

『まあ、待ちなさい。薬がもう出来た時分だ。これを飲んでからゆつくり話しなさい。』

平助に薬をのませて貰つて、座頭は風の音に耳をかたむけた。

『雪はまだ降つてゐますか。』

『降つてゐるやうだよ。』と、平助は戸の隙間から暗い表《おもて》をのぞきながら答へた。

『雪のふるたびに昔のことが一入《ひとしお》身にしみて思ひ出されます。』と、座頭はしづかに話し出した。『今まで自分の名を云つたこともありませんでしたが、わたしは治平《じへい》と云つて、以前は奥州筋のある藩中に若党奉公《わかとうぼうこう》をしてゐた者です。わたしがこゝへ来たのは三十一の年で、それから足かけ五年、今年は三十五になりますが、今から十三年前、わたしが廿二《にじゆうに》の春、やはり雪の降つた寒い日に、この両方の眼をなくしてしまつたのです。わたしの主人は野村彦右衛門と云つて、その藩中でも百八十石取《こくど》りの相当な侍で、そのときは廿七歳、御新造《ごしんぞ》はお徳さんと云つて、わたしと同年の廿二でした。御新造は容貌自慢《きりようじまん》——いや、まつたく自慢しても好いくらゐの容貌好しで、武家の御新造としては些《ち》と派手過ぎるといふ評判でしたが、御新造はそんなことに頓着《とんじやく》なく、子供のないのを幸ひにせい〴〵派手に粧《つく》つてゐました。その美しい女振りを一つ屋敷で朝に晩に見てゐるうちに、わたしにも抑へ切れない煩悩が起りました。相手は人妻、しかも主人、とても何《ど》うにもならないことは判り切つてゐるのですが、それがどうしても思ひ切れないので、自分でも気が可怪《おかし》くなつたのではないかと思はれるやうに、唯《ただ》むやみに苛々《いらいら》して日を送つてゐると、忘れもしない正月の廿七日、この春は奥州にめづらしく暖かい日がつゞいたのですが、前の晩から大雪がふり出して、たちまちに二尺《にしやく》ほども積《つも》つてしまひました。雪国ですから雪に驚くこともありません。唯そのまゝにして置いても可《い》いのですが、せめて縁先《えんさき》に近いところだけでも掃《は》きよせて置かうと思つて、わたしは箒《ほうき》を持つて庭へ出ると、御新造はこの雪で持病の癪気《しやくけ》が起《おこ》つたと云ふことで、六畳の居間で炬燵《こたつ》にあたつてゐましたが、わたしの箒の音をきいて縁さきの雨戸をあけて、どうで積ると決まつてゐるものを態々《わざわざ》掃《は》くのは無駄だから止《や》めろと云ふのです。それだけならば好かつたのですが、さぞ寒いだらう、こゝへ来て炬燵にあたれと云つてくれました。相手は冗談半分に云つたのでせうが、それを聞いてわたしは無暗《むやみ》に嬉しくなりまして、からだの雪を払ひながら半分は夢中で縁側へあがりました。灰のやうな雪が吹き込むので、すぐに雨戸をしめて炬燵のそばへ這入り込むと、御新造はわたしの無作法に呆《あき》れたやうに唯黙つてながめてゐました。まつたく其時《そのとき》にはわたしも気が違つてゐたのでせう。』

死にかゝつてゐる座頭の口から、こんな色めいた話を聞かされて、平助ぢいさんも意外に思つた。

三

座頭はまた語りつづけた。

『わたしはこの図《ず》を外《はず》してはならないと思つて、ふだんから思つてゐることを一度にみんな云つてしまひました。家来《けらい》に口説《くど》かれて、御新造はいよ〳〵呆れたのかも知れません。やはり何《なん》にも云はずに坐つてゐるので、わたしは焦《じ》れ込んでその手を捉へようとすると、御新造は初めて声を立てました。その声を聞きつけて、ほかの者も駈けて来て、有無《うむ》を云はさずに私を縛《くく》りあげて、庭の立木《たちき》に繋《つな》いでしまひました。両手をくゝられて、雪のなかに晒《さら》されて、所詮わが命はないものと覚悟してゐると、やがて主人は城から退《さが》つて来ました。主人は仔細を聞いて、わたしを縁さきへ引き出させて、貴様のやうな奴を成敗するのは刀の汚れだから免《ゆる》してやるが、左様な不埒《ふらち》な料簡《りょうけん》をおこすと云ふのも、畢竟《ひっきょう》はその眼が見えるからだ。今後再び心得違ひをいたさぬやうに貴様の眼だまを潰《つぶ》してやると云つて、小柄《こづか》をぬいてわたしの両方の眼を突き刺しました。』

今もその眼から血のなみだが流れ出すやうに、座頭は痩せた指で両方の眼をおさへた。平助もこの酷《むご》たらしい仕置に身顫《みぶる》ひして、自分の眼にも刃物を刺されたやうに痛んで来た。かれは溜息をつきながら訊いた。

『それからどうしなすつた。』

『俄盲《にわかめくら》にされて放逐《ほうちく》されて、わたしは城下の親類の家《うち》へひき渡されました。命には別条なく、疵《きず》の療治も済みましたが、俄盲ではどうすることも出来ません。宇都宮に知り人《しびと》があるのでそこへ頼つて行つて按摩《あんま》の弟子になりまして、それから又江戸へ出て、ある検《けん》校《ぎょう》の弟子になりました。廿二の春から三十一の年まで足かけ十年、そのあひだ一日でも仇《かたき》のことを忘れたことはありませんでした。かたきは元の主人の野村彦右衛門。いつそ一《ひ》と思ひに成敗するならば格別、こんな酷《むご》たらしい仕置をして、人間ひとりを一生の不具《かたわ》者《もの》にしたかと思ふと、どうしてもその仇を取らなければならない。と云つて、相手は立派な侍で、武藝も人並以上にすぐれてゐることを知つてゐますから、眼のみえない私がかたきを取るにはどうしたら可いか、色々かんがへ抜いた揚句《あげく》に思ひついたのが針でした。宇都宮でも江戸でも針の稽古をしてゐましたから、その針の太いのをこしらへて置いて、不意に飛びかゝつてその眼玉を突く。さう決めてから、閑《ひま》さへあれば針で物を突く稽古をしてゐると、人の一心はおそろしいもので、仕舞には一本の松葉でさへも狙ひを外さずに突き刺すやうになりましたが、さて今度はその相手に近寄る手だてに困りました。彦右衛門は屋敷の用向きで、江戸と国許《くにもと》のあひだを度々往復することを知つてゐましたので、この渡し場に待つてゐて、船に乗るか、船から降りるか、そこを狙つて本意を遂げようと、師匠の検校には国へ帰ると云つて暇を貰ひまして、こゝへ来ましてから足かけ五年、毎日根気よく渡し場へ出て行つて、上《のぼ》り下《くだ》りの旅人を一々にあらためてゐましたが、野村とも彦右衛門ともいふ者にどうしても出逢はないうちに、自分の命が終ることになりました。いや、こんなことは自分の胸ひとつに納めて置けばよいのですが、誰かに一度は話して置きたいやうな気もしましたので、とんだ長話をしてしまひました。かへすぐ〵もお前さんには御世話になりました。あらためてお礼を申します。』

云ふだけのことを云つてしまつて、かれは俄《にわか》に疲労したらしく、そのまゝ横向きになつて木枕に顔を押付けた。平助も黙つて自分の寝床に這入つた。

夜なかから雪もやみ、風もだん〵に吹き止《や》んで、この一軒家をおどろかすものも無かつた。利根の川水も凍つたやうに、流れの音を立てなかつた。河原の朝は早く明けて、平助はいつもの通りに眼をさますと、病人はしづかに眠つてゐるらしかつた。あまり静《しずか》なので、すこしく不安に思つて覗いてみると、座頭は彼《か》の針で自分の頸筋《くびすじ》を突いてゐた。多年その道の修業を積んでゐるので、かれは脈所《みゃくどこ》の急所を知つてゐたらしく、たゞ一本の針で安々と死んでゐるのであつた。

他の船頭共にも手伝つて貰つて、平助は座頭の死骸を近所の寺へ葬つた。勿論、彼《か》の針も一緒にうづめた。平助は正直者であるので、座頭が形見の小判五枚には手を触れず、すべて永代《えいたい》の回向料《えこうりょう》として其寺に納めてしまつた。

それから六年、彼《か》の座頭がこの渡し場に初めてその姿をあらはしてから十一年目の秋である。八月の末に霖雨《ながあめ》が降りつゞいたので、利根川は出水して沿岸の村々はみな浸《ひた》された。平助の小屋も押流された。それがために房川《ぼうかわ》の船渡しは十日あまりも止まつてゐたが、九月になつて秋晴れの日がつゞいたので、やうやくに船を出すことになると、両岸の栗橋と古河《こが》とに支《つか》へてゐた上り下りの旅人は川のあくのを待ちかねて、先を争つて一度に乗り出した。

『あぶねえぞ、気をつけろよ。水はまだほんたうに引いてゐねえのに、どの船もみんな一杯だからな。』

平助ぢいさんは岸に立つてしきりに注意してゐると、古河の方から漕ぎ出した一艘の船はまだ幾間《いくけん》も進まないうちに、強い横浪《よこなみ》の煽《あお》りをうけて、あれといふ間に顛覆《てんぷく》した。平助のいふ通り、水はまだほんたうに引いてゐないので、船頭共のほかにも村々の若い者等が用心のために出張《でば》つてゐたので、それを見ると皆ばら〳〵と飛び込んで、あはや溺れさうな人々を見あたり次第に救ひ出して、もとの岸へかつぎあげた。手あてを加へられて、どの人もみな正気にかへつたが、そのなかで唯ひとりの侍はどうしても生きなかつた。身装《みなり》も卑《いやし》くない四十五六の男で、ふたりの供を連れてゐた。

供の者はいづれも無事で、その二人の口から彼《か》の溺死者の身の上が説明された。かれは奥州のある藩中の野村彦右衛門といふ侍で、六年以前から眼病にかゝつて此頃《このごろ》では殆《ほとん》ど盲目同様になつた。江戸に眼科の名医があるといふを聞いて、主君へも届け済みの上で、その療治のために江戸へ上る途中、ここで測らずも、禍《わざわい》に逢つたのである。盲目同様であるから、道中は駕籠に乗せられて、ふたりの家来に扶《たす》けられて来たのであるが、この場合、相当に水練の心得もある筈の彼《かれ》がどうして自分ひとり溺死したかと、家来共も怪《あやし》むやうに語つた。

それとは又すこし違つた意味で、平助ぢいさんは彼の死を怪《あやし》んだ。ほかの乗合がみんな救はれた中で、野村彦右衛門といふ盲目の侍だけがどうして溺れ死んだか、それを思ふと、平助はまた俄《にわか》にぞつとした。かれは供の家来にむかつて、このお方には奥さまがあるかと窃《ひそ》かに訊くと、御新造様は遠いむかしに御離縁になつたと答へた。いつの頃にどういふことで離縁になつたのか、そこまでは平助も押して訊くわけには行かなかつた。

旅先のことであるから、家来どもは主人のなきがらを火葬にして、遺骨を国許へ持ち帰ると云つてゐた。平助は近所の寺へまゐつて、彼《か》の座頭の墓にあき草《くさ》の花をそなへて帰つた。

兄妹《きょうだい》の魂《たましい》

一

第三の男は語る。

これは僕自身が逢着《ほうちゃく》した一種奇怪の出来事であるから、そのつもりで聴いて呉《く》れたまへ。僕の友だちの赤座《あかざ》といふ男の話だ。

赤座は名を朔郎《さくろう》といつて、僕と同時に学校を出た男だ。卒業の後《のち》は東京で働くつもりであつたが、卒業の半年ほど前に郷里の父が突然死んだので、彼はどうしても郷里へ帰つて、実家の仕事を引嗣《ひきつ》がなければならない事情が出来て、学校を出るとすぐに郷里へ帰つた。

赤座の郷里は越後《えちご》のある小さい町で、かれの父は〇〇教《きょう》の講師といふものを勤めてゐて、その支社にあつまつて来る信徒達にむかつて其《その》教義を講釈してゐたのであつた。〇〇教の組織は僕もよく知らない。素人《しろうと》のかれが突然に郷里へ帰つてすぐに父の跡目を受嗣ぐことが出来るものか何《ど》うか、その辺の事情は委《くわ》しく判らなかつたが、兎《と》もかくも彼が郷里へ帰つてから僕のところへ遣《よこ》した手紙によると、彼はとどこほりなく父のあとを襲《おそ》つて、〇〇教の講師といふものになつたらしい。尤《もつと》もかれは僕とおなじく文科の出身で、さういふ家《うち》の伜《せがれ》だけに、ふだんから宗教についても相当の研究を積んでゐたらしいから、先《ま》づ故障なしに父の跡目相続が出来たのであらう。しかし彼はその仕事をあまり好んでゐないらしく、仲の好《い》い友達七八人が催した送別会の席上でも、どうしても一旦は帰らなければならない面倒な事情を話して、しきりに不平や愚痴をならべてゐた。

『なに、二三年のうちには何とか解決をつけて、また出て来るよ。雪のなかに一生うづめられて堪るものか。』

こんなことを彼は云つてゐた。郷里へ帰つた後《のち》も我々のところへ手紙をしば〳〵遣《よこ》して、色々の事情から容易に現在の職を抛《なげう》つことが出来ないなど〻、ひどく悲観したやうなことを書いて来た。赤座の実家には老母と妹がある。このふたりの女は無論に〇〇教の信仰者で、右左《みぎひだり》から無理に彼をおさへつけて、どうしても其職を去ることを許さないらしい。それに対して、かれにも非常の煩悶《はんもん》があつたらしく、こんなことなら何のために生きてゐるのか判らない。いつそ自分のあづかつてゐる社《やしろ》に火をつけて、自分も一緒に焼死《やけし》んでしまつた方が優《ま》しかも知れないなど〻、随分過激なことを書いて遣したこともあつたやうに記憶してゐる。送別会に列席した七八人の友だちも職業や家庭の事情で皆それ〴〵に諸方《しよほう》へ散つてしまつて、依然東京に居残つてゐるものは村野といふ男と僕と唯《た》つた二人、しかも村野はひどく筆不精な質《たち》で、赤座の手紙に対して三度に一度ぐらゐしか返事を遣《や》らないので、自然に双方のあひだが疎《うと》くなつて、しまひまで彼と手紙の往復をつゞけてゐるものは僕一人であつたらしい。

赤座の手紙は毎月《まいげつ》一度ぐらゐづゝ必ず僕の手にとゞいた。僕もその都度《つど》にかならず返事をかいて遣つた。かうして二年ほどつゞいてゐる間に、かれの心機はどう転換したものか、自分が現在の境遇に対して不満を訴へることがだん〳〵に少くなつた。しまひには愚痴らしいことは一言《ひとこと》も云はず、むしろ其教《そのおし》へのために自分の一生涯をさゝげようと決心してゐるらしくも思はれた。〇〇教といふのはどんな宗教か知らないが、ともかくも彼がその信仰によつて生きることが出来れば幸ひであると、僕も窃《ひそか》によろこんでゐた。

かれが郷里へ帰つてから三年目に母は死んだ。その後《ご》も妹と二人暮しで、支社につゞいた社宅のやうな家《うち》に住んでゐることを僕は知つてゐた。それからまた二年目の三月に、かれは妹を連れて上京した。勿論《もちろん》、それは突然なことではなく、来年の春は教社の用向きで是非上京する。妹もまだ一度も東京を知らないから、見物ながら一緒につれてゆくと云ふことは、前の年の末から前触れがあつたので、僕は心待ちに待つてゐると、果して三月の末に赤座の兄妹《きようだい》は越後から出て来た。汽車の着く時間はわかつてゐたので、僕は上野まで出迎へにゆくと、かれが昔と些《ちつ》とも変つてゐないのに先づおどかろされた。〇〇教の講師を幾年も勤めてゐるといふのであるから、定《さだ》めて行者《ぎようじや》かなんぞのやうに、長い髪でも垂《た》れてゐるのか、髯《ひげ》でも蓬々《ぼうぼう》と生《は》やしてゐるのか、冠《かんむり》のやうな帽子でも被つてゐるのか、白い袴《はかま》でも穿《は》いてゐるのか。――そんな想像はみんな外《はず》れて、彼はむかしの通りの五分刈頭で、田舎仕立ながらも背広の新しい洋服を着て、どこにも変つた点は些《ちつ》とも見出だされなかつた。たゞ鼻の下にうすい髭をたくはへたのが少しく彼を勿体らしく見せてゐるだけで、かれは矢はり学生時代とおなじやうに若々しい顔の持主であつた。

『やあ。』

『やあ。』

こんな簡単な挨拶が交換された後に、かれは自分のそばに立つてゐる小柄の娘を僕に紹介した。それがかれの妹の伊佐子《いさこ》といふので、年は十九であるさうだが、いかにも雪国の女を代表したやうな色白のむすめで、可愛らしい小さい眼と細い眉とを有《も》つてゐた。

『好《い》い妹さんだね。』

『む丶。母がゐなくなつてから、家《うち》のことはみんな此女《これ》に頼んでゐるんだ。』と、赤座はにこ〳〵しながら云つた。

一緒に電車に乗つて僕の家《うち》まで来るあひだにも、この兄妹が特別の親《したし》みを有《も》つてゐるらしいことは僕にもよく想像された。それから約一ケ月も僕の家《うち》に滞在して、教社の用向きや東京見物に春の日を暮してゐたが、たしか四月の十日と記憶してゐる。僕は兄妹を誘つて向島《むこうじま》の花見に出かけると、それほどの強い降りでもなかつたが、その途中から俄雨《にわかあめ》に出逢つたので、よんどころなしに某《ある》料理屋へ飛び込んで、二時間ばかり雨歇《あまや》みを待つてゐるあひだに、赤座は妹の身の上に就《つ》いてこんなことを話した。

『こんな者でも相応《そうおう》なところから嫁に貰ひたいと申込んで来るが、なにしろ此女《これ》がゐなくなると僕が困るからね。此女も僕の家内がきまるまでは他《た》へ縁付かないと云つてゐる。ところで、僕の家内といふのが又ちよつと見つからない。いや、今までにも二三人の候補者を推薦されたが、どうも気に入つたのがないんでね。なにしろ、僕の家内といふ以上、どうしても同じ信仰を有《も》つた者でなければならない。身分や容貌《ようぼう》などはどうでも可《い》いんだが、さてその信仰の強い女といふのが容易に見あたらないので困つてゐる。』

かれは最初《はじめ》の煩悶からまつたく解脱《げだつ》して、今ではその教義に自分の信仰を傾けてゐるらしかつた。しかし到底教化《きようげ》の見込みはないと思つたのか、僕に対しては其教義の宣伝を試みたことはなかつた。東京の桜がみんな青葉になつた頃に、赤座兄妹は僕に見送られて上野を出発した。

それぎりで、僕はこの兄妹に出逢ふことが出来なかつたのか、それとも重ねて出逢つてゐるのか。いまだに消えない其疑問がこの話の種だと思つて貰ひたい。

二

郷里へ帰ると、赤座はすぐに長い礼状をかいて遣《よこ》した。妹からも丁寧な礼状が来た。妹の方が赤座よりもずつと巧《うま》い字をかいてゐるのを僕は可笑《おか》しくも思つた。その後も相変らず毎月一度ぐらゐの音信《いんしん》をつゞけてゐたが、八月になつて僕は上州《じようしゆう》の妙義山《みようぎさん》へのぼつて、そこの宿屋で一夏を送ることになつた。妙義の絵葉書を赤座に送つてやると、兄妹から僕の宿屋へあてゝすぐに返事をよこした。暇があれば自分も妙義へ一度登つてみたいが、教務が多忙で思ふにまかせないなどゝ赤座の手紙には書いてあつた。

九月のはじめに僕は一度東京へ帰つたが、妙義の宿がなんとなく気に入つたのと、東京の残暑はまだ烈《はげ》しいのとで、いつそ紅葉《もみじ》の頃まで妙義にゆつくり滞在して、遣《や》りかけた仕事をみんな仕あげてしまはうと思ひ直して、僕はその準備をして再び妙義の宿へ引きあげた。妙義へ戻つた翌《あく》る日に、僕は再び赤座のところへ絵葉書を送つて、仕事の都合で十月の末頃まではこつちに山籠《やまごも》りをする積《つも》りだと云つて遣つた。しかしそれに対して兄からも妹からも何の返事もなかつた。

十月のはじめに、僕は三たび赤座のところへ絵はがきを送つたが、これも返事をうけ取ることが出来なかつた。赤座は教務でどこかへ出張してゐるのかも知れない。それにしても、妹の伊佐子から何とか云つて来さうなものだと思つたが、別に深くも気にとめないで、僕は自分の仕事の捗《はかど》るのを楽みに、宿屋から借りた古机に毎日親んでゐた。その月の中頃になると紅葉見物の登山客が殖《ふ》えて来た。ことに学生の修学旅行や、各地の団体旅行などが毎日幾組も登山するので、しづかな山の中も俄《にわか》に雑沓《ざつとう》するやうになつたが、大抵は其日のうちに磯部《いそべ》へ下るか、松井田へ出るかして、こゝに一泊する群《むれ》はあまり多くないので、夜はいつものやうに山風の音がさびしかつた。

『お客さまがおいでになりました。』

宿の女中がかう云つて来たのは十月ももう終りに近い日の午後五時頃であつた。その日は朝から陰《くも》つてゐて、霧だか細雨《こさめ》だか判らないものが時々に山の上から降つて来て、山ふところの宿は急に冬の寒さに囲まれたやうに感じられた。丁度その時に僕は二階の座敷を降りて、入口に近いところに切つてある大きい炉《ろ》の前に坐つて、宿の者となにか例のおしやべりをしてゐる最中であつたので、坐つたまゝで身体をねぢ向けて表の方を覗いてみると、入口に立つてゐるのは彼の赤座であつた。かれは古ぼけた中折《なかおれ》帽子をかぶつて、洋服のズボンをまくりあげて、靴下の上に草鞋《わらじ》を穿《は》いて、手には木の枝をステツキ代りに持つてゐた。

『やあ。よく来たね。さあ、這入りたまへ。』

僕は片膝を立てながら声をかけると、赤座は懐しさうな眼をして僕の方をぢつと視《み》ながら、そのまゝ引返して表の方へ出てゆくらしい。連《つれ》でも待たせてあるのかと思つたが、何《ど》うもさうではないらしいので、僕はすこし変に思つてすぐに起《た》つて入口に出ると、赤座は見返りもしないで山の方へすた〳〵登つてゆく。僕はいよ〳〵可怪《おかし》く思つたので、そこにある宿屋の藁草履《わらぞうり》を突つかけて彼のあとを追つて出た。

『おい、赤座君。どこへ行くんだ。おい、おい、赤座君。』

赤座は返事もしないで、やはり足を早めてゆく。僕はかれの名を呼びながら続いて追つてゆくと、妙義の社《やしろ》のあたりで彼のすがたを見失つてしまつた。陰《くも》つた冬の日はもう暮れかゝつて、大きい杉の木立《こだち》のあひだにはうす暗くなつてゐた。僕は一種の不安に襲はれながら、声を張りあげて頻《しき》りに彼の名を呼んでゐると、杉のあひだから赤座は迷ふやうにふら〳〵と出て来た。

『寒い、寒い。』と、かれは口の中で云つた。

『寒いとも……。日がくれたら急に寒くなる。早く宿へ来て炉の火にあたりたまへ。それとも先にお詣《まい》りをして行くのか。』

それには答へないで、かれは無言で右の手を僕の前につき出した。うす暗いなかで透《すか》してみると、その人差指と中指とに生血《なまち》が滲《にじ》み出してゐるらしかつた。木の枝にでも突つかけて怪我をしたのだらうと察したので、僕は袂《たもと》を探つて原稿紙の反故《ほご》を出した。

『まあ、兎も角もこれで押さへて置いて、早く宿へ来たまへよ。』

彼はやはり何にも云はないで、僕の手からその原稿紙をうけ取つて、自分の右の手の甲を掩《おお》つたかと思うと、又そのまゝすた〳〵あるき出した。あと戻りをするのではなく、どこまでも山の上を目ざして登るらしい。僕はおどろいて、また呼び止めた。

『おい、君。これから山へ登つてどうするんだ。山へは明日案内する。けふはもう帰る方が可《い》いよ。途中で暗くなつたら大変だ。』

こんな注意を耳にもかけないやうに、赤座は剛情《ごうじよう》に登つてゆく。僕はいよ〳〵不安になつて、幾たびか呼返しながらそのあとを追つて行つた。八月以来こゝらの山路《やまみち》にはあき馴れてゐるので、僕もかなりに足が疾《はや》い積りであるが、かれの歩みは更《さら》に疾い。わづかのうちに二間距《にけんはな》れ、三間《さんげん》距れてゆくので、僕は呼吸《いき》を切つて登つても、なか〳〵追ひ付けさうもない。あたりはだん〳〵に暗くなつて、寒い雨がしと〳〵と降つて来る。勿論、ほかに往来の人などのあらう筈もないので、僕は誰の加勢をたのむわけにも行かない。うす暗いなかで彼のうしろ姿を見失ふまいと、梟《ふくろう》のやうな眼をしながら唯ひとりで一生懸命に追ひつゞけたが、途中の坂路の曲り角でたうとう彼を見はぐつてしまつた。

『赤座君、赤座君。』

僕の声はそこらの森に木霊《こだま》するばかりで、どこからも答へる者はなかつた。それでも僕は根《こん》よく追つ掛けて、たうとう一本杉の茶屋の前まで来たが、赤座の姿はどうしても見付からないので、僕の不安はいよ〳〵大きくなつた。茶屋の人を呼んで訊ねてみたが、日は暮れてゐる、雨はふる、誰も表には出てゐないので、そんな人が通つたかどうだか知らないといふ。これから先は妙義の難所で、第一の石門《せきもん》はもう眼の前に聳《そび》えてゐる。いくら土地の勝手を知つてゐても、この暗がりに石門をくゞつてゆくほどの勇気はないので、僕はあきらめて立停まつた。

路はいよ〳〵暗くなつたので、僕は顔なじみの茶屋から提灯《ちようちん》を借りて雨のなかを下山した。雨具をつけてゐない僕は頭からびしよ濡れになつて、宿《やど》へ帰りつく頃には骨まで凍りさうになつてしまつた。宿でも僕の帰りの遅いのを心配して、そこらまで迎へに出ようかと云つてゐる所であつたので、みんなも安心してすぐに炉のそばへ連れて行つてくれた。ぬれた身体《からだ》を焚火にあたゝめて、僕は初めてほつとしたが、赤座に対する不安は大きい石のやうに僕の胸を重くした。僕の話をきいて、宿の者も顔をしかめたが、その中にはこんな解釈を下《くだ》すものもあつた。

『さういふお宗旨《しゆうし》の人ならば、なにかの行《ぎよう》をするために、わざ〳〵暗い時刻に山へのぼつたのかも知れません。山伏《やまぶし》や行者《ぎようじや》のやうな人は時々にそんなことをしますから。』

二月の大雪のなかを第二の石門まで登つて行つた行者のあつたことを宿の者は話した。併《しか》しさつき出逢つたときの赤座の様子から考へると、かれはそんな行者のやうな難行苦行をする人間らしくも思はれなかつた。夜がふけても彼は帰つて来なかつた。かれは宿の者が云ふやうに、どこかの石門の下でこの寒い雨の夜にお籠《こも》りでもしてゐるのであらうか。

なにかの行法を修《じゆ》してゐるのであらうか。そんなことを考へつゞけながら、僕はその一夜をおち〳〵眠らずに明してしまつた。夜があけると、雨は止んでゐた。あさ飯《めし》を食つてしまふと、僕は宿の者ふたりと案内者一人とを連れて、赤座のゆくへを探しに出た。

ゆうべの一本杉の茶屋まで行きつく間《あいだ》、われ〳〵は木立の奥まで隈《くま》なく探してあるいたが、どこにも彼の姿は見付からなかつた。ゆうべ無暗《むやみ》に駈け歩いたせゐか、今朝《けさ》は妙に足が竦《すく》んで思ふやうに歩かれないので、僕はこの茶屋でしばらく休息することにして、他の三人は石門をくゞつて登つた。それから三十分と経《た》たないうちに、そのひとりが引返して来て、蠟燭岩《ろうそくいわ》から谷間《たにあい》へ転げ落ちてゐる男の姿を発見したと僕に報告してくれた。僕は跳《は》ねあがるやうに床几《しようぎ》を離れて、すぐに彼と一緒に第一の石門をくゞつた。

茶屋の者は僕の宿へその出来事をしらせに行つた。

三

宿からも手伝ひの男がかけ付けて来て、ともかくも赤座の死体を宿まで運んで来たのは、午前十一時にちかい頃であつた。雨あがりの初冬の日はあかるく美しくかゞやいて、杉の木立のなかでは小鳥の囀《さえず》る声がきこえた。

『あ。』

かう云つたまゝで、僕はしばらく其《その》死体を見つめてゐた。男の死体は岩石《がんせき》で額《ひたい》を打たれて、半面に血を浴びてゐるのと、泥や木の葉がねばり着いてゐるのとで、今までは其人相をよくも見とゞけずに、その服装によつて一図《いちず》にそれが赤座であると思ひ込んでゐたのであつたが、宿へ帰つて入口の土間にその死体を横たへて、僕もはじめて落着いて、もう一度その顔を覗《のぞ》いてみると、それは確かに赤座でない、曽《かつ》て見たこともない別人であつた。そんな筈はないと訝《いぶか》りながら、あかるい日光の下《もと》で横からも縦からも覗いたが、かれはどうしても赤座でなかつた。

『どういふ訳《わけ》だらう。』

僕は夢のやうな心持で、その死体をぼんやりと眺めてゐた。勿論、きのふはもう薄暗い時刻であつたが、僕をたづねて来た赤座の服装はたしかにこれであつた。死体は洋服をきて、靴下に草鞋を穿いてゐるばかりか、谷間《たにあい》で発見した中折帽子までも、僕がきのふの夕方に見たものと寸分違はないやうに思はれた。それでもまだ斯《こ》んな疑ひがないでもなかつた。登山者の服装などは何《ど》の人も大抵似寄《によ》つてゐるから、或《あるい》はきのふ僕が見た赤座とは全く別人であるかも知れない。その事実をたしかめる為に、僕はなにかの手がゝりを得ようとして、死体の衣兜《かくし》をあらためると、先《ま》づ僕の手に触れたものは皺だらけの原稿紙であつた。

原稿紙——それは妙義神社の前で、赤座の指の傷をおさへるために、僕の袂《たもと》から出して遣《や》つた原稿紙ではないか。しかも初めの二三行には僕のペンの痕《あと》がありく〳〵と残つてゐるではないか。僕は更《さら》に死体の手先をあらためると、右の人差指と中指には摺剝《すりむ》いたやうな傷のあとが残つてゐる。原稿紙にも血のあとが滲んでゐる。かういふ証拠が揃つてゐる以上は、ゆうべの男はたしかにこの死体に相違ない。それを赤座だと思つたのは僕のあやまりであらうか。併《しか》しかれは僕をたづねて来たのである。うす暗がりではあつたが、僕もたしかに彼を赤座と認めた。それがいつの間にか別人に変つてゐる。どう考へてもその理窟がわからないので、僕はいよ〳〵夢のやうな心持で、手に握つた原稿紙と死体の顔とを何《い》時《つ》までもぼんやりと見くらべてゐた。

駐在所の巡査も宿屋の者も、僕の説明を聴いて不思議さうに首をかしげてゐた。たしかに不思議に相違ない。この奇怪な死人は蟇口に二円あまりの金を入れてゐるだけで、ほかには何の手がゝりとなるやうな物も持つてゐなかつた。かれは身許不明の死亡者として町役場へ引渡された。

これでこの事件は一先《ひとま》づ解決したのであるが、僕の胸に大きく横《よこた》はつてゐる疑問は決して解決しなかつた。僕はすぐに越後へ手紙を送つて、赤座の安否を聞きあはせると、兄からも妹からも何の返事もなかつた。疑ひはます〳〵大きくなるばかりで、僕はなんだか落着いてゐられないので、たうとう思ひ切つて彼の郷里までたづねて行《ゆ》かうと決心した。幸《さいわい》にこゝからは左《さ》のみ遠いところではないので、僕は妙義の山を降《くだ》つて松井田から汽車に乗つて、信州を越えて越後へ這入つた。○○教の支社をたづねて、赤座朔郎に逢ひたいと云ひ入れると、世話役のやうな男が出て来て、講師の赤座はもう死んだと云ふのであつた。いや、赤座ばかりでない、妹の伊佐子もこの世にはゐないと云ふのを聞かされて、僕は頭がばうとするほどに驚かされた。

赤座の兄妹はどうして死んだか。その事情については、世話役らしい男も兎かくに云ひ渋つてゐたが、僕が飽までも斬り込んで詮議するので、彼もたうとう包み切れないで其事情を委《くわ》しく教へてくれた。

この春、赤座が僕に話した通り、かれは妻を迎へようとしても適当な女が見あたらない。妹も兄が妻帯するまでは他へ嫁入りするのを見あはせて、兄の世話をしてゐるといふ決心であつた。かうして、兄妹は仲よく暮してゐた。そのうちに、町のある銀行に勤めてゐる内田といふ男が矢はりおなじ信者である関係から、伊佐子を自分の妻に貰ひたいと申込んだが、赤座はその人物をあまり好まなかつたとみえて体《てい》よく断つた。内田はそれでも思ひ切れないで、更《さら》に直接に伊佐子に交渉したが、かれも同じく断つた。

兄にも妹にも刎《はねつ》付けられて、内田は失望した。その失望から彼は根もないことを捏造して、赤座兄妹を傷つけようと企《たく》らんだ。かれは土地の新聞社に知人があるのを幸ひに、○○教の講師兄妹のあひだに不倫の関係があるといふことを真《まこと》しやかに報告した。妹が年頃になつても他へ縁付《えんづ》かないのは其為《そのため》であると云つた。おなじ信徒の報告であるから、新聞社の方でもうつかり信用してその記事を麗々しく掲《かか》げたので、たちまち土地の大評判になつた。

信徒の多数はそれを信じなかつたが、兎もかくもこんな噂を伝へられると云ふことは非常な迷惑であつた。惹《ひ》いては布教の上にも直接間接の影響をあたへるのは判り切つてゐた。支社の方では新聞社に交渉して、先づその記事の出所《しゆつしよ》を確めようとしたが、これは新聞社の習《ならい》として原稿の出所を明白に説明することを否《いな》んだ。事実が相違してゐるならば、取《とり》消《けし》は出すと云つた。

それから幾日かの後に、その新聞紙上に五六行の取消記事が掲載されたが、そんな形式的のことでは赤座は満足出来なかつた。しかし彼は決して人を怨《うら》まなかつた。かれはそれを自分の信ずる神の罰だと思つた。自分の信仰が至らないために〇〇教の神から大いなる刑罰を下されたのであると信じてゐた。かれは堪へがたい恐懼《きようく》と煩悶《はんもん》とに一月あまりをかさねた末に、かれは更に最後の審判をうけるべく怖しい決心を固めた。彼はいつも神前に礼拝《らいはい》する時に着用する白い狩衣《かりぎぬ》のやうなものを身につけて、それに石油をしたゝかに注《そそ》ぎかけて置いて、社《やしろ》の広庭《ひろにわ》のまん中に突つ立つて、自分で自分のからだに燐寸《まつち》の火をすり付けたのであつた。聞いたゞけでも実に身の毛のよだつ話で、彼はたちまち一面の火焔《ほのお》につゝまれてしまつた。それを見つけて妹の伊佐子が駈付けた時はもう遅かつた。それでも何とかして揉み消さうと思つたのか、あるひは咄嗟《とつさ》のあひだに何かの決心を据《す》ゑたのか、伊佐子は燃えてゐる兄のからだを抱へたまゝで一緒に倒れた。

他の人々がおどろいて駈けつけた時はいよ〳〵遅かつた。兄はもう焼爛《やけただ》れて息が無かつた。妹は全身に大火傷《おおやけど》を負つて虫の息であつた。すぐに医師を呼んで応急手当を加へた上で、ともかくも町の病院へかつぎ込んだが、伊佐子はそれから四時間の後に死んだ。その凄惨《せいさん》の出来事は前の新聞記事以上に世間をおどろかして、赤座の死因については色々の想像説が伝へられたが、所詮は彼《か》の新聞記事が敬虔《けいけん》なる○○教の講師を殺したといふことに世間の評判が一致したので、新聞社でも流石《さすが》にその軽率を悔んで、半《なかば》は謝罪的に講師兄妹の死を悼《いた》むやうな記事を掲げた。それと同時に、おそらく其《その》社のある者が洩《もら》したのであらう、かの新聞記事は内田の投書であるといふ噂がまた世間に伝へられたので、かれも土地には居堪《いた》たまれなくなつたらしく、自分の勤めてゐる銀行には無断で、一週間ほど以前にどこかへ姿を隠した。

『その内田といふ男の居所はまだ知れませんか。』と、僕は訊いた。

『知れません。』と、それを話した世話役は答へた。『銀行の方には別に不都合はなかつたやうですから、まつたく世間の評判が怖しかつたのであらうと思はれます。』

『内田は幾歳《いくつ》ぐらゐの男ですか。』

『二十八九です。』

『家出をした時には、どんな服装をしてゐたか判りませんか。』と、僕は訊いた。

『銀行から家《うち》へ帰らずに、すぐに東京行の汽車に乗込んだらしいのですが、銀行を出た時には鼠色《ねずみいろ》の洋服を着て、中折帽子をかぶつてゐたさうです。』

僕の総身《そうみ》は氷のやうに冷くなつた。

『さうすると、妙義へ君をたづねて行つたのは、その内田といふ男なのかね。』

青蛙堂の主人はその話のとぎれるのを待ちかねたやうに訊ねると、第三の男は大きい溜息をつきながら首肯《うなず》いた。

『さうだ。僕の話を聴いて、彼の親戚と銀行の者とが僕と一緒に妙義へ来てみると、蠟燭岩の谷底に横《よこた》はつてゐた死体は、たしかに内田に相違ないといふことが判つた。しかし彼がなぜ僕をたづねて来たのか、それは誰にも判らない。僕にも無論判らなかつた。それが怖しい秘密だよ。赤座兄妹の身の上にそんな変事があらうとは僕は夢にも知らないでゐた。そこへ赤座――僕の眼には確《たしか》にさう見えた――が不意にたづねて来た。しかもそれは赤座自身ではない、却つて赤座の仇であつて、原因不明の変死を遂げてしまつた。その秘密を君はどう解釈するかね。』

『兄妹の魂がかれを誘ひ出して来たとでも云ふのかね。』と、主人は考へながら云つた。

『先づさうだ。僕も然《そ》う解釈してゐた。それにしても、赤座は僕に一度逢ひたいので、そのたましひが彼のからだに乗憑《のりうつ》つて来たのか。あるひは自分たちの死を報告するために、かれを使ひによこしたのか。内田といふ男がどうして僕の居所を知つてゐたのか。僕にはどうもはつきり判らないので、その後も色々の学者達に逢つてその説明を求めたが、どの人も僕に十分の満足をあたへるほどの解答を示してくれない。しかし大体の意見はかういふことに一致してゐるらしい。即ち内田といふ人間は一種の自己催眠にかゝつて、さういふ不思議の行動を取つたのであらうと云ふのだ。内田は一旦の出来ごゝろで、赤座の兄弟を傷けようと企てたが、その結果が予想以上に大きくなつて、兄妹があまりに物凄い死方をしたので、かれも急におそろしくなつた。彼もおなじ宗教の信者であるだけに、いよ〳〵その罪をおそろしく感じたかも知れない。さうして、兄妹の怨恨《うらみ》がかならず自分の上に報《むく》つて来ると云ふやうなことを強く信じてゐたかも知れない。その結果、かれは赤座に導かれたやうな心持になつて、ふら〳〵と僕をたづねて来た。かれがどうして僕の居所を知つてゐたかと云ふのは、おなじ信者ではあり、且《かつ》は妹に結婚を申込むくらゐの間柄であるから、赤座の家《うち》へも親《したし》く出入りをしてゐて、僕が妙義の宿からたび〳〵送つた絵葉書を見たことがあるかも知れない。僕が赤座の親友であることを知つてゐたかも知れない。自己催眠にかゝつた彼は、赤座に導かれて赤座の親友をたづねる積りで、妙義の山までわざ〳〵登つて来たのだらう。——と、斯《こ》ういふことになつてゐるんだが、僕は催眠術を委《くわ》しく研究してゐないから、果《はた》してどうだか判らない。外国へ行つた時に心霊《しんれい》専門に研究してゐる学者達にも訊いてみたが、その意見は区々《まちまち》で矢はり正確な判断を下すまでに至らなかつたのは残念だ。しかし学者の意見はどうであらうとも、実際かの内田が自己催眠に罹《かか》つてゐたとしても――僕の眼にそれが赤座の姿と見えたのはどういふ訳だらう。あるひは自己催眠の結果、内田自身ももう赤座になり澄ましたやうな心持になつて、言語動作から風采までが自然に赤座に似て来たのだらうか。それとも僕もその当時、一種の催眠術にかゝつてゐたのだらうか。』

猿の眼

一

第四の女は語る。

わたくしは文久《ぶんきゅう》元年酉年《とりどし》の生《うま》れでございますから、当年は六十五になります。江戸が瓦解《がかい》になりました明治元年が八《や》つの年で、よし原の切りほどきが明治五年の十月、わたくしが十二の冬でございました。御承知でもございませうが、この年の十一月に暦《こよみ》が変りまして、十二月三日が正月元日となつたのでございます。いえ、どうも年《とし》をとりますと、お話が諄《くど》くなつてなりません。前置きは先《ま》づこのくらゐに致しましてすぐに本文《ほんもん》に取りかゝりませう。まことに下らないお話で、みな様方の前で仔細らしく申上げるやうなことではないのでございますが、席順が丁度わたくしの番に廻つてまゐりましたので、ほんの申訳ばかりにお話をいたしますのですから、どうぞお笑ひなくお聴きください。

まことにお恥しいことでございますが、その頃わたくしの家《うち》は吉原《よしわら》の廓内《かくない》にありまして、引手茶屋《ひきてぢやや》を商売にいたして居りました。江戸の昔にはよし原の貸座敷や引手茶屋の主人にもなか〳〵風流人《ふうりゆうじん》がございまして、俳諧を遣《や》つたり書画をいぢくつたりして、いはゆる文人墨客《ぶんじんぼつかく》といふやうな人達とお附合をしたものでございます。わたくしの祖父《じじい》や父も先づそのお仲間でございまして、歌麿《うたまろ》のかいた屏風《びようぶ》だとか、抱一上人《ほういつしようにん》のかいた掛軸だとか云ふやうなものが沢山《たくさん》に仕舞つてありました。祖父はわたくしが三つの年に歿《ぼつ》しまして、明治元年、江戸が東京と変りましたときには、当主の父は三十二で、名は市兵衛《いちべえ》と申しました。それが代々の主人の名ださうでございます。なにしろ急に世の中が引つくり返つたやうな騒ぎですから、世間一統《いつとう》がひどい不景気で、芝居町やよし原や総《すべ》ての遊び場所がみんな火の消えたやうな始末。おまけに新富町《しんとみちよう》には新島原《しんしまばら》の廓《くるわ》が新しく出来ましたので、その方へお客を引かれる。わたくしの父なぞは寧《いつ》そもう商売を止《や》めてしまはうかなぞと云つたくらゐでしたが、母や同商売の人にも意見されて、もう少し世の成行きを見てゐようと云ふうちに、京橋のまん中に遊廓なぞを置くのはよくないと云ふので、新島原は間もなく取潰《とりつぶ》しになりまして、貸座敷はみんな吉原へ移されることになりました。これで少しは息がつけるかと思つてゐると、明治五年には前に申した通りの切りほどきで……。今までの娼妓《しようぎ》や藝妓《げいしや》は人身売買であるから宜《よろ》しくないと云ふので、一度にみんな解放を命ぜられました。今日では娼妓解放と申しますが、そのころは普通一般に切りほどきと申して居りました。さあ、これがまた大変で、早く云へば吉原の廓がぶつ潰《つぶ》される様な大騒ぎでございました。

併《しか》しその時代のことですから、何事もお上《かみ》の御指図《おさしず》次第で、誰も苦情の申様《もうしよう》はございません。勿論《もちろん》、それで吉原が潰《つぶ》れつ切りになつたわけではなく、再び備《そな》へを立て直して相変らず商売をつゞけて行《ゆ》くことになつたのですが、前々から廃業したいと云ふ下心があつたところへ、こんな騒ぎが又もや出来《しゅったい》したので、父の市兵衛はいよ〳〵見切りを付けまして、百何十年もつゞけて来た商売をたうとう止《や》めることに決心しました。さりとて不馴《ふなれ》の商売なぞをうつかり始めるのは不安心で、士族の商法といふ生きた手本が沢山《たくさん》ありますから、田町《たまち》と今戸辺《いまどへん》に五六軒の家作《かさく》があるのを頼りに小体《こてい》のしもた家暮しをすることになりました。

父は若いときから俳諧が好きでして、下手《へた》か上手《じょうず》か知りませんが、三代目夜雪庵《やせつあん》の門人で羅香《らこう》と呼んで居りまして、已《すで》に立机《りゅうき》の披露も済ませてゐるのですから、曲《まが》りなりにも宗匠格《そうしょうかく》でございます。そこでこの場合、自分の好きな道にゆつくり遊びたいと云ふのと、二つには藝が身を助けるといふやうな意味もまじつて、俳諧の宗匠として世に渡ることにしましたが、今までとは違つて小さい家《うち》へ引籠《ひきこも》るのですから、余計な荷物の置きどころが無いのと、邪魔なものは売払《うりはら》つてお金にして置く方がいゝといふので、不用の瓦楽《がらく》倶多《た》は勿論のこと、祖父の代から蒐《あつ》めてゐました書画や骨董の類《るい》も大抵《たいてい》売り払つて了《しま》ひました。御承知でもございませうが、明治初年の書画骨董と来たらほんたうの捨売《すてうり》で、菊池容斎《きくちようさい》や渡邊崋山《わたなべかざん》の名画が一円五十銭か二円ぐらゐで古道具屋の店晒《たなざら》しになつてゐるといふ時節でしたから、歌麿も抱一上人もあつたものでございません、みんな二足三文《にそくさんもん》に売払つてしまつたのでございます。その時分でも母などは何だか惜《おし》いやうだと云つてをりましたが、父は思ひ切りのいゝ方で、未練なしに片《かた》つ端《ぱし》から処分しましたが、それでも自分の好きな書画七八点と屛風一双と骨董類《こつとうるい》五六点だけを残して置きました。

その骨董類は、床《とこ》の置物とか花生《はない》けとか文台《ぶんだい》とか云ふたぐひの物でしたが、そのなかに一つ、木ぼりの猿の仮面《めん》がありました。それは父が近い頃に手に入れたもので、なんでもその前年、明治四年の十二月の寒い晩に上野の広小路《ひろこうじ》を通りますと、路《みち》ばたに薄い蓙《ござ》を敷いて些《ちつ》とばかりの古道具をならべてゐる夜店《よみせ》が出てゐました。芝居に出る浪人者のやうに月代《さかやき》を長くのばして、肌寒さうな服装《なり》をした四十恰好《かつこう》の男が、九《ここの》つか十歳《とお》ぐらゐの男の子と一緒に、蓙《ござ》の上にしよんぼりと坐つて店番をしてゐます。その頃にはさういふ夜店商人《よみせあきんど》が幾らも出てゐましたので、これも落ちぶれた士族さんが自分の家《うち》の道具を持ち出して来たのであらうと、父はすぐに推量して、気の毒に思ひながらその店をのぞいて見ると、目ぼしい品はもう大抵《たいてい》売り尽してしまつたとみえて、店には碌《ろく》な物も列《なら》んでゐませんでしたが、そのなかに唯《ただ》ひとつ古びた仮面がある。それが眼について父は立停《たちど》まりました。

『これはお払ひになるのでございますか。』

相手が普通の夜店商人でないとみて、父も丁寧にかう訊《き》いたのです。すると、相手も丁寧に会釈《えしやく》して、どうぞお求めくださいと云ひましたので、父は再び会釈してその仮面《めん》を手に取つてうす暗い燈火《あかり》のひかりで透かしてみると、時代も相応に附いてゐるものらしく、顔一面が黒く古びてゐましたが、彫がなか〳〵好《よ》く出来てゐるので、骨董好きの父はふら〳〵と買ふ気になりました。

『失礼ながらお幾《いく》らでございますか。』

『いえ、幾らでも宜《よろ》しうございます。』

まことに士族の商人《あきんど》らしい挨拶です。そこへ附込んで値切り倒すほどの悪い料簡《りようけん》もないのと、幾らか気の毒だと思ふ心もあるのとで、父はそれを三歩《さんぶ》に買はうと云ひますと、相手は大層よろこんで、いや三歩には及ばない、二歩で結構だといふのを、父は無理にすゝめて三歩に買ふことにしました。なんだかお話が逆さまのやうですが、この時分にはこんなことが往々あつたさうでございます。いよ〳〵売買の掛合が済んでから、父は相手に訊きました。

『このお面は古くからお持ち伝へになつてゐるのでございますか。』

『さあ、いつの頃に手に入れたものか判りません。実はこんなものが手前方に伝はつてゐることも存じませんでしたが、御覧の通りに零落《れいらく》して、それからそれへと家財を売払ひますときに、古長持《ふるながもち》の底から見つけ出したのです。』

『箱にでも這入つて居りましたか。』

『箱はありません、たゞ鬱金《うこん》の切《きれ》につゝんでありました。すこし不思議に思はれたのは、猿の両眼《りようがん》を白布《しろぬの》で掩《おお》つて、その布の両端をうしろで結んで、丁度眼隠しをしたやうな形になつてゐることです。いつの頃に誰がそんなことをして置いたのか、別になんにも云ひ伝へがないので些《ちつ》とも判りません。一体それが二歩三歩の価《あたい》のあるものか何《ど》うだか、それすらも手前には判らないのです。』

売る人は飽《あく》までも正直で、なにも彼《か》も打明けて話しました。それだけのことを聞かされて、その仮面《めん》をうけ取つて、父はよし原の家《うち》へ帰つて来ましたが、あくる日になつてよく視《み》ると、ゆうべ薄暗いところで見たのは余《よ》ほど違つてゐて、可なりに古いものには相違ないのですが、刀《とう》の使ひ方も随分不器用で左《さ》のみの上作《じようさく》とは思はれません。これが三歩では少し買ひかぶつたと今さら後悔するやうな心持になつたのですが、向うが二歩でいゝと云ふのを此方《こつち》から無理に買ひ上げたのですから、苦情の云ひやうもありません。

『こんなものは仕方がない。まあ、困つてゐる士族さんに恵んであげたと思へばいゝのだ。』

かう諦《あきら》めて、父はその仮面《めん》を戸棚の奥へ押込んで置いたまゝで、自分でももう忘れてしまつた位《くらい》でしたが、今度いよ〳〵吉原の店を仕舞《しま》ふといふ段になつて、色々の書画骨董類を整理するときに、不図《ふと》みつけ出したのが彼《か》の仮面で、勿論ほかの品々と一緒に売払つてしまふ筈《はず》でしたが、いざと云ふ時になると、父はなんだか惜《お》しくてならぬやうな気になつたさうです。そこで、これはまあ此儘《このまま》に残して置かうと云つて、前に申した通り、五六点の骨董のうちに加へて持出すことになつたのでした。なぜそれが急に惜くなつたのか、自分にも其時の心持《こころもち》はよく判らないと、父は後になつて話しました。

兎《と》に角《かく》さういふ訳で、わたくし共《ども》の一家が多年住みなれた吉原の廓《くるわ》を立退《たちの》きましたのは明治六年の四月、新しい暦《こよみ》では花見月《はなみづき》の中頃でございました。今度引移りましたのは今戸《いまど》の小さい家で、間数《まかず》は四間《よま》のほかに四畳半《よじようはん》の離屋《はなれ》がありまして、そこの庭先からは隅田川が一日に見渡されます。父はこの四畳半に閉ぢ籠《こも》つて宗匠の机を据《す》ゑることになりました。

二

それから小一月《こひとつき》ばかりは何かごた〳〵してゐましたが、それがやう〳〵落着くと五月のなかばで、新暦でも日中はよほど夏らしくなつてまゐりました。父は今まで世間の附合を広くしてゐたせゐでございませう。今戸へ引移りましてからも尋《たず》ねて来る人が沢山あります。俳諧のお友達も大勢みえます。よし原を立退いたらば嘸《さ》ぞ寂しいことだらうと、わたくしも子供心に悲しく思つてゐたのですが、さういふわけで人出入りもなか〲多く、思つたほどには寂しいこともないので、母もわたくしも内々よろこんで居りますうちに、こんな事件が出来《しゆつたい》したのでございます。

前にも申した通り、今度の家《うち》は四間《よま》で、玄関の寄附《よりつき》が三畳、女中部屋が四畳半、茶の間《ちやま》が六畳、座敷が八畳といふ間取りでございまして、その八畳の間に両親とわたくしが一緒に寝ることになつてゐました。そこへ一人の泊《とま》り客が出来ましたので、まさかに玄関へ寝かすわけにも行かず、茶の間へも寝かされず、父が机を控へてゐる離れの四畳半が夜は明いてゐるので、そこへ泊めることにしたのでございます。その泊り客は四谷《よつや》の井田《いだ》さんといふ質屋の息子で、これも俳諧に凝《こ》つてゐる人なので、夕方から尋ねて来て、好きな話に夜が更《ふ》ける。おまけに雨が強く降つて来る。唯今《ただいま》とちがつて、電車も自動車もない時代でございますから、今戸から四谷まで帰るのは大変だといふので、こちらでもお泊《とま》りなさいと云ひ、井田さんの方でも泊めて貰ふといふことになつたのです。

女中に案内されて、井田さんは離れの四畳半に寝る。わたくし共《ども》はいつもの通りに八畳に寝る。女中ふたりは台所の隣の四畳半に寝る。雨には風がまじつて来たとみえて、雨戸をゆするやうな音もきこえます。場所が今戸の河岸《かし》ですから、隅田川の水がざぶん〲と岸を打つ音が枕《まくら》に近くひゞきます。なんだか怖いやうな晩だと思ひながら、わたくしは寝床に這入《はい》つて何時《いつ》かうと〱と眠りますと、やがて父と母との話声で眼がさめました。

『井田さんはどうかしたんでせうか。』と、母が不安らしく云ひますと、『なんだか唸《うな》つてゐるやうだな。』と、父も不審さうに云つてゐます。それを聴いて、わたくしは又俄《にわか》に怖くなりました。夜が更けて、雨や風や浪《なみ》の音はいよ〳〵高くきこえます。

『兎も角も行つてみよう。』

父は枕もとに手燭《てしょく》をとぼして、縁側《えんがわ》へ出ました。母も床《とこ》の上に起き直つて様子をうかゞつてゐるやうです。離屋《はなれ》と云つても、すぐそこの庭先にあるので、父は傘もさゝないで出て行つて、離屋へ這入つて何か井田さんと話してゐるやうでしたが、雨風の音に消されて能《よ》くもきこえませんでした。そのうちに父は帰つて来て、笑ひながら母に話してゐました。

『井田さんも若いな。何かあの座敷に化物《ばけもの》が出たとか云ふのだ、冗談ぢやあない。』

『まあ、どうしたんでせう。』

母は半信半疑のやうに考へてゐると、父はまた笑ひました。

『若いと云つても、もう廿《にじゆう》二《に》だ。子供ぢやあない。詰《つま》らないことを云つて、夜なかに人騒がせをしちやあ困るよ。』

父も母もそれぎり寐《ね》てしまつたやうですが、わたくしはいよ〳〵怖《こわ》くなつて寐られませんでした。ほんたうにお化《ばけ》が出たのかしら。こんな晩だからお化が出ないとも限らない。さう思ふと眼が冴えて、小さい胸に動悸《どうき》を打つて、とても再び眠ることは出来ません。早く夜《よ》が明けてくれゝばいゝと祈《いの》つてゐると、浅草の鐘が二時を撞《つ》く。その途端《とたん》に、離屋の方では何かどたばた云ふやうな音が又きこえたので、わたくしははつと思つて、髪のこはれるのも厭《いと》はずに、あたまから夜具《やぐ》を引つかぶつて小さくなつてゐますと、父も母もこの物音で眼をさましたやうです。

『また何か騒ぎ出したのか。どうも困るな。』

父は口小言《くちこごと》をいひながら再び手燭をつけて出ましたが、急におどろいたやうな声を出して母をよびました。母もおどろいて縁側へ出たかと思ふと、また引返してあわただしく行《あん》燈《どう》をつけました。どうも唯事《ただごと》ではないらしいので、わたくしも竦《すく》んでばかりゐられなくなつて、怖いもの見たさに夜具から窃《そつ》と首を出しますと、父は雨にぬれながら井田さんを抱へ込んで来ました。井田さんは真蒼《まつさお》になつて、たゞ黙つてゐるのですが、離屋から庭へ転《ころ》げ落ちたとみえて、寝衣《ねまき》の白い浴衣《ゆかた》が泥だらけになつてゐます。母は女中たちを呼び起して、台所から水を汲《く》んで来て井田さんの手足を洗はせる。ほかの寝衣を着かへさせる。暫《しばら》くごた〳〵した後《のち》に、井田さんもやう〳〵落ちついて、水を一杯くれと云ふ。水を飲んでほつとしたやうでしたが、それでも井田さんの顔はまだ水色をしてゐました。

『おまへ達はもう好《い》いから、あつちへ行つてお休み。』

父は女中たちを部屋へ退《さが》らせて、それから井田さんに向つて一体どうしたのかと訊きますと、井田さんは低い声で云ひ出しました。

『どうも度々おさわがせ申しまして相済みません。先刻《せんこく》も申した通り、あの四畳半の離屋に寝かして頂いて、枕に就《つ》いてうと〱眠つたかと思ひますと、急になんだか寝苦しくなつて、誰かゞ髪の毛をつかんで引抜くやうに思はれるので、夢中で声をあげますと、それがあなた方にもきこえまして、宗匠がわざ〱起きて来てくださいました。宗匠は夢でも見たのだらうと仰《おつ》しやいましたが、夢か現《うつつ》か自分にもはつきりとは判りませんでした。それから再び枕につきましたが、どうも眼が冴えて眠られません。幾度も寝がへりをしてゐるうちに、又なんだか胸が重つ苦しくなつて、髪の毛を掻きむしられるやうに思はれますので、今度は一生懸命になつて、からだを半分起き直らせて、枕もとをぢつと窺《うかが》ひますと、暗いなかで何か光るものがあります。はて、なにか知らんと怖々《こわごわ》見あげると、柱にかけてある猿の面……。その二つの眼が青い火のやうに光り輝いて、こつちを睨みつけてゐるのでございます。わたくしはもう堪まらなくなりまして、あわてゝ飛び出さうとしましたが、雨戸の栓《せん》がなか〱外れない。やう〱こじ明けて庭さきへ転げ出すと、土は雨に濡れてゐるので滑《すべ》つて倒れて……。重ね〲御厄介をかけるやうなことになりました。』

井田さんの話が嘘でないらしいことは、その顔色を見ても知れます。洒落《しやれ》や冗談にそんな人騒がせをするやうな人でないことも不断から判つてゐるので、父も不思議さうに聴いてゐましたが、兎もかくも念のために見とゞけて来ようと云つて起《た》ちあがりました。母はなんだか不安らしい顔をして、父の袂《たもと》を窃《そつ》と曳《ひ》いたやうでしたが、父は物に屈しない質《たち》でしたから、かまはずに振切つて離屋の方へ出て行きましたが、やがて帰つて来て、唸るやうに溜息をつきました。

『どうも不思議だな。』

わたくしは又ぎよつとしました。父がさういふ以上、それがいよ〳〵本当であるに相違ありません。母も井田さんも黙つて父の顔をながめてゐるやうでした。

仮面《めん》は戸棚の奥にしまひ込んで置いたのを、今度初めて持出して離屋の柱にかけたのですが、誰も四畳半に寝る者はないので、その眼が光るか何《ど》うだか、小一月のあひだも知らずに済んでゐたのですが、今夜この井田さんを寝かした為に初めてその不思議を見つけ出したと云ふわけです。木ぼりの猿の眼が鬼火のやうに青く光るとは、聞いただけでも気味のわるい話です。なにしろ夜が明けたらばもう一度よく調べてみようと云ふことになつて、井田さんを茶の間の六畳に寐かし付けて、その晩はそれぎり無事に済みましたが、東が白《しら》んで、雨風の音もやんで、八幡様の森に明鴉《あけがらす》の声がきこえる頃まで、わたくしはおち〳〵眠られませんでした。

三

夜があけると、けふは近頃にないくらゐの好《い》いお天気で、隅田川の濁つた水の上に青々した大空が広くみえました。夏の初めの晴れた朝は、まことに気分の爽《さわや》かなものでございます。ゆうべ碌々寐《そくろくね》ませんので、わたくしはなんだか頭が重いやうでございましたが、座敷の窓から川を見晴して、涼しい朝風にそよ〳〵と吹かれてゐますと、次第に気分もはつきりとなつて来ました。そのうちに朝のお膳《ぜん》の支度《したく》が出来まして、父と井田さんは差向ひで御飯をたべる。わたくしがそのお給仕をすることになりました。

御飯のあひだにも昨夜《ゆうべ》の話が出まして、父は彼《か》の猿の面を手に入れた由来を詳しく井田さんに話してゐました。

『あなた一人でなく、現にわたくしも見たのですから、心の迷ひとか、眼のせゐだとか云ふわけには行きません。』と、父は箸《はし》をやすめて云ひました。『それで思ひあたることは、あの面を売つた士族の人が、いつの頃に誰がしたのか知らないが、猿の眼には白布をきせて目隠しをしてあつたと云ひました。そのときには別になんとも思ひませんでしたが、今になつて考へると、あの猿の眼には何かの不思議があるので、それで目隠しをして置いたのかも知れません。』

『はあ、そんな事がありましたか。』と、井田さんも箸を休めて考へてゐました。『さういふわけでは、売つた人の居所《いどこ》はわかりますまいね。』

『判りません。なにしろ一昨年《おととし》の暮《くれ》のことですから。その後にも広小路《ひろこうじ》をたび〳〵通りましたが、そんな古道具屋のすがたを再び見かけたことはありませんでした。商売の場所をかへたか、それとも在所へでも引込んだかでせうね。』

御飯が済んでから、父と井田さんは離屋《はなれ》へ行つて、明るいところで猿の仮面《めん》の正体を見とゞけることになりましたので、母もわたくしも女中たちも怖いもの見たさに、あとから窃《そつ》と附いて行つて、遠くから覗《のぞ》いて居りますと、父も井田さんも声をそろへて、どうも不思議だ不思議だと云つてゐます。どうしたのかと訊いてみると、その仮面《めん》がどこへか消えてなくなつたと云ふのです。井田さんが戸をこじ開けて転げ出してから、夜のあけるまで誰もその離屋へ行つた者はないのですから、こつちのどさくさ紛れに何者かゞ忍び込んで盗んで行つたのかとも思はれますが、ほかの物はみんな無事で、唯その仮面《めん》一つだけが紛失したのはどうも可怪《おかし》いと父は首をかしげてゐました。併《しか》し幾ら詮議しても、評議しても、無いものは無いのですから何《ど》うも仕方がございません。たゞ不思議不思議をくり返すばかりで、なんにも判らず仕舞《じまい》になつてしまひました。

今朝《けさ》になつても井田さんは、気分がまだほんたうに好くないらしく、蒼《あお》い顔をして早々に帰りましたので、父も母も気の毒さうに見送つてゐました。それが本《もと》といふわけでも無いでせうが、井田さんはその後間《ごま》もなくぶら〳〵病《やまい》で床《とこ》について、その年の十月に倒頭《とうとう》いけなくなつてしまひました。その辞世の句は、上《かみ》五文字をわすれましたが、「猿の眼に沁《し》む秋の風」と云ふのだつたさうで、父はまた考へてゐました。

『辞世にまで猿の眼を詠《よ》むやうでは、やつぱり猿の一件が祟《たた》つてゐたのかも知れない。』

さうは云つても、父は相変らず離屋の四畳半に机を控へて、好きな俳諧に日を送つてゐるうちに、お弟子もだん〳〵に出来まして、どうにか斯《こ》うにか一人前の宗匠株になりましたのでございます。それから三年ほどは無事に済みまして、明治十年、御承知の西南《せいなん》戦争のあつた年でございます。その時に父は四十一、わたくしは十七になつて居りましたが、その年《とし》の三月末に孝平《こうへい》といふ男がぶらりと尋ねてまゐりました。以前はよし原の幇間《たいこもち》であつたのですが、師匠に破門されて廓《くるわ》にもゐられず、今では下谷《したや》で小さい骨董屋のやうなことを始め、傍《かたわ》らには昔なじみのお客のところを廻つて野幇間《のだいこ》の真似もしてゐるといふ男で、父とは以前から識《し》つてゐるのです。それが久振《ひさしぶ》りで顔を出しまして、実はこんなものが手に入《い》りましたからお目にかけたいと存じて持参しましたと云ふ。いや、お前も知つてゐる通り、わたしは商売をやめるときに代々持伝へてゐた書画骨董類もみんな手放してしまつた位《くらい》だから、どんな掘出し物だか知らないが、私のところへ持つて来ても駄目だよと父は一旦《いったん》断りましたが、まあ兎もかくも品物をみてくれ、あなたの気に入らなかつたら何処《どこ》かへ世話をしてくれと、孝平は臆面無《おくめんな》しに頼みながら、風呂敷をあけて勿体らしく取出したのは一つの古びた面箱《めんばこ》でした。

『これはさるお旗本の御屋敷から出ましたもので、箱書《はこがき》には大野出目《おおのでめ》の作《さく》とございます。出どころが確かでございますから、品はお堅いと存じますが……。』

紐《ひも》を解《と》いて、蓋《ふた》をあけて、やがて取出した仮面《めん》をひと目みると、父はびつくりしました。それは彼《か》の猿の仮面に相違ないのです。孝平はそれを何処《どこ》かで手に入れて、大野出目の作だなぞといふ好加減《いいかげん》の箱をこしらへて、高い値《ね》に売込まうといふ巧《たく》らみと見えました。そんなことは骨董屋商売として珍しくもないことですから、父も左《さ》のみに驚きもしませんでしたが、唯おどろいたのは其の仮面が何処《どこ》をどう廻《まわ》り廻つて、再びこの家《うち》へ来たかと云ふことです。

その出所《しゆつしよ》をきびしく詮議されて、孝平の化《ばけ》の皮もだん〳〵に剝《は》げて来て、実は四谷通りの夜店で買つたのだと白状に及びました。その売手《うりて》はどんな人だと訊きますと、年ごろは四十六七、やがて五十近いかと思はれる士族らしい男だといふのです。男の児《こ》を連れてゐたかと訊くと、自分ひとりで蓙《ござ》の上に坐つてゐたといふ。その人相などを色々聞き糺《ただ》すと、どうも上野に夜店を出してゐた男らしく思はれるのです。幾《いく》らで買つたと訊きますと、十五銭で買つたといふことでした。十五銭で買つた仮面を箱に入れて、大野出目の作でございなぞは、なんぼこの時代でも随分ひどいことをする男で、これだから師匠に破門されたのかも知れません。

なんにしても、そんなものはすぐに突き戻してしまへば好かつたのですが、その猿の仮面がほんたうに光るか何《ど》うか、父はもう一度試してみたいやうな気になつたので、兎も角も二三日あづけて置いてくれと云ひますと、孝平は二つ返事で承知して、その仮面を父にわたして帰りました。

母はそのとき少し加減が悪くて、寝たり起きたりしてゐたのですが、あとで其話を聞いて忌《いや》な顔をしました。

『あなた、なぜそんな物をまた引取つたのです。』

『引取つたわけぢやあない。まつたく不思議があるか無いか、試して見るだけのことだ。』

と、父は平気でゐました。

以前と違つて、わたくしももう十七になつてゐましたから、唯《ただ》むやみに怖い怖いばかりでもありませんでしたが、井田さんの死んだことなぞを考へると、やつぱり気味が悪くてなりませんでした。父は以前の通り、その仮面を離屋の四畳半にかけて置いて、夜なかに様子を見にゆくことにしまして、母と二人で八畳の間《ま》に床《とこ》をならべて寝ました。わたくしはもう大きくなつてゐるので、此頃は茶の間の六畳に寝ることにしてゐました。

旧暦では何日にあたるか知りませんが、その晩は生あたゝかく陰《くも》つてゐて、低い空には弱い星のひかりが二つ三つ洩《も》れてゐました。おまへ達はかまはずに寝てしまへと父は云ひましたが、仮面の一件がどうも気になるので、床へ這入つても寐付《ねつ》かれません。そのうちに十二時の時計が鳴るのを合図に、次の間に寝てゐた父は窃《そつ》と起きてゆくやうですから、わたくしも少し起き返つて、ぢつと耳をすまして窺《うかが》つてゐますと、父は抜き足をして庭へ出て、離屋の方へ忍んでゆくやうです。さうして、四畳半の戸をしづかに明けたかと思ふ途端に、次の間《ま》であつといふ母の声がきこえたので、思はず飛び起きて襖《ふすま》をあけて見ましたが、行燈《あんどう》は消えてゐるので能《よ》く判りません。あわて丶手探りで火をとぼしますと、母は寝床から半分ほども身体を這ひ出させて、畳の上に俯伏《うつぶ》しに倒れてゐましたが、誰かに頭髻《たぶさ》をつかんで引摺り出されたやうに、丸髷《まるまげ》がめちや〳〵に毀《こわ》れてゐます。わたくしは泣声をあげて呼びました。

『阿母《おつか》さん、おつかさん。どうしたんですよ。』

その声におどろいて、女中たちも起きて来ました。父も庭口から戻つて来ました。水や薬をのませて介抱して、母はやがて正気にかへりましたが、その話によると誰かが不意に母の丸髷を引摑んで、ぐい〳〵と寝床から引摺り出したと云ふことです。

『むゝう。』と、父は溜息をつきました。『どうも不思議だ。猿の眼はやつぱり青く光つてゐた。』

わたくしは又ぞつとしました。

あくる日、父は孝平を呼んでその事を話しますと、孝平も青くなつて顫《ふる》へあがりました。こんなものを残して置くのはよくないから、いつそ打毀《ぶちこわ》して焚《た》いてしまはうと父が云ひますと、もと〳〵十五銭で買つたものですから、孝平にも異存はありません。父と二人で庭先へ出て、その仮面を幾つにも叩き割つて、火をかけてすつかり焼いた上で、その灰は隅田川に流してしまひました。

『それにしても、その古道具屋といふのは変な奴ですね。あなたに仮面を売つたのと同じ人間だかどうだか、念のために調べて見ようぢやありませんか。』

孝平は父を誘ひ出して、その晩わざ〳〵山の手《やまのて》まで登つて行《ゆ》きましたが、四谷の大通りにそんな古道具屋の夜店は出てゐませんでした。こゝのところに出てゐたと孝平の教へた場所は、丁度《ちようど》彼《か》の井田さんの質屋の傍《そば》であつたので、流石《さすが》の父もなんだか忌《いや》な心持になつたさうです。母はその後《ご》どうといふこともありませんでしたが、だん〳〵にからだが弱くなりまして、それから三年目に歿《なくな》りました。

『お話はこれだけでございます。その猿の眼には何か薬でも塗つてあつたのではないかと云ふ人もありましたが、それにしても、その仮面が消えたり出たりしたのが判りません。井田さんの髪の毛を掻《か》きむしつたり、母の頭髻《たぶさ》を引つ摑んだりしたのも、何者の仕業だか判りません。如何《いかが》なものでせう。』

『まつたく判りませんな。』

青蛙堂主人も溜息まじりに答へた。

蛇精

一

第五の男は語る。

わたしの郷里には蛇に関する一種の怪談が伝へられてゐる。勿論《もちろん》、蛇と怪談とは離れられない因縁《いんねん》になつてゐて、蛇にみこまれたとか、蛇に祟《たた》られたとか云ふたぐひの怪談は、むかしから数へ尽されないほどであるが、これからお話をするのは、其種《そのしゅ》の怪談と少しく類《るい》を異《こと》にするものだと思つて貰《もら》ひたい。

わたしの郷里は九州の片山里《かたやまざと》で、山に近いのと気候のあたゝかいのとで蛇の類《るい》が頗《すこぶ》る多い。しかしその種類は普通の青大将や、赤棟蛇《やまかがし》や、ゝゝ、なめらや、地《じ》もぐりのたぐひで、人に害を加へるやうなものは少い。蝮《まむし》に咬《か》まれたといふ噂《うわさ》はをり〳〵に聞くが、彼《か》のおそろしいはぶなどは棲《す》んでゐない。蟒蛇《うわばみ》には可《か》なり大きいのがゐる。近年はだん〳〵にその跡《あと》を絶つたが、むかしは一丈五尺乃至《いちじようごしやくないし》二丈ぐらゐの蟒蛇が悠々と蜿《のた》くつてゐたと云ふことである。

その有害無害は別として、誰にでも嫌はれるのは蛇である。こゝらの人間は子供のときから見馴れてゐるので、他国の者ほどにはそれを嫌ひもせず、恐れもしないのであるが、それでも蝮《まむし》と蟒蛇《うわばみ》だけは恐れずにはゐられない。蝮は毒蛇《どくじや》であるから、誰でも恐れるのは当然であるが、而《しか》しこゝらでは蝮のために命をうしなつたとか、不具《かたわ》になつたとか云ふ例は甚《はなは》だ少い。むかしから皆その療治法を心得てゐて、蝮に咬《か》まれたと気が付くとすぐに応急の手当を加へるので、大抵は大難《だいなん》が小難で済むらしい。殊《こと》に蝮は紺《こん》の匂ひを嫌ふといふので、蝮の多さうな山などへ這入《はい》るときには、紺の脚絆《きやはん》や紺足袋《こんたび》をはいて、樹の枝の杖《つえ》などを持つて行つて、見あたり次第に撲《ぶ》ち殺してしまふのである。ほかの土地には蝮捕りとか蛇捕りとかいふ一種の職業があるさうであるが、こゝらにそんな商売はない。蛇を食ふ者もない。まむし酒《ざけ》を飲む者もない。唯《ただ》ぶち殺して捨てるだけである。

蝮は山ばかりでなく、里にも沢山棲んでゐるが、馴れてゐる者は手拭《てぬぐい》をしごいて二つ折りにして、わざとその前に突きつけると、蝮は怒《いか》つてたちまちにその手拭に咬みつく。その途端にぐいと引くと、白髪《しらが》のやうな蝮の歯は手拭に食ひ込んだまゝで脆《もろ》くも抜け落ちてしまふのである。毒牙《どくが》をうしなつた蝮は、武器をうしなつた軍人とおなじことで、その運命はもう知れてゐる。かういふわけであるから、こゝらの人間はたとひ蝮を恐れると云つても、他国の者ほどには強く恐れてゐない。かれは一面に危険なものであると認められてゐながら、また一面には与《くみ》し易《やす》きものであると侮《あなど》られてもゐる。蝮が怖いなどゝいふと笑はれるくらゐである。

しかし彼《か》の蟒蛇《うわばみ》にいたつては、蝮と同日の論ではない。その強大なるものは家畜をまき殺して呑《の》む。あるときは、子供を呑むこともある。それを退治するのは非常に困難で、前に云つた蝮退治のやうな、手軽のことでは済まないのであるから、こゝらの人間もうはゞみに対してはほんたうに恐れてゐる。その恐怖から生み出された古来の伝説が又沢山に残つてゐて、それがいよ〳〵彼等の恐怖を募《つの》らせてゐるらしい。それがために、いつの代《よ》から始まつたのか知らないが、こゝらの村では旧暦の四月のはじめ、彼《か》の蟒蛇がそろ〳〵活動を始めようとする頃に、蛇祭《へびまつり》といふのを執行するのが年々の例で、長い青竹を胴にしてそれに草の葉を編みつけた大蛇《だいじや》の形代《かたしろ》をこしらへ、なんとか云ふ唄を歌ひながら大勢がそれを引き摺《ず》つて行つて、近所の大川《おおかわ》へ流してしまふ。その草の葉を肌守《はだまもり》のなかに入れて置くと、大蛇に出逢はないとか魅《みこ》まれないとか云ふので、女子供は争《あらそ》つてむしり取る。こんな年中行事が遠い昔から絶えず繰返されてゐるのを見ても、いかに彼《か》の蟒蛇がこゝらの人間に禍《わざわい》し、いかにこゝらの人間に恐れられてゐるかを想像することが出来るであらう。

そのなかで唯《ただ》ひとり、彼《か》のうはゞみを些《ち》つとも恐れない人間——寧《むし》ろ蟒蛇の方から恐れられてゐるかも知れないと思はれるやうな人間がこの村に棲《す》んでゐた。かれは本名を吉次《きちじ》郎《ろう》といふのであるが、一般の人のあひだにはその綽名《あだな》の蛇吉《へびきち》を以《もつ》て知られてゐた。かれは二代目の蛇吉で、先代の吉次郎《きちじろう》は四十年ほど前にどこからか流れ込んで来て、屋根屋を職業にしてゐたのであるが、ある動機から彼はうはゞみ退治の名人であると認められて、夏のあひだは蟒蛇退治がその本職のやうになつてしまつた。その吉次郎は既に世を去つて、そのせがれの吉次郎が矢はり父のあとを継いで、屋根屋と蟒蛇退治とを兼業にしてゐたが、その手腕《しゆわん》は寧《むし》ろ先代を凌《しの》ぐといふので、二代目の蛇吉は大いに村の人々から信頼されてゐた。かれは六十に近い老母と二人暮しで、こゝらの人間としては先《ま》づ普通の生活をしてゐたが、いつか本職の屋根屋を廃業して、うはゞみ退治専門になつた。かれは夏の間だけ働いて、冬のあひだは寝て暮した。

かれは何《ど》ういふ手段でうはゞみを退治するかといふと、それには二つの方法があるらしい。その一つは、蟒蛇の出没しさうな場所を選んでそこに深い穴をほり、そのなかで一種の薬を焼くのである。うはゞみはその匂ひをかぎ付けて、どこからか這ひ出して来て、そのおとし穴の底に蜿《のた》り込むと、穴が深いので再び這ひあがることが出来ないばかりか、その薬の香《か》に酔はされて遂《つい》に麻痺したやうになる。さうなれば生かさうと殺さうと彼《かれ》の自由である。但《ただ》しその薬がどんなものであるか、かれは固く秘して人に洩《もら》さなかつた。

単にこれだけのことであれば、その秘密の薬さへ手に入れば誰にでも出来さうなことで、特に蛇吉の手腕を認めるわけには行かないが、第二の方法は彼でなければ殆《ほとん》ど不可能のことであつた。たとへば蟒蛇が村のある場所にあらはれたといふ急報に接して、今更俄《いまさらにわか》におとし穴を作つたり、例の秘薬を焼いたりしてゐるやうな余裕のない場合にはどうするかと云ふと、かれは一挺《いつちよう》の手斧を持ち、一つの麻袋を腰につけて出かけるのである。麻袋の中《うち》には赭土色《あかつちいろ》をした粉薬《こぐすり》のやうなものが貯《たくわ》へてあつて、先《ま》づ蛇の来る前路《ぜんろ》にその粉薬を一文字《いちもんじ》にふり撒く。それから四五間《しごけん》ほど引き下《さが》つたところに又振りまく。更に四五間距《けんはな》れたところに又ふり撒く。かうして、蛇の前路に三本の線を引いて敵を待つのである。

『おれは屹《きつ》と二本目で扼《く》ひ止《と》めてみせる。三本目を越して来るやうでは、おれの命があぶない。』

かれは常《つね》にかう云つてゐた。さうして、彼《か》の手斧を持つて、第一線を前にして立つてゐると、蟒蛇は眼を嗔《いか》らせて向つて来るが、第一線の前に来てすこしく躊躇《ちゆうちよ》する。その隙をみて、かれは猶予《ゆうよ》なく飛びかゝつて敵の真向《まつこう》をうち砕《くだ》くのである。もし第一線を躊躇せずに進んで来ると、かれは後ろ向きのまゝで蛇よりも早くする〳〵と引き下つて、更に第二線を守るのである。第一線を乗り越えた敵も、第二線に来ると流石《さすが》に躊躇する。躊躇したが最後、蛇吉の斧はその頭《かしら》の上に打ち下《おろ》されるのである。かれの云ふ通り、大抵のうはゞみは第一線にほろぼされ、たとひ頑強《がんきよう》にそれを乗り越えて来ても、第二線の前にはかならずその頭《かしら》をうしなふのであつた。口で云ふとこの通りであるが、なにしろ正面から向つて来る蛇に対して先づ第一線で支《ささ》へ、もし危いと見ればすぐに退《しりぞ》いて第二線を守るといふのであるから、飛鳥《ひちょう》と云はうか、走蛇《そうだ》といはうか、すこぶる敏捷《びんしょう》に立ち廻らなければならない、蛇吉の蛇吉たるところはこゝにあると云つて可《い》い。

ところが、ある時、その第二線をも平気で乗り越えて来た大蛇《だいじゃ》があつたので、見物してゐる人々は手に汗を握つた。蛇吉も顔の色を変へた。かれはあわてゝ退いて第三線を守ると、敵は更に進んでそれをも乗り越えた。

『あゝ、駄目だ。』

人々は思はず溜息をついた。

蛇吉が退治に出るときは、いつでも赤裸《あかはだか》で、わづかに紺染《こんぞめ》の半股引《はんももひき》を穿《は》いてゐるだけである。けふもその通りの姿であつたが、最後の一線もいよ〳〵破られて万事休《ばんじきゅう》すと見るや、かれは手早くその半股引をぬぎ取つて、なにか呪文のやうなことを唱《とな》へて跳《おど》り上《あが》りながら、その股のまん中から二つに引き裂くと、その蟒蛇も口の上下《うえした》から二つに裂けて死んだ。蛇吉はひどく疲れたやうに倒れてしまつたが、人々に介抱されてやがて正気に復《かえ》つた。

それ以来、人々はいよ〳〵蛇吉を畏敬するやうになつた。かれが振りまく粉薬も矢はり一種の秘薬で、蛇を毒するものに相違ない。その毒に逢つて弱るところを撃ち殺すといふ、その理窟は今までにも大抵判つてゐたが、今度のことは何とも判断が付かなかつた。九死一生の場になつて、彼がなにかの呪文を唱へながら自分の股引《ももひき》を二つに引き裂くと、蛇もまた二つにひき裂かれて死んだ。かうなると、一種の魔法と云つても可《い》い。勿論、かれに訊いたところで、其の説明をあたへないのは知れ切つてゐるので、誰もあらためて詮議する者もなかつたが、彼はどうも唯《ただ》の人間ではないらしいといふ噂が諸人《しよにん》の口から耳へと囁《ささや》かれた。

『蛇吉は人間でない。あれは蛇《へび》の精《せい》だ。』

こんなことを云ふ者も出て来た。

二

人間でも、蛇の精でも、蛇吉の存在はこの村の幸《さいわい》であるから、誰も彼に対して反感や敵意をいだく者もなかつた。万一かれの感情を害したら、どんな祟《たたり》をうけるかも知れないといふ恐怖もまじつて、人々はいよ〳〵彼を尊敬するやうになつた。彼の股引《ももひき》の一件があつてから半年ほどの後に、蛇吉の母は頓死《とんし》のやうに死んで、村中の人々から懇《ねんご》ろに弔《とむら》はれた。

母のないあとは蛇吉ひとりである。かれはもう三十を一つ二つ越えてゐる。本来ならば疾《と》うに嫁を貰つてゐる筈《はず》であるが、なにぶんにも蛇吉といふ名が累《わずら》ひをなして、村内《そんない》は勿論、近村《きんそん》からも進んで縁談を申込む者はなかつた。かれは村の者からも尊敬されてゐる。しかし彼《かれ》と縁組をすると云うはゞみの種《たね》の尽きない限りは、その生活も保証されてゐる。しかし彼と縁組をすると云ふことになると、流石《さすが》に二の足を踏むものが多いので、かれはこの年になるまで独身であつた。

『今まではおふくろが居ましたから何《なん》とも思はなかつたが、自分ひとりになると何《ど》うもさびしい。第一に朝晩の煮炊《にた》きにも困ります。誰か相当の嫁をお世話下さいませんか。』と、彼はあるとき庄屋の家《うち》へ来て頼んだ。

庄屋も気の毒に思つた。なんの彼《か》のと蔭口《かげぐち》をいふもの丶、かれは多年この村の為になつてくれた男である。ふだんの行状も別に悪くはない。それが母をうしなつて不自由であるから嫁を貰《もら》ひたいといふ。まことに道理《もつとも》のことであるから、なんとかして遣《や》らうと請合《うけあ》つて置いて、村の重立《おもだ》つた者にそれを相談すると、誰も彼も首をかしげた。

『まつたくあの男も気の毒だがなあ。』

気の毒だとは云ひながら、さて自分の娘を遣らうとも、妹をくれようとも云ふ者はないので、庄屋も始末に困つてゐると、そのなかで小利口な一人がこんなことを云ひ出した。

『では、どうだらう。このあひだから重助《じゆうすけ》の家《うち》に遠縁の者だとか云つて、三十五六の女がころげ込んでゐる。なんでも何処《どこ》かの達磨茶屋《だるまぢやや》に奉公してゐたとか云ふのだが、重助に相談して彼《あ》の女を世話して遣ることにしては……。』

『だが、あの女には悪い病《やまい》があるので、重助も困つてゐるやうだぞ。』と、又ひとりが云つた。

『併《しか》し兎《と》も角《かく》もさういふ心当りがあるなら、重助をよんで訊いてみよう。』

庄屋はすぐに重助を呼んだ。かれは水飲み百姓で、一家内《いつかない》四人の暮しさへも細々であるところへ、この間から自分の従弟《いとこ》の娘といふのが転《ころ》げ込んで来てゐるので、まつたく困ると零《こぼ》し抜いていた。娘と云つても今年三十七で、若いときから身持が悪くて方々のだるま茶屋などを流れ渡つてゐたので、重い瘡毒《そうどく》にかゝつてゐる。それで、もう何処《どこ》にも勤めることが出来なくなつたので、親類の縁をたよつて自分の家《うち》へ来てゐるが、達者なからだならば格別、半病人で毎日寝たり起きたりしてゐるのであるから、世話が焼けるばかりで何の役にも立たない。と、かれは庄屋の前で一切《いつさい》を打ちあけた。

『半病人では困るな。』と、庄屋も顔をしかめた。『実は嫁の相談があるのだが……。』

『あんな奴を嫁に貰《もら》ふ人がありますかしら。』と、重助は不思議さうに訊いた。

『きつと貰ふか何《ど》うかは判らないが、あの吉次郎が嫁を探してゐるのだ。』

『はあ、あの蛇吉ですか。』

蛇吉でも何でも構《かま》はない。あんな奴を引取つてくれる者があるならば、どうぞお世話をねがひたいと重助はしきりに頼んだ。併《しか》し半病人ではどうにもならないから、いづれ達者な体になつてからの相談にしようと、庄屋は彼に云ひ聞かせて帰した。

それから半月ほど経つて、重助は再び庄屋の家《うち》へ来て女の病気はもう癒《なお》つたからこのあひだの話をどうぞ纏《まと》めてくれと云つた。かれは余程その女の始末に困つてゐるらしい。したがつて、その病気全快と云ふのもなんだか疑はしいので、庄屋もその返事に渋つてゐるところへ、恰《あたか》も彼《か》の蛇吉が催促に来て、まだ何《なん》にも心当りはないかと云つた。嫁に遣りたいといふ人、嫁を貰ひたいといふ人、それが同時に落ち合つたのは何かの縁かも知れないと思つたので、庄屋は兎もかくもその話を切出してみると、蛇吉は二つ返事で何分よろしく頼むと答へた。女は三十七で自分よりも五つの年上であること、女は茶屋奉公のあがりで悪い病気のあること。それらをすべて承知の上で自分の嫁に貰ひたいと彼は云つた。かうなれば、もう仔細《しさい》はない。話は滑《すべ》るやうに進行して、それから更に半月とは過ぎないうちに、蛇吉の家《うち》には年増《としま》の女房が坐り込んでゐるやうになつた。女房の名はお年と云ふのであつた。

庄屋の疑つてゐた通り、お年はまだほんたうに全快してゐるのではなかつた。無理に起きてはゐるもの丶、かれは真蒼《まつさお》な顔をして幽霊のやうに痩せ衰へてゐた。よんどころない羽目《はめ》で世話をしたもの丶、あれで無事に納まつてくれ丶ば可《い》いがと、庄屋も内々心配してゐると、不思議なことに、それから又半月と過ぎ、一月《ひとつき》と過ぎてゆくうちに、お年はめき〳〵と元気が附いて来て、顔の色も見ちがへるやうに艶々《つやつや》しくなつた。

『蛇吉が蛇の黒焼でも食はしたのかも知れねえぞ。』と、蔭《かげ》では噂をする者もあつた。

それはどうだか判らないが、お年が健康を回復したのは事実であつた。さうして、年下の亭主と仲よく暮してゐるのを見て、庄屋も先《ま》づ安心した。実際、かれらの夫婦仲は他人の想像以上に睦《むつま》じかつた。多年大勢の男を翻弄して来た莫蓮女《ばくれんおんな》のお年も、蛇吉といふ男に対しては我ながら怪しまれるほどに濃厚の愛情をさゝげて仕《つか》へた。蛇吉も勿論かれを熱愛した。かうして三年あまりも同棲してゐるあひだに、蛇吉は自分の仕事の上の秘密を大かたは妻にうち明けてしまつた。

かれの家《いえ》のうしろには屋根の低い小屋がある。北向きに建てられて、あたりには樹木が繁つてゐるので、昼でも薄暗く、年中じめ〳〵してゐる。その小屋の隅《すみ》に見なれない茸《きのこ》の二つ三つ生えてゐるのをお年が見つけて、あれは何だと蛇吉にたづねると、それは蛇を捕る薬であると彼《かれ》は説明した。大小幾匹の蛇を殺して、その死骸を土の底ふかく埋《うず》めて置くと、二三年の後にはその上に一種の茸《きのこ》が生える。それを蔭干しにしたのを細かく刻み、更に女の髪の毛を細かく切つて、別に一種の薬をまぜて煉《ね》り合はせる。かうして出来上つた薬を焼くと、うはゞみはその匂ひを慕つて近寄るのであると云つた。但し他の一種の薬だけは、蛇吉も容易にその秘密を明かさなかつた。もう一つ、彼《か》のうはゞみと戦ふときに振りまく粉薬といふのも、やはりその茸に何物かを調合するのであつた。たとひその秘密をくはしく知つたところで、他人には所詮出来さうもない仕事であるから、お年もそれ以上には深く立入つて詮議もしなかつた。

夫婦の仲もむつまじく、生活に困るのでもなく、一家はまことに円満に暮してゐるのであるが、なぜか此頃は蛇吉の元気がだん〳〵に衰へて来たやうにも見られた。かれは時々にひとりで溜息をついてゐることもあつた。お年もなんだか不安に思つて、どこか悪いのではないかと訊いても、夫は別に何事もないと答へた。併《しか》しある時こんなことを問はず語りに云ひ出した。

『おれもこんなことを長くは遣つてゐられさうもないよ。』

お年は別に現在の職業を嫌つてもゐなかつたが、老人になつたらばこんな商売も出来ないであらうとは察してゐた。今のうちから覚悟して、ほかの商売をはじめる元手でも稼ぎためるか、廉《やす》い田地《でんち》でも買ふことにするか、なんとかして老後のたつきを考へて置かなければなるまいと思つて、それを夫に相談すると、蛇吉はうなづいた。

『おれはどうでも可《い》いが、おまへが困るやうなことがあつてはならない。その積《つも》りで今のうちに精々《せいぜい》かせいで置くかな。』

かれは又、こんなことを話した。

『村の人はみんな知つてゐることだが、家《うち》のおふくろが死ぬ少し前に、おれは怖しい蟒蛇《うわばみ》に出逢つて、あぶなくこつちが負けさうになつた。相手が三本目の筋まで平気で乗り越して来たときには、おれももう途方にくれてしまつたが、その時ふつと思ひ出したのは、死んだ親父の遺言だ。おやぢが大病で所詮むづかしいと云ふときに、おれの亡い後《のち》、もし一生に一度の大難《だいなん》に出逢つたらば、おれの名を呼んで斯《こ》ういふ呪文を唱へろ。おれが屹《きつ》と救つてやるよ。しかし二度はならない、一生に一度限りだぞと、くれ〴〵も念を押して云ひ残されたことがある。おれはそれを思ひ出したので、半分は夢中で股引《ももひき》をぬいで、おやぢの名を呼んで呪文を唱へながら、それをまつ二《ぷた》つにひき裂くと、不思議に相手もまつ二つに裂けて死んだ。どういふ料簡で、おれが股引を引き裂いたのか、自分にもわからない。多分死んだ親父がさうしろと教へてくれたのだらう。家《うち》へ帰つてその話をすると、おふくろは喜びもし、嘆きもした。一生に一度といふ約束を果たしてしまつたから、お父《とつ》さんも二度とはおまへを救つては下さるまい。これからはその積りで用心しろと云つた。その当座はそれほどにも思はなかつたが、このごろはそれが思ひ出されて、なんだか馬鹿に気が弱くなつてならない。なに、おれ一人ならばどうにでもなるが、お前のことを考へるとどうかく〵してはゐられない。』

何につけても自分を思つてくれる夫の深切《しんせつ》を、お年は身にしみて嬉しく感じた。

三

ふたりが同棲してから四度目《よたびめ》の夏が来た。今年は隣村《となりむら》に大きい蟒蛇《うわばみ》が出て、田畑をあらし廻るので、男も女もみな恐れをなして、野良仕事に出る者もなくなつた。このまゝにして置いては田畑に草が生えるばかりであるから、なんとかして蟒蛇退治の方法をめぐらさなければならないと、村中があつまつて相談の末に、彼《か》の蛇吉を頼んで来ることになつた。首尾よく退治すれば金一両に米三俵《びょう》を附けて呉れるといふのであつたが、その相談を蛇吉は断つた。

となり村ではよく〳〵困つたとみえて、更《さら》に庄屋のところへ頼んで来て、お前さんから何とか蛇吉を説得して貰ひたいと云ひ込んだ。隣村の難儀を庄屋も気の毒に思つて、あらためて自分から蛇吉に云ひ聞かせると、かれは矢はり断つた。今度の仕事はどうも気乗りがしないから勘弁してくれと云つたが、庄屋はそれを許さなかつた。

『おまへも商売ではないか。金一両に米三俵をくれると云ふ仕事をなぜ断る。第一に隣同士の好《よ》しみと云ふこともある。五年前、こつちの村に水の出たときには、隣村の者が来て加勢してくれたことをお前も知つてゐる筈だ。云はゞお互ひのことだから、向うの難儀をこつちが唯《ただ》見物してゐては義理が立たない。誰にでも出来ることならば他《ほか》の者を遣《や》るが、こればかりはお前でなければならないから、わたしも斯《こ》うして頼むのだ。どうぞ頼まれて行つてくれ。』

かう云はれると、蛇吉は飽《あく》まで強情を張つてゐるわけにも行かなくなつた。彼はたうとう無理往生《むりおうじょう》に承知させせられることになつたが、家《うち》へ帰つても何だか沈み勝《がち》であつた。あくる朝、身支度をして出てゆく時にも、なみだを含んで妻に別れた。

　となり村ではよろこんで彼を迎へた。かれは庄屋の家《うち》へ案内されて色々の馳走《ちそう》になつた上で、いつもの通り、うはゞみ退治の用意に取りかゝつたが、かれが此村《このむら》へ足を踏み込んでから彼《か》のうはゞみは一度もその姿をみせなくなつた。蛇吉の来たのを知つて、さすがの蟒蛇も遠く隠れたのではあるまいかなどゝ云ふ者もあつたが、相手が姿をみせない以上、それを釣り出すより外《ほか》はないので、蛇吉は蛇の出さうな場所を見立てゝ、そこに例のおとし穴をこしらへて、例の秘密の一薬《いちやく》を焼いた。而《しか》しそれは何の効《こう》もなかつた。小蛇一匹すらもその穴には墜《お》ちなかつた。

　折角来たものであるから、もう少し辛抱してくれと引き留められて、蛇吉はこゝに幾日かを暮したが、蟒蛇は遂《つい》にその姿をあらはさなかつた。おとし穴にも罹《かか》らなかつた。『あまり遅くなると、家《うち》の方でも案じませうから、わたしはもう帰ります。』と、かれは十一日目の朝になつて、どうしても帰ると云ひ出した。

　相手の方でもいつまで引き留めて置くわけには行かないので、それでは又あらためてお願ひ申すといふことになつて、村方《むらかた》から彼に二歩《にぶ》の礼金をくれた。蟒蛇退治に成功しなかつたが、兎《と》もかく彼がこゝへ来てから、その姿を見せなくなつたのは事実である。殊《こと》に十日以上の暇をつぶさせては、このまゝ空手《からて》で帰すことも出来ないので、その礼心《れいごころ》にそれだけの金を贈つたのである。

『なんの役にも立たないでお気の毒ですが、折角のおこゝろざしだから頂きます。』

かれはその金を貰つて出ようとする時、村の者の一人があわたゞしく駈けて来て、山つゞきの藪際《やぶぎわ》に大きい蟒蛇が姿をあらはしたと注進したので、一同は俄《にわか》に色めいた。

『もう一足《ひとあし》で吉《きち》さんを帰してしまふところであつた。さあ、どうぞ頼みます。』

もと〳〵それがために来たのであるから、蛇吉も猶予《ゆうよ》することは出来なかつた。かれはすぐに身ごしらへをして、案内者と一緒に其場へ駈けつけると、果《はた》して大蛇《だいじゃ》は藪から半身をあらはして眠つたやうに腹這《はらば》つてゐた。蛇吉は用意の粉薬《こぐすり》をとり出して、川といふ字を横にしたやうな三本の線を地上に描いた。かれは第一線を前にして突《つ》つ立ちながら、なにか大きな叫び声をあげると、今まで眠つてゐたやうな蟒蛇は眼をひからせて頭《かしら》をあげた。と思ふと、たちまちに火焰《ほのお》のやうな舌を吐きながら、蛇吉の方へ向つてざら〳〵と走りかゝつて来たが、第一線も第二線もなんの障碍《しょうがい》をなさないらしく、敵は驀地《まっしぐら》にそれを乗越えて来た。第三線もまた破られた。

蛇吉は先度《せんど》のやうに呪文を唱へなかつた。股引も脱がなかつた。かれは持つてゐる手斧をふりあげて正面から敵の真向《まっこう》を撃つた。その狙ひは狂はなかつたが、敵はこの一《ひ》と撃《うち》に弱らないらしく、その強い尾を働かせて彼の左の足から腰へ、腰から胸へと巻きついて、人の顔と蛇の首とが摺《す》れ合ふほどに向ひ合つた。もう斯《こ》うなつては組討のほかはない。蛇吉は斧をなげ捨てゝ、両手で力まかせに蛇の喉首《のどくび》を絞めつけると、敵も満身の力をこめて彼のからだを締め付けた。

この怖しい格闘を諸人《しよにん》は息をのんで見物してゐると、敵の急所を摑《つか》んでゐるだけに、この闘ひは蛇吉の方《はう》が有利であつた。さすがの大蛇も喉《のど》の骨を挫《くじ》かれて、次第次第に弱つて来た。

『こいつの尻尾《しつぽ》を斬つてくれ。』と、蛇吉は怒鳴つた。

大勢のなかから気の強い若者が駈出《かけだ》して行つて、鋭い鎌《かま》の刃で蛇の尾を斬り裂いた。尾を斬られ、頸《くび》を傷《いた》められて、大蛇もいよ〳〵弱り果てたのを見て、更に五六人が駈け寄つて来て、思ひ〳〵の武器を揮《ふる》つたので、大蛇は蟻《あり》に苛《さいな》まれる蚯蚓《みみず》のやうに蜿《のた》うち廻つて、その長い亡骸《むくろ》をあさ日の下《した》に晒《さら》した。それと同時に、蛇吉も正気をうしなつて大地に倒れた。

かれは庄屋の家《うち》へかつぎ込まれて、大勢の介抱をうけて、やうやくに息をふき返した。別に怪我《けが》をしたといふでもないが、かれはひどく疲労衰弱して、再び起きあがる気力もなかつた。

蛇吉は戸板にのせて送り帰されたときに、お年は声をあげて泣いた。村の者もおどろいて駈付けて来た。自分が無理にすゝめて出して遣《や》つて、こんなことになつたのであるから、庄屋はとりわけて胸を痛めて、お年をなぐさめ、蛇吉を介抱してゐると、かれは譫言《うわごと》のやうに叫んだ。

『もう好《い》いから、みんな行つてくれ、行つてくれ。』

かれは続けてそれを叫ぶので、病人に逆《さか》らふのもよくないから一先《ひとま》づこゝを引取らうではないかと庄屋は云ひ出した。親類の重助ひとりをあとに残して、なにか変つたことがあつたらばすぐに報《しら》せるやうにお年にも云ひ聞かせて、一同は帰つた。朝のうちは晴れてゐたが、午後から陰《くも》つて蒸暑く、六月なかばの宵《よい》は雨になつた。

お年と重助はだまつて病人の枕もとに坐つてゐた。雨の宵はだん〳〵にさびしく更《ふ》けて、雨の音にまじつて蛙《かわず》の声もきこえた。

『重助も帰つてくれ。』と、蛇吉は唸《うな》るやうに云つた。

ふたりは顔をみあはせてゐると、病人はまた唸つた。

『お年《とし》も行つてくれ。』

『どこへ行くんです。』と、お年は訊いた。

『どこでも可《い》い。重助と一緒に行け。いつまでもおれを苦《くる》しませるな』

『ぢやあ、行きますよ。』

ふたりは首肯《うなず》き合つてそこを起《た》つた。一本の傘を相合《あいあい》にさして、暗い雨のなかを四五間《けん》ばかり歩き出したが、また抜足をして引返して来て、門口《かどぐち》からそつと窺《うかが》ふと、内《うち》はひつそりして唸り声もきこえなかつた。ふたりは再び顔をみあはせながら、更に忍んで内をのぞくと、病人の寝床は藻《も》ぬけの殻《から》で、蛇吉のすがたは見えなかつた。

それがまた村中の騒ぎになつて、大勢は手分けをしてそこらを探し廻つたが、蛇吉のすがたは何処《どこ》にも見出されなかつた。かれは住み馴れた家《いえ》を捨て、最愛の妻を捨て、永久にこの村から消え失《う》せてしまつたのである。かれが妻にむかつて、この商売を長くは遣《や》つてゐられないと云つたことや、隣村へゆくことをひどく嫌つたことや、それらの事情を総合してかんがへると、或《あるい》は自分の運命を予覚《よかく》してゐたのではないかとも思はれるが、かれは果《はた》して死んでしまつたのか、それとも何処かに隠れて生きてゐるのか、それはいつまでも一種の謎として残されてゐた。

併《しか》し村人の多数は、彼の死を信じてゐた。さうして、かういふ風に解釈してゐた。

『あれはやつぱり唯《ただ》の人間ではない。蛇だ、蛇の精《せい》だ。死ぬときの姿をみせまいと思つて、山奥へ隠れてしまつたのだ。』

かれが蛇の精であるとすれば、その父や母もおなじく蛇でなければならない。そんなことのあらう筈《はず》がないと、お年は絶対にそれを否認してゐた。而《しか》もなぜ自分の夫が周囲の人々を遠ざけて、その留守のあひだに姿を隠したのか。その仔細《しさい》は彼女《かれ》にも判らなかつた。

これは江戸の末期、文久《ぶんきゅう》年間の話であるさうだ。

清水《しみず》の井《い》

一

第六の男は語る。

唯今《ただいま》は九州のお話が出たが、僕の郷里もやはり九州で、あの辺にはいはゆる平家伝説といふものが沢山に残つてゐる。伝説には兎《と》かく怪奇のローマンスが附き纏《まと》つてゐるものであるが、これなどもその一つだ。但しこれは最近の出来事ではない。なんでも今から九十年ほども昔の天保初年《てんぽうしよねん》のことだと聴いてゐる。僕の郷里の町から十三里ほども距《はな》れたところに杉堂《すぎどう》といふ村がある。そこから更《さら》にまた三里余り引込んだところだと云ふから、今日では兎《と》も角《かく》も、そのころでは可《か》なり辺鄙《へんぴ》な土地であつたに相違ない。そこに由井吉左衛《ゆいきちざえ》門《もん》といふ豪家《ごうか》があつた。なんでも先祖は菊池の家来《けらい》であつたが、菊池がほろびてからこゝに隠れて、刀をさしながら田畑を耕してゐたのださうだが、理財の道にも長《た》けてゐた人物とみえて、だん〳〵に土地を開拓して、こゝらでは珍しいほどの大百姓になりすました。さうして、子孫連綿として徳川時代までつゞいて来たのであるから、土地のものは勿論、代々の領主もその家に対しては特別の待遇をあたへて、苗字帯刀を許される以外に、新年にはかならず登城して領主に御祝儀を申上げることにもなつてゐた。

そんなわけで、百姓とはいふものゝ一種の郷士《ごうし》のやうな形で、主人が外出するときには大小をさし、その屋敷には武具や馬具なども飾つてあるといふ半士半農の生活を営んでゐて、男の雇人ばかりでも三四十人を使つて、大きい屋敷のまはりには竹藪をめぐらし、又その外には自然の小川を利用して小さい濠《ほり》のやうなものを作つてゐた。土地の者がその門前を通るときは、笠をぬぎ、頬かむりを取つて、一々丁寧に挨拶して行き過ぎるといふ風で、その近所近辺の村人には大方《おおかた》ならず尊敬されてゐた。当主は代々吉左衛門の名を継ぐことになつてゐて、この話の天保初年には十六代目の吉左衛門が当主であつたさうだ。

由井吉左衛門にふたりの娘があつて、姉はおそよ、妹はおつぎと云つた。この姉妹《きょうだい》がある年の秋のはじめ頃からだん〳〵に痩せおとろへて、所謂《いわゆる》ぶら〳〵病《やまい》といふ風《ふう》で、昼の食事も進まず、夜もおち〳〵とは眠られないやうになつたので、両親もひどく心配して、遠い熊本の城下から良い医者をわざ〳〵呼び迎へて、色々に手あつい療治を加へたが、姉妹ともに何《ど》うも捗々《はかばか》しくない。どの医者もいたづらに首をかたむけるばかりで、一体なんといふ病症であるかも判《わか》らない。おそよは十八、おつぎは十六、どつちも年頃の若い娘であるから、世にいふ恋煩《こいわずら》ひのたぐひではないかとも疑はれたが、ひとりならず、姉妹揃つておなじ恋煩ひといふのも少し可怪《おかし》い。勿論、ふたりともにどつと寝付いてゐると云ふわけでもなく、天気の好《い》い日や、気分のいゝ日には、寝床から起き出して田圃《たんぼ》や庭などをぶら〳〵歩いてゐるのであるが、それでも病人は病人に相違ないので、親達の苦労は絶えなかつた。

さうすると、親たちにも色々の迷ひが出る。土地の者も色々のことを云ひふらすやうになる。由井の家《うち》の娘には何かの憑物《つきもの》がしてゐるか、さもなければ由井の家に何か祟《たた》つてゐるのであらうといふ噂が、それからそれへと拡がつてゆくので、親たちもそれを気に病んで、神主《かんぬし》や僧侶や山伏や行者などを交《かわ》る〴〵に呼び迎へて、あらゆる加持祈禱《かじきとう》をさしてみたが、いづれも効験《こうげん》がない。そのうちに、下男《げなん》のひとりが斯《こ》ういふ秘密を主人夫婦に囁《ささや》いた。

その下男は夜なかに一度づつ屋敷内を見まはるのが役目で、師走《しわす》の月の冴えた夜《よ》にいつもの通りに見まはつて歩くと、裏手の古井戸のそばに二人の女の立つてゐる姿をみつけた。夜目遠目ではあるが、今夜の月は明るいので、その女達が主人の娘ふたりに相違ないことを早くも知つて、かれは不思議に思つた。大きい木のかげに隠れて、猶《なお》もその様子をうかゞつてゐると、姉妹は手をひき合つて睦《むつま》じく寄添ひながら、一心に井戸の底をのぞいてゐるらしかつた。まさかに身を投げるのでもあるまいと油断なく窺《うかが》つてゐると、やがて姉妹は嬉しさうに笑ひながら、手をひき合つたまゝで内へ這入つた。

下男の密告は単にそれだけに過ぎないが、考へてみると不審は重々《じゅうじゅう》であると云はなければならない。若い女、ことに半病人の女達が、なんの用があつて寒い夜更けに裏口へ出て、古井戸のなかを覗いてゐるのかと吉左衛門夫婦も眉をひそめた。そこで、その下男に云ひつけて、あくる夜も窃《そつ》と井戸のあたりに忍ばせて置くと、その晩も夜のふけた頃に彼《か》の姉妹が手をひき合つて出て来た。さうして、ゆうべと同じやうに井戸をのぞいて、やはり嬉しさうに帰つて行くのであつた。

かういふ不思議な挙動が二晩もつゞいた以上、親達ももう打捨てゝ置くわけには行かなくなつた。しかし姉妹ふたりを一緒に詮議しては却つて実《じつ》を吐くまいと思つたので、吉左衛門夫婦は先《ま》づ妹のおつぎを問ひ糺《ただ》すことにした。年が若いだけに、妹の方が容易に白状するであらうと思つたからであつた。おつぎは奥の一《ひ》と間《ま》へ呼び入れられて、両親が膝づめで詮議すると、最初は強情に口をつぐんでゐたが、色々に責められて到頭《とうとう》白状した。その白状がまた奇怪なものであつた。おそよとおつぎは奥の八畳の間《ま》に毎夜の寝床をならべるのを例としてゐたが、八月はじめの或夜のことである。おつぎが夜中にふと眼をさますと、自分のとなりに寝てゐる姉が窃《そつ》と起きてゆく。初めは厠《かわや》へでも行くのかと思つてゐると、おそよは縁さきの雨戸をあけて、庭口の方へ忍んで出るらしいので、おつぎもなんだか不思議に思つた。一種の不安と好奇心とに誘はれて、かれも窃と姉のあとをつけて出ると、おそよは庭口から裏手へまはつた。そこには広い空地があつて、古い井戸のほとりには大きい椿が一本立つてゐる。おそよはその井戸のそばへ忍び寄つて、月あかりに井戸の底を覗いてゐるらしかつた。

それから、毎晩注意してゐると、おそよの同じ行動は四日も五日も続いて繰返された。おつぎはそれを両親に密告しようかとも思つたが、ふだんから仲好しの姉の秘密をむやみに訴へるのは好くないと考へて、ある晩、姉がいつものやうに出てゆくところを呼びとめて、一体なんの為にそんなことをするのかと聞き糺《ただ》すと、おそよは心願があるのだと云つた。それがどうも疑はしいので、おつぎは更に根掘り葉ほり詮議すると、おそよもたうとう包み切れなくなつて、初めてその秘密を妹にうち明けた。

今から一月《ひとつき》ほど前の午《ひる》ごろに、おそよが彼《か》の古井戸のほとりを通ると、二匹の大きい美しい蝶が縺《もつ》れ合つて飛んでゐて、やがてその二つの蝶は重なり合つたまゝで井戸のなかへ落ちて行つた。おそよはその行方を見定めようとして、井戸のそばへ寄つて見おろすと、蝶の姿はもう見えなかつた。水に落ちてしまつたのかと、ぢつと底の方を覗いてゐると、水の上に二つの美しい男の顔が映つた。おどろいて左右を見返つたが、あたりには誰もゐない。ふたつの蝶が二つの男の顔に変つたわけでもあるまい。不思議に思つて、いつまでも覗いてゐると、その男の顔はこつちを見あげてにつこりと笑つたので、おそよはぞつとして飛び退《の》いた。

併《しか》し薄気味の悪かつたのは単にその一刹那《いつせつな》だけで、おそよは再びその美しい男の顔が見たくなつた。かれは左右をうかゞひながら、抜き足をして井戸のそばへ立寄つて、窃と水の上を覗いてみたが、男の顔はもう浮んでゐなかつた。おそよは云ひ知れない強い失望を感じて、すごく〳〵とそこを立去つたが、あくる日再びその井戸端を通ると、かれは今日もその上にふたつの蝶の縺れて飛んでゐるのを見た。蝶はどこかへ姿を隠してしまつたが、おそよはその蝶のゆくへを追ふやうに、けふも井戸のなかを覗いてみると、二つの男の顔は又あらはれた。おそよはいつまでも飽かずにその顔を見つめてゐた。

それが始まりで、おそよは一日のうちに幾たびかその古井戸をのぞきに行つた。さうしてゐるうちに、明るい真昼には男の顔が見えなくなつて、かれらの美しい顔は夜でなければ水の上に浮ばないやうになつた。夜ならば月夜は勿論、暗《やみ》の夜でも男の顔はは〻〻つきりと見えて、宵のうちよりも真夜中の方が一層あざやかに浮き出してゐた。

おそよが此頃夜ふけに寝床を抜出してゆく仔細はそれで判つたが、妹のおつぎにはまだ十分に信じられなかつたので、かれは姉にたのんで一緒に連れて行つて貰ふことになつた。古井戸の水の上には果《はた》して二つの白い顔が映つてゐて、いづれも絵にかいたお公家様《くげさま》のやうな、こゝらでは曾《かつ》て見たこともない優美な若い男達であつたので、おつぎも暫《しばら》くは夢のやうな心持で、その顔を見つめてゐた。さうして姉が毎晩かゝさずにこゝへ忍んで来るのも成《なる》ほど無理はないと首肯《うなず》かれた。

井戸の水に映る顔は二つで、今までは姉ひとりがそれを眺めてゐたのであるが、その後は二つの顔に向ひ合ふ女の顔も二つになつた。姉妹《きようだい》は毎夜誘ひあはせて、その井戸端へ通ひつゞけてゐたのである。勿論、その顔を覗くだけのことで、ほかには何《ど》うにも仕様がないのであるが、彼《か》の猿猴《えんこう》が水の月を掬《すく》ふとおなじやうに、この姉妹も水にうつる二つの美しい顔をすくひ上げたいやうな心持で、夜のふけるのを待ちかねて毎晩毎晩忍んで行つた。さうして、身も痩せるばかりの果敢《はか》ない遣瀬《やるせ》ない思ひに悩みつゞけてゐるのであつた。

二

吉左衛門夫婦は更に姉娘のおそよを呼び出して詮議すると、妹がもう一切《いつさい》を白状してしまつたのであるから、姉も今更つゝみ隠すことは出来なかつた。おそよも親たちの前で正直に何も彼《か》も打ちあけたが、その申口《もうしくち》はおつぎと些《ちつ》とも変らないので、吉左衛門夫婦ももう疑ふ余地はなかつた。念のために夫婦はその夜ふけに井戸をのぞきに行つたが、姉妹の父母の眼にはなんにも映らなかつた。

『この井戸の底に何か怪しい物が棲《す》んでゐて、娘たちを惑《まどわ》すに相違ない。底を浚《さら》つてあらためてみろ。』と、吉左衛門は命令した。

師走の半《なかば》ではあるが、けふは朝から麗《うらら》かに晴れた日で、どこかで笹鳴きの鶯《うぐいす》の声もきこえた。男女《おとこおんな》の奉公人が殆《ほとん》ど総がゝりで、朝の五つ（午前八時）頃から井戸浚《さら》ひをはじめたが、水はなか〳〵汲《く》み乾《ほ》せさうもなかつた。由井の屋敷内には幾ケ所《いくしょ》の井戸があるが、この井戸はそのなかでも最も古いもので、由井の先祖が初めてこゝに移住した頃から已《すで》にこの井戸の形をなしてゐたといふのであるから、遠い昔の人が掘つたものに相違ない。併《しか》しこの井戸が最も深く、水もまた最も清冽で、どんな旱魃にも曾て涸れたことがないので、この屋敷では清水《しみず》の井戸と云つてゐた。その井戸を汲み乾さうとするのであるから、容易なことでないのは判り切つてゐた。汲んでも、汲んでも、あとから湧き出してくる水の多いのに、奉公人共もほと〳〵持余《もてあま》してしまつたが、それでも大勢の力で、水嵩《みずかさ》は不断よりも余ほど減つて来た。

底にはどんな怪物が潜《ひそ》んでゐるか、池の主《ぬし》と云つたやうな鯉《こい》か鯰《なまず》か、それとも蝦蟇《がま》か蠑螈《いもり》かなどと、諸人が想像してゐたやうな物の姿は、どうも見出されさうもないので、吉左衛門は更に命令した。

『熊手《くまで》をおろしてみろ。』

鉄の熊手は太い綱《つな》をつけて井戸の底へ繰り下げられた。なにか引つかゝる物はないかと、幾たびか引つ掻きまはしてゐるうちに、小さい割には重いものが熊手にかゝつて引きあげられたので、明るい日光の下で大勢が眼をあつめて見ると、それは小さい鏡《かがみ》であつた。鏡はよほど古いものらしく、しかも高貴の人が持つてゐた品であるらしいのは、それに精巧な彫刻などが施《ほどこ》してあるのを見ても知られた。まだ何か出るかも知れないといふので、更に熊手をおろして探ると、また一面《いちめん》の鏡が引きあげられて、これも前のと同じやうな品であつた。そのほかには既《も》うなんにも掘出し物はないらしいので、その日の井戸浚ひは先《ま》づ中止になつて、更にその二つの鏡の詮議に取りかゝつたが、単に古い物であらうといふばかりで、いつの時代に誰が沈めたものか、殆《ほとん》ど想像が付かなかつた。しかし水に映る顔が二つで、今や二つの鏡を引きあげた以上、その顔の持主とこの鏡の持主とのあひだに、なにかの関係があることだけは、誰にも容易に想像された。

吉左衛門は大家《たいけ》に育つただけに、相当に学問の素養もあるので、この古い鏡の発見について少からぬ興味を有《も》つた。且《かつ》はその鏡に自分の娘ふたりを蠱惑《こわく》する不可思議の魔力が潜《ひそ》んでゐるらしいことを認めたので、いよ〳〵そのまゝには捨置かれないと思つて、先づその両面の鏡を白木《しらき》の箱のなかへ厳重に封じ籠めた。それから城下へ出て行つて、有名の学者や鑑定家などを尋ねまはつて、その鏡の作られた時代や由緒について考証や鑑定を求めたが、それは日本で作られたものでない。おそらく支那から渡来したものであらうといふ以上には、なんの発見もなかつたので、吉左衛門も失望した。

その鏡をひきあげて以来、井戸のなかには男の顔が映らなくなつた。それから考へても、その鏡には何かの秘密が潜《ひそ》んでゐるに相違ないと信じられたので、吉左衛門は隣国まで手をまはして、色々に穿鑿《せんさく》した。なにしろ大家で金銭に不自由はないのと、由井の家の名は遠方までもきこえてゐるのとで、かういふ場合には何かと都合もよかつたのであるが、それでもこの穿鑿ばかりは思ふやうに行かないで、あくる年の四五月頃まで空《むな》しく月日を過してしまつた。姉妹《きようだい》の娘もその後は夢から醒《さ》めたやうで、なんとも知れない怪しい病気もだん〳〵に消え去つて、もとの健康な人間に立ちかへつた。

娘が元のからだに帰つて、その後なんの変事もない以上、もうそのまゝに打捨てゝ置いてもよいのであるが、吉左衛門はまだ気が済まなかつた。かれは金と時間とを惜まずに、幾年かゝつても構はないから、どうしてもその鏡の由緒を探り究《きわ》めようと決心して、熊本は勿論、佐賀、小倉《こくら》、長崎、博多から色々の学者を招きよせて、自分の屋敷内《やしきうち》に一種の研究所のやうなものを作つて、熱心にその研究をつゞけてゐると、その年の暮、彼《か》の鏡が世にあらはれてから丁度一年目に、一切の秘密がはじめて明白になつた。

その発見の手つゞきは先づかうであつた。由井の家に集まつた人々が協議の上で、鏡の由来その他の穿鑿よりも、先づその井戸がいつの時代に掘られたのか、また由井の先祖がこゝに移住する前には、何者が住んでゐたのかと云ふことを穿鑿する方針を取つたのである。それもまた容易に判らなかつたのであるが、古い記録や故老《ころう》の口碑《こうひ》をたづねて、南北朝の初め頃まではこゝに越智七郎左衛門《おちしちろうざえもん》といふ武士が住んでゐたことを初めて発見した。

七郎左衛門は源平時代からこゝに屋敷をかまへてゐて、相当に有力の武士であつたらしいのであるが、南北朝時代に菊池のために亡ぼされて、その子孫はどこへか立去つたと云ふことが判つたので、更にその子孫のゆくへを詮議することになつたが、何分にも遠《お》い昔《ち》のことであるから、それも容易には判らない。色々に手を尽して穿鑿した末に、越智の家の子孫は博多へ流れて行つて、今では巴屋《ともえや》といふ漆屋《うるしや》になつてゐることを突きとめた。口で云ふと、単にこれだけの手つゞきであるが、これだけのことを確めるまでに殆《ほとん》ど一年間を費《ついや》したのであつた。

それから博多の巴屋について、越智の家に関する古い記録や伝説を詮議すると、巴屋にも別に記録のやうなものは何にも残つてゐなかつた。しかし遠い先祖のことに就《つ》いて、かういふ一種の伝説があると云つて当代の主人が話してくれた。

それが何代目であるか判らないが、源平時代に越智の家は最も繁昌《はんじよう》してゐたらしい。その越智の屋敷へ或年《あるとし》の春のゆふぐれに、二人連れの若い美しい女がたづねて来た。主人の七郎左衛門に逢つて、どういふ話をしたか知らないが、その女達はその夜からこゝに足をとゞめて、屋敷内《やしきうち》の人になつてしまつた。主人は一家の者に堅く口止めをして、彼《か》の女たちを秘密に養つて置いたのである。女たちも人目を避けて、めつたに外へ出なかつた。その人柄や風俗から察すると、かれらは都《みやこ》の人々で、おそらく平家の官女《かんじよ》が壇《だん》ノ浦《うら》から落ちて来て、こゝに隠れ家《かくが》を求めたのであらうと、屋敷内の者はひそかに鑑定してゐた。主人の七郎左衛門はその当時廿二三《にじゆうにさん》歳で、まだ独身であつた。その懐《ふとこ》ろへ都生れの若い女が迷ひ込んで来たのであるから、その成行《なりゆき》も想像するに難《かた》くない。やがてその二人の女は主人と寝食を倶《とも》にするやうになつて、三年あまりを睦《むつま》じく暮してゐた。どつちが妻だか妾《めかけ》だかわからないが、家来等はその一人を梅殿《うめどの》といひ、他《た》のひとりを桜殿《さくらどの》と呼んで尊敬してゐた。

さうしてゐるうちに、こゝに一つの事件が起《おこ》つた。それは近郷の瀧澤《たきざわ》といふ武士から七郎左衛門に結婚を申込んで来たのである。瀧澤もこゝらでは有力の武士で、それと縁を組むことは越智の家に取つても都合がよかつた。ことに瀧澤のむすめと云ふのは今年十七の美人であるので、七郎左衛門のこゝろは動いた。実際はたとひ何《ど》ういふ関係であらうとも、梅どのと桜殿とは所詮日かげの身の上であるから、表向きにはなんと云ふことも出来なかつた。縁談は故障《こしよう》なく運んで、いよ〳〵今夜は嫁御《よめご》の輿《こし》入れといふ目出《めで》たい日の朝である。越智の屋敷の家来等はおもひも寄らない椿事《ちんじ》におどろかされた。

主人の七郎左衛門はその寝床《ねどこ》で刺し殺されてゐたのである。かれは刃物で左右の胸を突き透されて、仰向けになつて死んでゐた。ひとつ部屋に寝てゐる筈《はず》の梅殿も桜殿もその姿をみせなかつた。屋敷中ではおどろき騒いで、そこらを隈《くま》なく穿鑿すると、ふたりの女のなきがらは庭の井戸から発見された。前後の事情からかんがへると、今度の縁談に対する怨《うら》みと妬《ねた》みとで、梅と桜とが主人を殺して、かれら自身も一緒に入水《じゆすい》して果てたものと認めるの外《ほか》はなかつた。勿論それが疑ひもない事実であるらしかつた。

而《しか》もその二つの亡骸《なきがら》を井戸から引きあげたときに、家来等は又もや意外の事実におどろかされた。今まで都の官女とのみ一図《いちず》に信じてゐた梅と桜とは、まがふ方《かた》なき男であつた。彼等はおそらく平家の名ある人々の公達《きんだち》で、みやこ育ちの優美な人柄であるのを幸ひに、官女のすがたを仮りて落ちのびて来たものであらう。山家育《やまがそだ》ちの田舎侍《いなかざむらい》等《ら》の眼に、それがまことの女らしく見えたのは当然であるとしても、七郎左衛門までが欺《あざむ》かれる筈《はず》はない。かれは二人の正体を知りながら、梅と桜とを我がものにして、秘密の快楽《けらく》に耽《ふけ》つてゐたのであらう。その罪はまた彼《か》のふたりの手に因《よ》つて報《むく》いられた。

梅と桜とが身を沈めたのは、彼《か》の清水《しみず》の井戸であつた。二つの鏡はおそらくこの二人の胸に抱かれてゐたのを、引きあげる時にあやまつて沈めてしまつたのか、或《あるい》は家来等が取つて投げ込んだものであらう。主人の七郎左衛門をうしなつた後《のち》、越智の家は親戚の子によつて相続された。さうして、前にもいふ通り、南北朝時代に至つて滅亡した。それから幾十年のあひだは草ぶかい野原になつてゐた跡《あと》へ、由井の家の先祖が来《きた》り住んだのである。後住者が木を伐《き》り、草を刈つて、新しい住家《すみか》を作るときに、測らずもこゝに埋《うず》もれたる古井戸のあるのを発見して、水の清いのを喜んで其儘《そのまま》に用《もち》ゐ来《きた》つたものらしい。

源平時代からこの天保初年までは六百余年を経過してゐる。その間《あいだ》、平家の公達のたましひを宿した二つの鏡は、古井戸の底に眠つたやうに沈んでゐたのであらう。それがどうして長い眠りから醒《さ》めて、なんの由縁《ゆかり》もない後住者の子孫を蠱惑《こわく》しようと試みたのか、それは永久の謎である。鏡は由井家の菩提寺へ納められて、吉左衛門が施主となつて盛大な供養の式を営んだ。

その鏡はなんとかいふ寺の宝物《ほうもつ》のやうになつてゐて、明治以後にも虫ぼしの時には陳列して見せたさうであるが、今はどうなつたか判らない。由井の家は西南戦争《せいなんせんそう》の際に、薩軍《さつぐん》の味方をしたために、兵火《へいか》に焼かれて跡方もなくなつてしまつたが、家族は長崎の方へ行つて、今でも相当に暮してゐるといふ噂である。その井戸は——それもどうしたか判らない。今ではあの辺もよほど開けたといふから、やはり清水の井戸として大勢の人に便利をあたへてゐるかも知れない。

窯《よう》変《へん》

一

第七の男は語る。

明治三十七年八月二十九日の夕方である。僕はその当時、日露戦争の従軍新聞記者として満洲《まんしゆう》の戦地にあつて、この日は、午後三時ごろに楊家店《ようかてん》といふ小さい村に行き着いた。前方は遼陽《りようよう》攻撃戦の最中で、首山堡《しゆざんほ》の高地《こうち》はまだ陥《おち》いらない。砲銃の音《おと》は絶え間なしにひゞいてゐる。

僕達は三晩つゞいて野宿《のじゆく》同様の苦《く》を凌《しの》いで来たので、今夜は人家《じんか》をたづねて休息することにして、二三人あるひは四五人づゝ分れ〳〵になつて今夜のやどりを探してあるいた。楊家店は文字通りに柳の多い村である。その柳のあひだをくゞり抜けて、僕達四人の一組は石の古井戸を前にした、相当に大きい家《いえ》をみつけた。井戸のほとりには十八九ぐらゐの若い男がバケツに綱《つな》を附けたのを繰りさげて、荷《にな》ひ桶《おけ》に水を汲み込んでゐる。おまへはこゝの家《うち》の者かと、僕達はおぼつかない支那語できくと、かれは恐れるやうに頭《かしら》をふつた。こゝの家の姓はなんといふかと重《かさ》ねて訊くと、かれはそこらに落ちてゐる木の枝を拾つて、土の上に徐《じょ》といふ字を書いてみせた。さうして、日本の大人等《たいじんら》はそこへ何の用事でゆくのかと訊きかへした。

今夜はこゝの家《うち》に泊めて貰ふ積りであると僕達が答へると、かれは再び頭《かしら》をふり、手を振つて、それはいけないと云ふらしいのである。併《しか》し僕達は支那語によく通じてゐない上に、相手は満洲訛《まんしゆうなま》りが強いと来てゐるので、その云ふことがはつきりと判《わか》らない。かれは何か我々をおどすやうな表情や手真似をして、そこへ泊まるのは止《よ》せといふらしいのであるが、その意味がどうも十分に呑み込めないので、僕達も焦《じ》れ出した。

『まあ、いゝ。なんでも構はないから、内《うち》へ這入つて交渉して見よう。』

気の早い三人は先に立つて門内に入り込んだ。僕も続いて這入らうとすると、彼《か》の男は僕の腰につけてゐる雑囊《ざつのう》をつかんで、なにか口早におなじやうなことを繰返すのである。僕は無言でその手を振払つて去つた。

門は明いたが、内《うち》には人のゐるらしい様子もみえない。四人は声をそろへて呼んだが、誰も答へる者はなかつた。

『あき家《や》かしら。』

四人は顔をみあはせて、更にあたりを見まはすと、門を這入つた右側に小さい一棟《ひとむね》の建物がある。正面の奥にも立木のあひだに母屋《おもや》らしい大きい建物がみえる。兎《と》もかくも近いところにある小さい建物の扉を押して見ると、これもすぐに明いたが、内《うち》には人の影もなかつた。僕達はもう疲れ切つてゐるので、なにしろこゝで休まうといふことになつて、破れたアンペラを敷いている床の上に腰をかけた。腹は空《す》いてゐるが、食ひものはない。せめては水でも飲まうと、四人は肩にかけてゐる水筒を把《と》つて飲みはじめたが、午飯《ひるめし》のときの飲み残りぐらゐでは足りないので、僕は門前の井戸へ汲みに出ると、彼《か》の男はまだそこの柳の下に立つてゐた。

僕が水をくれと云ふと、かれは快くバケツの水を水筒に入れてくれたが、やはり何か口早にさゝやくのである。それが僕にはどうしても呑み込めないので、かれも焦《じ》れて来たらしく、再び木の枝を取つて、「家有妖《いえにようあり》」と土に書いた。それで僕にも大抵は想像が附いた。僕は「鬼《き》」といふ字を土に書いて見せると、それは知らない。しかし彼《か》の家《いえ》には妖《よう》があると彼は答へた。この場合、鬼《き》と妖《よう》とは何《ど》う違ふのか判らなかつたが、この家はなにか一種の化物屋敷《ばけものやしき》とでもいふものであるらしいことだけは先《ま》づ判つた。要するに、彼《か》の家には妖があるから、迂闊《うかつ》に入り込むのは止《よ》せといふのである。僕はかれに礼を云つて別れた。

引返してみると、僕の出たあとへ一人の老人が来て、しづかに他の人たちと話してゐた。

四人のうちでは比較的支那語を能《よ》くするT君がその通訳に当つてゐて、僕達に説明してくれた。

『この老人はこゝの家《うち》に三十年も奉公してゐる男で、ほかにも四五人の奉公人がゐるさうだ。このあひだから眼のまへで戦争がはじまつてゐるので、家内《かない》の者はみな奥にかくれてゐる。したがつて、別段おかまひ申すことは出来ないが、茶と砂糖はある。裏の畑には野菜がある。泊まりたければこゝへ自由にお泊まりなさいと、ひどく深切《しんせつ》に云つてくれるのだ。泊めて貰はうぢやないか。』

『勿論だ。多謝《トーシエー》、多謝《トーシエー》。』と、僕たちは口をそろへて彼《か》の老人に感謝した。

老人は笑ひながら立去つた。あとでT君は畑にどんなものがあるか見て来ようと云つて出たが、やがて五六本の見ごとな唐《とう》もろこしをかゝへ込んで来た。それは好《い》いものがあると喜んで、M君が又かけ出して取りに行つた。家《いえ》の土間《どま》には土竈《どべつつい》が築いてあるので、僕達はその竈《かまど》の下に高粱《コウリヤン》の枯枝を焚《た》いて唐もろこしを炙《あぶ》つた。めい〳〵の雑嚢の中には食塩を用意してゐたので、それを唐もろこしに振りかけて食ふと、さすがは本場だけに、その旨《うま》い味は日本の唐もろこしのたぐひで無い。僕達は代るがはるに畑からそれを取つて来て貪《むさぼ》り食《くら》つてゐると、彼の老人は十五六の少年に湯沸しを持たせて、自分は紙につゝんだ砂糖と茶を持つて来てくれたので、僕達は再び多謝《トーシエー》をくり返して、すぐに茶をこしらへる支度《したく》をして、その茶に砂糖を入れてがぶ〳〵と飲みはじめた。唐もろこしを腹一杯に食ひ、更にあたゝかい茶を飲んで、大いに元気を回復したのを、老人はにこ〳〵しながら眺めてゐたが、やがてT君に向つて小声で云ひ出した。この一行のうちに薬を持つてゐる人はないかといふのである。

　実は主人夫婦のあひだに今年十七になる娘があつて、それが先頃から病気にかゝつてゐる。こゝらでは遼陽《りようよう》の城内まで薬を買ひに行かなければならないのであるが、此頃は戦争のために城内と城外との交通が絶えてしまつたので、薬を求める法がない。日本の大人《たいじん》等《ら》のうちに若《も》し薬を持つてゐる人があるならば、どうかお恵みにあづかりたいと彼は懇願するやうに云つた。かれが我々に厚意を見せたのは、さういふ下ごころがあつた為であることが判つてみると、我々の感謝も幾分か割引きをしなければならないことになるが、その事情をきけば全《まつた》く気の毒でもある。由来、こゝらの人は日本人をみな医者か薬屋とでも心得てゐるのか、僕たちの顔を見ると兎《と》かくに病気を診察してくれとか、薬をくれとかいふ。今までにも其例はたび〳〵あるので、この老人の無心も別にめづらしいとは思はなかつたが、病人の容体《ようだい》をよく聴かないで無暗《むやみ》に薬をやることは困る。現に海城《かいじよう》の宿舎にゐたときにも、胃腸病の患者に精錡水《せいきすい》を遣《や》つて、あとでそれに気がついて、大いに狼狽《ろうばい》して取戻したことがある。その失敗にかんがみて、その後は確《たしか》にその病人を見とゞけない限りは、迂闊《うかつ》に薬をあたへない事にしてゐた。

　T君はその事情をかれに話して、兎もかくもその病人に一度逢はせて貰ひたいと云ふと、老人はすこぶる難儀らしい顔をして、しばらく思ひ煩《わずら》つてゐるらしかつたが、こつちの云ひ分にも無理はないので、それでは主人とも一応相談してみようと云ふことになつて、かれは他の少年と一緒に奥へ引返して行つた。僕達は勿論医者ではないが、それでも出鱈目《でたらめ》に薬をやるよりは、一応その本人の様子を見て、親しくその容体《ようだい》をきいた上で、それに相当しさうな薬をあたへた方が安全である。殊《こと》にその当時は僕達もまだ若かつたから、その病人が十七の娘であるといふので、どんな女か見てやりたいといふやうな一種の興味も伴つてゐたのであつた。

『どんな女だらう。まだ若いんだぜ。』

『一体何の病気だらう。』

『婦人病だと困るぜ。そんな薬は誰も用意して来なかつたからな。』

『悪くすると肺病だぜ。支那では癆《ろう》とかいふのださうだ。』

そんな噂をしてゐるうちに、僕は彼《か》の「家有妖《いえにようあり》」の一件を思ひ出した。

『門の前の井戸で水を汲んでゐた男――あの男の話によると、こゝの家《うち》には化物が出るか、なにかの祟《たたり》があるか、なにしろ怪《あや》しい家《いえ》らしいぜ。あの男は家有妖《いえにようあり》と書いて見せたよ。』

『ふむう。』と、ほかの三人も首をかしげた。

『それぢやあ、その娘といふのも何かに取憑かれてでもゐるのかも知れないな。』と、T君は云つた。

『さうなると、我々の薬ぢやあ療治は届かないぞ。』と、M君は笑ひ出した。

僕たちも一緒に笑つた。ふだんならば兎も角も、いはゆる砲烟弾雨《ほうえんだんう》のあひだを潜《くぐ》つて、まかり間違えば砲弾のお見舞を受けないとも限らない現在の我々に取つては、家に妖ありぐらゐは余り問題にならないのであつた。

『それにしても、娘は遅いな。』

『支那の女はめつたに外人に顔をみせないといふから、出て来るのを渋つてゐるのかも知れない。』

『ことに相手が我々では、いよ〳〵渋つてゐるのだらう。』

前面には砲声が絶えず轟《とどろ》いてゐるが、このごろの僕達はもうそれに馴れ切つてしまつたので、重砲《じゆうほう》のひゞきも曳火弾《えいかだん》のひかりも左《さ》のみに我々の神経を刺戟しなくなつた。僕達はそこらに行儀わるく寝ころんで、しきりに娘の噂をしてゐるあひだに、けふの日ももう暮れかゝつて、秋の早い満洲のゆうべは薄ら寒くなつて来たので、土間の隅に積んである高粱《コウリヤン》を折りくべて、僕たちは霜を恐れるきり〴〵すのやうに竈《かまど》の前にあつまつた。

二

『敵も好加減《いいかげん》に退却しないかな。早く遼陽《りようよう》へ行つてみたいものだ。』

むすめの噂も飽きて来て、更《さら》にいつもの戦争のうはさに移つたときに、跫音《あしおと》をぬすむやうにして彼《か》の老人が再びこゝへ姿をあらはして、主人の娘を今こゝへ連れて来るから何分《なにぶん》よろしくおねがひ申すと云つた。それを聴いて、僕たちは待ちかねたやうに起きあがつて、老人のあとに附いて門口《かどぐち》に出ると、外はもう暗くなつて、大きい柳の葉の緩《ゆる》くなびいてゐる影が星あかりの下《した》にうす白《じろ》く見えるばかりであつた。そこらではこほろぎの咽《むせ》ぶ声もきこえた。

やがて奥の木立《こだち》の間に一つの燈籠《とうろう》の灯《ひ》がぼんやりと浮き出した。それはこゝらで屢々《しばしば》見る画燈《がとう》である。僕は俄《にわか》に剪燈新話《せんとうしんわ》の牡丹燈記《ぼたんとうき》をおもひ出した。あはせて圓朝《えんちよう》の牡丹燈籠《ぼたんどうろう》を思ひ出した。さうして、その灯をたづさへて来るのが美しい幽霊のやうな女であることを想像して、一種の幽怪凄艶《ゆうかいせいえん》の気分に誘ひ出された。灯がだん〳〵に近寄つて来ると、それに照し出された影はひとつではなかつた。問題の娘らしい若い女は老女に扶《たす》けられて、そのそばには又ひとりの若い女が画燈をさげて附添つてゐたが、いづれも繍《ぬい》の靴をはいてゐると見えて、もう夜露の降りてゐるらしい土の上を音も無しに歩いて来た。

老女はむすめの母ではない、画燈をさげた若い女と共に、この家《いえ》の召使《めしつかい》であるらしいことは、その風俗を見てもすぐに覚《さと》られたので、僕たちは彼等ふたりを問題にはしないで、一斉《いつせい》に注意の眼をまん中の娘にあつめると、娘は十七といふにしては、頗《すこぶ》る大人びてゐた。痩《や》せてはゐるが背《せい》も高い方《ほう》で、うすい桃色地に萌葱《もえぎ》の縁《へり》を取つた絹の着物を着て、片手を老女にひかれながら、片手の袖は顔半面をうづめるやうに掩《おお》つてゐた。その袖のあひだから可《か》なりに強い咳《せき》の声がとき〴〵に洩《も》れた。

画燈に照された三つの影が一株の柳の下にとゞまると、彼《か》の老人はしづかに近寄つて老女に何事かを囁《ささや》いた。老女は彼の妻であるらしい。老人は更《さら》に僕たちに向つて、病人の娘が来ましたから御診察をねがひたいと丁寧に云つた。さあ、かうなると四人のうちで誰が進んで病人を診察するかと、僕達も今更すこしく躊躇《ちゆうちよ》したが、なんと云つてもT君が比較的に支那語に通じてゐるのであるから、これがお医者様になるよりほかはない。T君も覚悟して進み出て、いよ〳〵病人の脈を取ること〻なつた。T君は病人の顔をみせろと云ふと、老人は恰《あたか》もそれを通訳するやうに老女にさゝやいて、青い袖の影に隠されてゐる娘の顔を画燈の下に晒《さら》させた。かれは僕がひそかに想像してゐた通り、色の蒼白《あおじろ》い、まつたく幽霊のやうな美しい女であつた。剪燈新話の女鬼《じよき》――それが再び僕の頭にひらめいた。

T君は娘の顔をながめ、脈を取り、更に体温器でその熱度をはかつた。そのあひだにも娘はとき〴〵に血を吐きさうな強い咳をして、老女に介抱されてゐた。T君は僕たちを見かへつて小声で云つた。

『君。どうしても肺病だね。』

『む〻。』と、僕たちは一度にうなづいた。かれが呼吸器病の患者であることは、我々の素人眼《しろうとめ》にも殆《ほとん》どうたがふの余地がなかつた。

『熱は八度七分ぐらゐある。』と、T君は更に説明した。『軍医部が近いところにあれば、その容体《ようだい》を云つて薬を貰つて来て遣《や》るのだが、今はどうすることも出来ない。まあ、気休めに解熱剤《げねつざい》でもあたへて置かうか。』

『まあ、そんなことだな。』と、僕も云つた。

T君は雑嚢《ざつのう》から解熱剤の白い粉薬《こぐすり》を出して、その用法を説明してあたへると、老人は地にひざまづいて押戴《おしいただ》いた。それをみてゐて、僕はひどく気の毒になつた。満洲の土人は薬をめつたに飲んだことがないので、日本人にくらべると非常に薬の利き目がある。現に寶丹《ほうたん》をのんで肺炎が癒《なお》つたなど〻いふ話も聴いた。しかしこの娘の病気――殊《こと》にこの年頃でこの病気――それが普通の解熱剤ぐらゐで救はれようとは、とても想像の許さないことである。一時の気やすめに過ぎない解熱剤の二日分や三日分を貰つて、素人《しろうと》医者の前にひざまづいて拝謝する老人――かれは恐らくこの家《いえ》の忠僕《ちゅうぼく》であらう。――その姿を見るに堪《た》へないやうな悼《いた》ましい心持になつて、僕はおもはず顔をそむけた。

『夜風に長く吹かれない方がい〻。』

T君から注意されて、娘達はうや〳〵しく黙礼して引返して行つた。女三人は初めから一度も口をきかなかつたが、画燈のかげが遠く微《かす》かに消えて行くあひだに、娘の咳の声ばかりは時々にひゞいた。それを見送つて、老人も僕たちに敬礼して立去つた。

『可哀さうだな。あの娘も長くは生きられないぜ。』

今まではどんな娘だらうなど丶一種の興味を以《もつ》て待ち受けてゐたのであるが、さてその本人の悼《いた》ましい姿をみせられると僕達ももう笑つてはゐられなくなつた。四人は顔をみあはせて一度に溜息をついた。竈《かまど》の下の高粱《コウリヤン》も大抵燃え尽してしまつたので、再びそれを折りくべてゐると、門の外で何か笑ふ声がきこえて、こ丶へ這入つて来る跫音《あしおと》がひゞいたので、誰が来たのかと表をのぞいて見ると、ひとりの男が戸の外に立つてゐた。

『従軍記者諸君はおいでゝすか。』

『はあ。』と、僕は答へた。

『わたしです。』

それが通訳のS君の声であることを知つて、僕達は愛想《あいそ》よく迎へた。

『Sさんですか。どうぞお這入りください。』

S君は会釈《えしやく》して竈の前に来た。S君は軍隊附の支那通訳であるが、平素から非常にまじめな人で、且《かつ》は深切に色々の通信材料をわれ〳〵に提供してくれるので、我々従軍記者のあひだにも尊敬されてゐる。今夜は何かの徴発《ちようはつ》のためにこの村へ来たところが、ある支那人から妙な話をきいたので、こ丶には一体誰が泊まつてゐるのかと見とどけに来たといふのである。

『ある家《うち》の若い支那人が今夜この村の徐《じよ》といふ家《うち》に泊まつた日本人がある。わたしが注意したけれども肯《き》かないで這入《はい》つてしまつたと云ふのです。それはどんな人達だと訊くと、新聞とかいた白い布を腕にまいてゐたといふ。それでは従軍記者諸君に相違ないが、一体誰々だらうかと思つて、鳥渡《ちよつと》その顔ぶれを見に来たのですよ。』と、S君はまじめな顔に微笑を漂《ただよ》はせながら云つた。

『若い支那人が……。』と、僕はすぐに思ひ出した。『では、家《いえ》に妖《よう》ありと云ふのぢやありませんか。』

『さうです。』と、S君はうなづいた。『支那人はしきりに止《と》めたさうですが……。』

『止《と》めたには止めたが、家に妖ありだけでは訳《わけ》が判らないので、僕たちも取合なかつたのですが、その妖といふのはどんな訳なのですかね。』と、僕は訊いた。

『では、その仔細は御承知ないのですね。』

「かれは頻《しきり》にしやべるのですが、僕たちは支那語が不十分の上に、相手は満洲なまりが強いと来てゐるので、なにを云つてゐるのか一向《いつこう》わからないのです。要するに、こゝの家《うち》には何か怪しいことがあるから泊まるなと云ふらしいのですが……。』

『さうです、さうです。』と、S君は又うなづいた。『実はわたしも家《いえ》に妖《よう》ありだけでは、なんのことだか好く判らなかつたのです。それに、あなたの云ふ通り、あの若い支那人が訛りが強くて、わたしにもはつきりとは聴き取れなかつたのですが、幸ひにその祖父《じじい》だといふ老人がゐて、それがよく話してくれたので、その妖の仔細が初めて判つたのです。』

如才のないT君が茶をこしらへて出すと、S君は『やあ、御馳走《ごちそう》さまです。』と喜んで飲んだ。実際、砂糖を入れた一杯の茶でも、戦地では大変な御馳走である。S君はその茶をすゝり終つて、例のまじめな口調で「家有妖《いえにようあり》」の由来を説きはじめた。

夜になつても戦闘は継続してゐるらしい。天を劈《つんざ》くやうな砲弾の音と、豆を煎《い》るやうな小銃弾のひゞきが、前方には遠く近くきこえてゐる。それをよそにして、S君はこの暗い家のなかで妖を説くのである。我々四人もかれを取りまいて、高粱の火の前でその怪談に耳をかたむけた。

三

『こゝの家《うち》の姓は徐《じょ》といひます。今から五代前《ごだいまえ》、と云ふと大変に遠い昔話のやうですが、四十年ほど前のことだと云ひますから、日本では元治《がんじ》か慶応《けいおう》の初年、支那では同治《どうち》三年か四年頃に当るでせう。丁度彼《か》の長髪賊《ちょうはつぞく》の洪秀全《こうしゅうぜん》がほろびた頃ですね。』

S君は流石《さすが》に支那の歴史を諳《そらん》じてゐて、先づその年代を明《あきら》かにした。

『こゝの家《うち》も現在は農《のう》ですが、その当時は瓦屋《かわらや》であつたさうです。自分の家《うち》に竈《かま》を設《もう》けて瓦を焼くのです。あまり大きな家《うち》ではない。主人と悴《せがれ》ふたりで焼いてゐた。そこへ冬の日の夕方、なんでも雪のふつてゐる日であつたさうですが、二人の旅人がたづねて来た。尋《たず》ねて来たと云つても、物に追はれたやうにあわたゞしく駈け込んで来たのです。その旅人は主人に向つて、われ〳〵は捕吏《ほり》に追はれてゐる者であるから、どうぞ隠《かく》まつて貰ひたい。その代りに我々の持つてゐる金を半分わけてあげると云つて重さうな革袋を出して渡した。主人も慾に眼が眩《くら》んで、すぐによろしいと引受けた。が、さてそれを隠すところがないので、恰《あたか》も瓦竈《かわらがま》に火を入れて無かつたのを幸ひに、ふたりをその竈《かま》のなかへ押込んで戸を閉めると、続いてそのあとから巡警が五六人追つて来て、今こゝへ怪しい二人づれの旅人が来なかつたかと詮議したが、主人は空《そら》とぼけて何にも知らないといふ。併《しか》し巡警等は承知しない。確にこの家《うち》へ逃げ込んだに相違ないと云つて、家《や》さがしを始めかゝつたので、主人も困つた。これは飛んでもないことをしたと、今更悔んでももう遅い。あはや絶体絶命の鍔際《つばぎわ》になつたときに、倅《せがれ》の兄が弟に眼くばせをして、素知らぬ顔でその竈に火を焚《た》き付けてしまつた。いや、どうも怖ろしい話です。

巡警等は家内《かない》を残らず捜索したが、どこにも人の姿が見あたらない。竈には火がかゝつてゐるので、真逆《まさか》にそのなかに人間を隠してあらうとは思はない。結局不審ながらに引揚げたので、主人は先《ま》づほつとしたが、さて気にかゝるのは竈の中の人間です。瓦と同じやうに焼かれては堪らない。どうもひどい事をしたものだと云ふと、せがれ達のいふには、あの二人はなにか重い罪を犯したものに相違ない。それを隠まつたといふことが露顕《ろけん》すれば我々親子も重い罰をうけなければならない。かうなつたら仕方がないから、かれらを焼き殺して我々の禍《わざわい》を逃れるよりほかはない。かれらとても追手に捕《とら》はれて、苦しい拷問《ごうもん》や酷《むご》たらしい処刑《しおき》をうけるよりも、いつそ一《ひ》と思《おも》ひに焼き殺された方《はう》がましかも知れない。われ〳〵が早くに竈へ火をかけたればこそ、追手も油断して帰つたが、左《さ》もなければ真先に竈の中をあらためて、かれらは勿論、われ〳〵も今ごろは手枷《てかせ》や首枷《くびかせ》をはめられてゐるであらうと云ふ。それを聞くと、主人も伜たちの残酷を責める気にもなれなくなつて、そんなら思ひ切つて十分に焼いてしまへといふので、自分も手伝つて焚物《たきもの》を沢山に入れて、あはれな旅人《たびびと》ふたりを火葬にしてしまつたのです。旅人は何者だか判りませんが、おそらく長髪賊の余類《よるい》だらうといふことです。江南《こうなん》の賊が満洲へ逃げ込んで来るのも少し可怪《おかし》いやうに思はれますが、こゝらでは然《そ》う云つてゐるのです。

いづれにしても、旅人は死んで金袋《かねぶくろ》は残つた。無事に旅人を助けてやれば、その半分を貰ふ筈でしたが、相手がみな死んでしまつたので、その金は丸取りです。金高《きんだか》は幾らだか知りませんが、徐《じよ》の家《いえ》が俄《にわか》に工面《くめん》好くなつたのは事実で、近所でも内々不思議に思つてゐると、その以来、徐の家《うち》の瓦竈には種々の奇怪なことが起つたのです。先づ第一は瓦が満足に焼けないで兎角に焼け頽《くず》れが出来てしまふことですが、更に奇怪なのは窯変《ようへん》です。御承知でもありませうが、窯変といふのは竈の中で形がゆがんでさま〴〵の物の形に変るのを云ふので、数ある焼物のうちには稀《まれ》に然《そ》ういふこともあるものださうですが、徐の家《うち》の竈にはその窯変がしば〳〵続いて、もとより瓦を焼くつもりであるのに、それを竈から取り出して見ると、沢山の瓦がみな人間の顔や、手や足の形に変つてゐる。それがまた近所の噂になつて、徐の家《うち》の窯変には何かの仔細があるらしいと噂されてゐるうちに、或日その若い忰が竈の中で焼け死んでゐるのを発見した。弟が竈に這入つてゐるのを知らないで、兄が外から戸をしめて火をかけたとか云ふのです、つゞいてその兄も発狂して死ぬといふわけで、不幸に不幸が重なつて来ました。

それでも主人は強情に商売をつゞけてゐたが、相変らず彼《か》の窯変がつゞくので何《ど》うすることも出来ない。結局根負《こんま》けがして瓦屋を廃業して、土地や畑を買つて農業を営むこと、なつたが、その後《ご》は別に異変もなく、寧《むし》ろ身上《しんしよう》は大きくなる方《ほう》で、それから十年あまりの後《のち》に主人は死んだ。その死際《しにぎわ》に色々のことを口走つたので、瓦竈の秘密が初めて世間に洩れたといふのですが、何分にも十年余《よ》の昔のことでもあり、確《たし》な証拠もないことですから、それは単に重病人の譫言《うわごと》といふだけで済んでしまつたさうです。しかし彼《か》の窯変といひ、兄弟の死方《しにかた》といひ、それは事実に相違ないと近所の者は今でも信じてゐるのです。

兄弟のせがれは父よりも早く死んだので、徐の家《うち》では女の子を貰つて、それに婿《むこ》を取つたのですが、それも主人が死んでから二三年の後《のち》には夫婦ともに死ぬ。つゞいて養子、つゞいて養女、それがみな七八年とは続かないでばた〳〵と倒れてしまつて、僅《わずか》のあひだに今の主人が六代目といふわけださうです。今の主人もやはり養子で、年もまだ若いので、三十年来奉公してゐる王《おう》といふ男が万事の世話をしてゐる。これはなか〳〵の忠義者で、家《いえ》に妖《よう》ある事実を知りながら、引きつゞく不幸の中に立つて、徐の一家を忠実に守護してゐるのださうです。さういふ次第で近所でも王の忠義には同情してゐるが、家《いえ》に妖《よう》ありとして徐の一家をひどく恐れ嫌つてゐる。諸君はなんにも知らないで、うか〳〵その門をくゞらうとするのを見て、かの若い支那人は深切に注意したが、詞《ことば》がよく通じないので諸君は省《かえり》みずして去つたと云つて、あとでもまだ不安に思つてゐるやうでした。』

『はゝあ、さういふわけですか。実はもうその妖《よう》に逢ひましたよ。』と、T君はまじめで云つた。

『妖に逢つた……。どんなことがあつたのです。』と、S君もまじめで訊きかへした。

『いや、冗談ですよ。』と、僕は気の毒になつて打消した。『なに、こゝの家《うち》のむすめの病気を診《み》てくれと頼まれて、T君が例の素人《しろうと》療《りょう》治《じ》を遣《や》つたのですよ。』

『はあ、さうでしたか。』と、S君も微笑した。『娘といふのはおそらく嫁《よめ》でせう。私はその娘のことも聴きました。徐の家《うち》は呪《のろ》はれてゐるといふので、近いところからは誰も嫁に来るものがない。忠僕の王《おう》が山東省まで出かけて行つて、美人の娘をさがして来た。と云つても実は高い金を出して買つて来たのでせう。ところが、こゝへ来るとすぐに病人になつて、いつまでも癒《なお》らないので困つてゐるといふことです。よその人に対しては、主人の妻と云ふのを憚《はばか》つて主人の娘と云つたのでせう。病気はなんです。』

『たしかに肺病ですね。』と、T君は答へた。

『可哀《かわい》さうですな。』と、S君も顔をしかめた。『まさかにこゝの家《うち》へ貰はれて来たせゐでもないでせうが、遅かれ速かれ、家に妖ありの材料が又ひとつ殖《ふ》えるわけですな。いや、どうも長話をしました。諸君はこゝにお泊《とま》りでせうから、まあ注意して妖に祟られない方が可《い》いですよ。女妖といふのは猶怖《なおおそろ》しいですから。』

まじめな顔で冗談をいひながら、S君が我々のまどひを離れた頃には、高粱《コウリヤン》の薪《たきぎ》もう大方は灰となつて、弱い火が寂しくちろ〳〵と燃えてゐた。僕たち四人も門前まで送つて出ると、空には銀のやうな星が一面に光つて、そこらにはこほろぎの声がみだれて聞えた。今夜はもう霜《しも》が降りたのかと思はれるほどに、重い夜露が暗いなかに薄白く見えた。

『寒い、寒い。もう一度、高粱を焚かう。』

S君を見送ると、僕たちは早々に内《うち》へ這入つた。

あくる朝こゝを出るときに、彼《か》の老人は再び湯と茶と砂糖とを持つて来てくれた。かれは愛想《あいそ》よく我々に挨拶してゐたが、気のせゐかその顔には暗い影が宿つてゐた。ゆうべの薬をのませたら、病人も今朝は非常に気分が好《い》いと云つて、かれは繰返して礼を云つてゐた。

前方の銃声が今朝は取りわけて烈《はげ》しくきこえるので、僕達もそれに促《うなが》されるやうに急いで身支度《みじたく》をした。S君のゆうべの話を再び考へるひまも無しに、僕たちは所属師団司令部の所在地へ駈けて行つた。老人は門前まで送つて来て、あわたゞしく出て行く我々に対して、一々丁寧に会釈してゐた。

われ〳〵が遼陽の城外にゆき着いたのは、それから三日の後《のち》である。その後、僕は徐の家《いえ》を訪問する機会がなかつたが、彼《か》の老人はどうしたか、病《や》める娘はどうしたか。妖《よう》ある家《いえ》は遂《つい》にほろびたか、或《あるい》は依然として栄えてゐるか。今もとき〴〵に思ひ出さずにはゐられない。

蟹《かに》

一

第八の女は語る。

これはわたくしの祖母《そぼ》から聴きましたお話でございます。わたくしの郷里は越後《えちご》の柏崎《かしわざき》で、祖父《そふ》の代までは穀屋《こくや》を商売にいたして居りましたが、父の代になりましてから石油事業に関係して、店は他人《ひと》に譲つてしまひました。それをゆづり受けた人もまた代替《だいがわ》りがしまして、今では別の商売になつてゐますが、それでも店の形だけは幾分か昔のすがたを残してゐまして、毎年《まいねん》の夏休みに帰省しますときには、いつも何だか懐しいやうな心持で、その店をのぞいて通るのでございます。

祖母は震災の前年に七十六歳で歿《ぼっ》しましたが、嘉永《かえい》元年申年《さるどし》の生れで、それが十八の時のことだと申しますから、多分慶応初年《けいおうしよねん》のことでございませう。祖母はお初《はつ》と申しまして、お初の父——即《すなわ》ちわたくしの曽祖父《ひいじじい》にあたる人は増右衛門《ますえもん》、それが其頃の当主で、年は四十三四であつたとか申します。先祖は出羽《でわ》の国から出て来たとかいふことで、家号《やごう》は山形屋と云つてゐました。土地では旧家《きゆうか》の方でもあり、そのころは商売もかなりに手広く遣《や》つてゐましたので、店のことは番頭《ばんとう》どもに大抵任せて置きまして、主人とは云ひながら、曽祖父の増右衛門は自分の好きな俳諧を遣《や》つたり、書画骨董などをいぢくつたりして、半分は遊びながらに世を送つてゐたらしいのです。さういふわけでしたから、書家とか画家とか俳諧師とかいふ人達が北国《ほつこく》の方《ほう》へ旅まはりをして来ると、屹《きつ》とわたくしの家《うち》へ草鞋《わらじ》をぬぐのが習《ならい》で、中《なか》には二月《ふたつき》も三月《みつき》も逗留して行《ゆ》くのもあつたと云ひます。

このお話の時分にも矢《や》はり二人の客が逗留してゐました。ひとりは名古屋の俳諧師で野《や》水《すい》といひ、一人は江戸の画家で文阿《ぶんあ》といふ人で、文阿の方が廿日《はつか》ほども先に来て、一月《ひとつき》以上も逗留してゐる。野水の方はおくれて来て、半月ばかりも逗留してゐる。そこで、なんでも九月のはじめの晩のことだと云ひます。主人の増右衛門が自分の知人《しりびと》で矢はり俳諧や骨董の趣味のあるもの四人をよびまして、それに、野水と文阿を加へて主人と客が七人、奥の広い座敷で酒宴を催すことになりました。

呼ばれた四人は近所の人たちで、暮六《くれむ》つ頃にみな集まつて来ました。お膳《ぜん》を据《す》ゑる前に、先《ま》づお茶やお菓子を出して、七人が色々の世間話などをしてゐるところへ、ぶらりと尋ねて来たのは坂部與茂四郎《さかべよもしろう》といふ浪人でした。浪人と云つても、羊羹色《ようかんいろ》の黒羽織《くろばおり》などを着てゐるのではなく、なか〱立派な風をしてゐたさうです。

御承知でもございませうが、江戸時代にはそこらは桑名藩《くわなはん》の飛び地であつたさうで、町には藩《はん》の陣屋《じんや》がありました。その陣屋に勤めてゐる坂部與五郎《さかべよごろう》といふ役人は、年こそ若いが大層《たいそう》評判のよい人であつたさうで、與茂四郎といふ浪人はその兄《あに》さんに当るのですが、子供のときから何《ど》うもからだが丈夫でないので、今日で云へばまあ廃嫡《はいちゃく》といふやうなわけになつて、次男の與五郎が家督を相続して、本国の桑名からこゝの陣屋詰めを申附かつて来てゐる。兄《あに》さんの與茂四郎は早くから家を出て、京都へ上《のぼ》つて或人相見《あるにんそうみ》のお弟子になつてゐたのですが、それがだん〱に上達して、今では一本立《いっぽんだち》の先生になつて諸国をめぐりあるいてゐる。人相を見るばかりでなく、占ひも大層上手だといふことで、この時は年ごろ三十二三、やはり普通の侍のやうに刀をさしてゐて、服装《みなり》も立派、人柄も立派、なんにも知らない人には立派なお武家様《ぶけさま》とみえるやうな人物でしたから、猶《なお》さら諸人《しょにん》が尊敬したわけです。

その人が諸国をめぐつて信州から越後路《えちごじ》に這入《はい》つて、自分の弟が柏崎《かしわざき》の陣屋にゐるのをたづねて来て、しばらくそこに足をとめてゐる。曽祖父《ひいじじい》の増右衛門もふだんから與五郎といふ人とは懇意にしてゐましたので、その縁故《えんこ》から兄《あに》さんの與茂四郎とも自然懇意になりまして、時々はこちらの家《うち》へも遊びに来ることがありました。それで、今夜も突然にたづねて来たのです。こちらから案内したのではありませんが、丁度よいところへ来てくれたと云つて、増右衛門はよろこんで奥へ通しました。

『これはお客来《きやくらい》の折柄《おりから》、とんだ御邪魔をいたした。』と、與茂四郎は気の毒そうに座に着きました。

いや、お気の毒どころではない、実はお招《まね》き申したい位であつたが、御迷惑であらうと存じて差控へて居りましたところへ、折好《おりよ》くお越しくだされて有難いことでございますと、増右衛門は丁寧に挨拶して、一座の人々をも與茂四郎に紹介しました。勿論そのなかには、前々から顔なじみの人もありますので、一同うち解《と》けて話しはじめました。

よいところへ好い客が来てくれたと主人は喜んでゐるのですが、不意に飛び入りのお客がひとり殖《ふ》えたので、台所の方では少し慌《あわ》てました。前に申上げた祖母のお初《はつ》はまだ十八の娘で、今夜のお給仕役をつとめる筈《はず》になつてゐるので、なにかの手落ちがあつてはならないと台所の方へ見まはりに行きますと、お料理はお杉《すぎ》といふ老婢《ばあや》が受持ちで、ほかの男や女中達を指図して忙がしそうに働いてゐましたが、祖母の顔をみると小声で云ひました。

『お客様が急に殖《ふ》えて困りました。』

『間《ま》に合はないのかえ。』と、祖母も眉をよせながら訊きました。

『いえ、ほかのお料理はどうにでもなりますが、たゞ困るのは蟹《かに》でございますよ。』

増右衛門はふだんから蟹が大好きで、今夜の御馳走にも大きい蟹が出る筈になつてゐるのですが、主人と客とあはせて七人前の積《つも》りですから、蟹は七匹しか用意してないところへ、不意にひとりのお客が殖えたので何《ど》うすることも出来ない。出入りの魚屋へ聞きあはせに遣つたが、思ふやうなのが無い。なにぶんにも物が物ですから、その大小が不揃ひであると甚《はなは》だ恰好《かつこう》が悪い。あとで屹《きつ》と旦那様に叱られる。台所の者もみな心配して、半兵衛《はんべえ》といふ若い者がどこかで見付けて来ると云つて先刻《さつき》から出て行つたが、それもまだ帰らない。その蟹の顔を見ないうちは迂闊《うかつ》にほかのお料理を運び出すことも出来ないので、まことに困つてゐるとお杉は顔をしかめて話しました。

『まつたく困るねえ』と。祖母もいよ〱眉をよせました。ほかにも相当の料理が幾品《いくしな》も揃つてゐるのですから、いつそ蟹だけを省いたら何《ど》うかとも思つたのですが、なにしろ父の増右衛門が大好きの物ですから、迂闊に省いたら機嫌を悪くするに決まつてゐるので、祖母もしばらく考へてゐますと奥の座敷で手を鳴らす声がきこえました。

祖母は引返して奥へゆきますと、増右衛門は待ち兼ねたやうに廊下に出て来ました。

『おい、なにをしてゐるのだ。早くお膳を出さないか。』

催促されたのを幸ひに、祖母は蟹の一件を窃《そつ》と訴へますと、増右衛門は些《ちつ》とも取合ひませんでした。

『なに、一匹や二匹の蟹が間に合はないと云ふことがあるものか。町になければ浜中《はまじゆう》をさがしてみろ。今夜はうまい蟹を御馳走いたしますと、お客様達にも吹聴《ふいちよう》してしまつたのだ。蟹がなければ御馳走にはならないぞ』。

かう云はれると、もう取付く島もないので、祖母もよんどころなしに台所へまた引返して来ると、台所の者はいよ〳〵心配して、彼《か》の半兵衛が帰つて来るのを今か今かと首をのばして待つてゐるうちに、時刻はだん〳〵過ぎてゆく。奥では焦《じ》れて催促する。誰も彼も気が気でなく、唯《ただ》うろ〳〵しているところへ、半兵衛が息を切つて帰つて来ました。それ帰つたといふので、みんながあわてゝ駈け出してみると、半兵衛はひとりの見馴れない小《こ》僧《ぞう》を連れてゐました。小僧は十五六で、膝《ひざ》つきりの短い汚れた筒袖《つつそで》を着て、古い魚籠《さかなかご》をかゝへてゐました。それをみて皆《みん》なも先《ま》づほつとしたさうです。

その魚籠のなかには、三匹の蟹が入れてあつたので、こつちに準備してある七匹の蟹と引きあはせて、それに似寄りの大きさのを一匹買はうとしたところが、その小僧は遠いところからわざ〳〵連れて来られたのだから、三匹をみんな買つてくれと云ふのです。何分《なにぶん》こつちも急いでゐる場合、かれこれと押問答をしてもゐられないので、その云ふ通りに皆《みん》な買つて遣ることにして、値段もその云ふ通りに渡してやると、小僧は空《から》の籠をかゝへて何処《どこ》へか立去つてしまひました。

『先《ま》づこれでいゝ。』

皆《みん》なも急に元気が出て、すぐにその蟹を茹《ゆ》ではじめました。

二

お酒が出る、お料理がだん〳〵に出る。主人も客もうち寛《くつろ》いで、いゝ心持さうに飲んでゐるうちに、彼《か》の蟹が大きい皿の上に盛られて、めい〳〵の前に運び出されました。

『先刻も申上げた通り、今夜の御馳走はこれだけです。どうぞ召上つてください。』

かう云つて、増右衛門《ますえもん》は一座の人達にすゝめました。わたくしの郷里の方で普通に取れます蟹は、俗にいばら蟹《がに》といひまして、甲《こう》の形がやゝ三角形になつてゐて、その甲や足に茨《いばら》のやうな刺《とげ》が沢山に生えてゐるのでございますが、今晩のは俗にかざみと云ひまして、甲の形がやゝ菱形《ひしがた》になつてゐて、その色は赤黒い上に白い斑《ふ》のやうなものがあります。海の蟹ではこれが一等旨《いっとううま》いのだとか申しますが、わたくしは一向《いっこう》存じません。なにしろ今夜はこの蟹を御馳走するのが主人側の自慢なのですから、増右衛門は人にもすゝめ自分も箸《はし》を着けようとしますと、上座《じょうざ》に控へてゐました彼《か》の坂部與茂四郎といふ人が急に声をかけました。

『御主人、しばらく。』

その声がいかにも仔細《しさい》ありげに聞えましたので、増右衛門も思はず箸をやめて、声をかけた人の方をみかへると、與茂四郎は額《ひたい》に皺《しわ》をよせて先《ま》づ主人の顔をぢつと見つめました。

それから片手に燭台《しよくだい》を把《と》つて、一座の人たちの顔を順々に照らしてみた後《のち》に、ふところから小さい鏡《かがみ》をとり出して自分の顔をも照らして見ました。さうして、しばらく溜息をついて考へてゐましたが、やがてこんなことを云ひ出しました。

『はて、不思議なことがござる。この座にある人々のうちで、その顔に死相《しそう》のあらはれてゐる人がある。』

一座の人たちは蒼《あお》くなりました。人相見《にんそうみ》や占《うらな》ひが上手《じようず》であるといふ此人《このひと》の口から、真面目《まじめ》にかう云ひ出されたのですから驚かずにはゐられません。どの人もたゞ黙つて與茂四郎の暗い顔を眺めてゐるばかりでした。お給仕に出てゐた祖母も身体中が氷のやうになつたさうです。すると、與茂四郎は急に気がついたやうに祖母の方へ向き直りました。この人は今まで主人と客との顔だけを見まはして、この席で唯《た》つた一人の若い女の顔を見落してゐたのです。それに気がついて、更《さら》に燭台を祖母の顔の方へ差向けられたときには、祖母はまつたく死んだやうな心持であつたさうです。それでも祖母には別に変つたこともないらしく、與茂四郎もだまつて首肯《うなず》きました。さうして、又しづかに云ひ出しました。

『折角《せつかく》の御馳走ではあるが、この蟹にはどなたも箸をお着けにならぬ方《ほう》が宜《よろし》からう。そのまゝでお下げください。』

してみると、この蟹は仔細《しさい》があるに相違ありません。死相のあらはれてゐる人は誰であるか。あらはに其名《そのな》は指《さ》しませんけれども、主人の増右衛門らしく思はれます。殊《こと》に祖母には思ひあたることがあります。と云ふのは、前から準備してあつた七匹の蟹は七人の客の前に出して、あとから買つた一匹を主人の膳に附けたのですから、その蟹に何かの毒でもあるのではないかとは、誰でも考へ付くことです。主人もそれを聴いて、すぐにその蟹を下げるやうに云ひ付けましたので、祖母も心得てその皿をのせたお膳を片附けはじめると、與茂四郎はまた注意しました。

『その蟹は台所の人たちにも食《く》はせてはならぬ。みなお取捨《とりす》てなさい。』

『かしこまりました』

祖母は台所へ行つてその話をしますと、そこにゐる者もみな顔の色を変へました。とりわけて半兵衛は、その蟹を自分がさがして来たのですから、いよ〳〵驚きました。そこで念のために家《うち》の飼犬《かいいぬ》を呼んで来て、主人の前に持ち出した蟹を食はせてみると、たちまちに苦《くるし》んで死んでしまつたので、皆《みん》なもぞつとしました。それから近所の犬を連れて来て、試しにほかの蟹を食《く》はせてみると、これはみな別条がない。かうなると、もう疑ふまでもありません。あとから買つた一匹の蟹に毒があつて、それを食はうとした主人の顔に死相があらはれたのです。

與茂四郎といふ人のおかげで、主人は危《あやう》いところを助かつて、こんな目出《めで》たいことはないのですが、なにしろ斯《こ》ういふことがあつたので一座もなんとなく白《しら》けてしまつて、酒も興も醒《さ》めたといふ形、折角《せつかく》の御馳走もさん〴〵になつて、どの人もそこ〳〵に座《ざ》を起《た》つて帰りました。

お客に対して気の毒は勿論ですが、怪しい蟹を食はされて、あぶなく命を取られようとした主人のおどろきと怒りは一通りでありません。台所の者一同はすぐに呼び付けられて、厳しい詮議をうけることになりましたが、前に云つたやうなわけですから誰も彼《かれ》もたゞ不思議に思ふばかりです、兎《と》もかくも半兵衛は当の責任者ですから、あしたは早朝からその怪しい小僧を探しあるいて、一体その蟹をどこから捕つて来たかと云ふことを詮議する筈《はず》で、その晩はそのまゝ寝てしまひました。

小僧は三匹の蟹を無理に売り付けて行つたのですから、まだ二匹は残つてゐます。これにも毒があるか無いかを試してみなければならないのですが、もう夜も更けたので、それも明日のことにしようと云つて、台所の土間の隅へ抛《ほう》り出して置きますと、夜の明けないうちに二匹ながら姿を隠してしまひました。死んでゐると思つてゐた蟹が実はまだ生きてゐて、いつの間にか這ひ出したのか、それとも犬か猫が銜《くわ》へ出したのか、それも結局判りませんでした。

一体、蝦《えび》や蟹のたぐひには何《ど》うかすると中毒することがあります。したがつて、その蟹に毒があつたからと云つて、左《さ》のみ不思議がるにも及ばないのかも知れませんが、この時には主人をはじめ、家中《うちじゆう》の者がみな不思議がつて騒ぎ立つてゐるところへ、残つた二匹もゆくへ知れずになつたと云ふので、いよ〳〵その騒ぎが大きくなりまして、半兵衛は伊《い》助《すけ》といふ若い者と一緒に早朝から彼《か》の小僧のありかを探しに出ました。半兵衛は勿論、台所に居あはせた者のうちで誰もその小僧の顔を見識《みし》つてゐる者がないのです。浜の漁師の子供ならば、誰かゞその顔を見識つてゐさうな筈であるから、或《あるい》はほかの土地から来た者ではないかとも云ふのです。こんな事があらうとは思ひもよらず、暗い時ではあり、こつちも無暗《むやみ》に急いでゐたので、実はその小僧の人相や風体《ふうてい》を確《たしか》に見とゞけてはゐないのですから、かうなると探し出すのが余《よ》ほどの難儀です。

その難儀を覚悟で、ふたりは早々に出てゆくと、そのあとで主人の増右衛門は陣屋へ行つて、坂部與五郎といふ人の屋敷をたづねました。兄《あに》さんの與茂四郎に逢つて、ゆうべはお蔭さまで命拾ひをしたといふ礼をあつく述べますと、與茂四郎は更《さら》にかう云つたさうです。

『先《ま》づ〳〵御無事で重畳《ちようじよう》でござつた。但《ただ》し手前の見るところでは、まだ〳〵ほんたうに禍《わざわい》が去つたとは存《ぞん》じられぬ。近いうちには御家内《ごかない》に何かの禍がないとも限らぬ。せい〴〵御用心が大切でござるぞ。』

増右衛門は又ぎよつとしました。なんとかしてその禍《わざわい》を攘《はら》ふ法はあるまいかと相談しましたが、與茂四郎は別にその方法を教へてくれなかつたさうです。唯《ただ》この後《ご》は決して蟹を食ふなと戒《いまし》めただけでした。

大好きの蟹を封《ふう》じられて、増右衛門もすこし困つたのですが、この場合、とてもそんな事を云つてはゐられないので、蟹はもう一生たべませんと、與茂四郎の前で誓《ちか》つて帰つたのですが、どうも安心が出来ません。と云つて、どうすればよいと云ふことも判らないのですから、家内の者に向つてどういふ注意をあたへることも出来ない。それでも祖母だけには與茂四郎から注意されたことを囁《ささや》いて、当分は万事に気をつけろと云ひ聞かせたさうです。

一方の半兵衛と伊助は早朝に出て行つたまゝで、午《ひる》ごろになつても帰らないので、これもどうしたかと案じてゐると、九つ半《ここのつはん》――今の午後一時頃ださうでございます――頃《ごろ》になつて、伊助ひとりが青くなつて帰つて来ました。半兵衛はどうしたと訊いても、容易に返事が出来ないのです。その顔色といひ、その様子をみて、みんなは又ぎよつとしました。

三

ぼんやりしている伊助を取りまいて、大勢がだん〳〵詮議すると、出先《でさき》でかういう事件が出来《しゆつたい》してゐることが判りました。

半兵衛はゆうべ家《うち》をかけ出して、ふだんから懇意《こんい》にしてゐる漁師の家《うち》をたづねたのですが、どこの家にも蟹がない。いばら蟹や高足蟹《たかあしがに》があつても、かざみが無い。それからそれへと聞きあるいて、だん〳〵に北の方へ行つて、路《みち》ばたに立つてゐる彼《か》の小僧を見つけたのでした。それですから、けふも伊助と二人連れで、兎《と》もかくも北の方角《ほうがく》――出雲崎《いずもざき》の方角でございます――を指して尋ねて行きましたが、ゆうべの小僧らしい者の姿を見ない。知《し》らず識らずに進んで鯖石川《さばいしがわ》の岸の辺《へん》まで来ますと――御承知かも知れませんが、この川は海へ注《そそ》いで居ります。その海寄りの岸のところに突つ立つて水をながめてゐる小僧、そのうしろ姿が何《ど》うもそれらしく思はれるので、半兵衛があわてゝ追つかけて行きました。一方は海、一方は川ですから、ほかに逃げ道もないと多寡《たか》をくゝつて伊助はあとからぶら〳〵行きますと、真先《まつさき》にかけて行つた半兵衛はその小僧をうしろから摑《つか》まへて、なにか一言ふた言云つてゐたかと思ふうちに、どうしたのか能《よ》く判りませんが、半兵衛はその小僧にひき摺《ず》られたやうにずるずる〳〵と水のなかへ這入つてしまつたのです。

それをみて、伊助もびつくりして、これも慌てゝその場へ駈け付けましたが、半兵衛も小僧も水に呑《の》まれたらしく、もうその姿がみえないのです。いよ〳〵驚いて狼狽《うろた》へて、近所の漁師の家《うち》へかけ込んで、かういふわけで山形屋の店の者が沈んだから早くひき揚げてくれと頼みますと、わたくしの店の名はこゝらでも皆知つてゐますので、すぐに七八人の者を呼び集めて、水のなかを探してくれたのですが、二人ともに見つからない。なにしろ川の落口《おちくち》で流れの早いところですから、あるひは海の方へ押遣《おしや》られてしまつたかも知れないといふので、伊助も途方に暮れてしまひましたが、今更どうすることも出来ません。兎もかくも出来るだけは探してくれと頼んで置いて、そのことを注進するために引返して来たといふわけです。

家《うち》の者もそれを聴いて驚きました。とりわけて主人の増右衛門は彼《か》の與茂四郎から注意されたこともありますのでいよ〳〵胸を痛めて、早速ひとりの番頭に店の者五六人を附けて、伊助と一緒に出して遣りました。画家の文阿《ぶんあ》も出て行きました。

前にも申上げた通り、わたくしの家《うち》には俳諧師の野水《やすい》と画家の文阿が逗留してゐまして、野水はそのとき近所へ出てゐて留守でした。文阿は自分の座敷にあてられた八畳の間《ま》で絵をかいてゐました。文阿は文晁《ぶんちよう》の又弟子とかに当る人で、年は若いが江戸でも相当に名を知られてゐる画家ださうです。主人は蟹が好きなので、逗留中に百蟹《ひやつかい》の図《ず》をかいてくれと頼んだところが、文阿は自分の未熟の腕前ではどうも百蟹はおぼつかない、せめて十《じつ》蟹《かい》の図をかいてみませうと云ふので、このあひだからその座敷に閉ぢ籠つて、色々の蟹を標本にして一心にかいてゐるのでした。その九匹はもう出来あがつて、残りの一匹をかいてゐる最中にこの事件《じゆつたい》が出来したので、文阿は絵筆をおいて起《た》ちました。

『先生もお出《い》でになるのですか。』と、増右衛門は止《と》めるやうに云ひました。

『はあ。どうも気になりますから。』

さう云ひ捨てゝ、文阿は大勢と一緒に出て行つて仕舞《しまい》ました。強《し》いて止めるにも及ばないので、そのまゝ出して遣りますと、それを聞き伝えて近所からも又大勢の人がどや〳〵と附いてゆく。漁師町からも加勢の者が出てゆく。どうも大変な騒ぎになりましたが、主人は真逆《まさか》に出てゆくわけにも参りません、家《うち》にゐて唯《ただ》心配してゐるばかりです。祖母をはじめ、ほかの者はみな店の先に出て、そのたよりを待ち侘《わ》びてゐますと、そこへ彼《か》の坂部與茂四郎といふ人が来ました。途中でその噂を聴いたとみえまして、半兵衛の一件をもう知つているらしいのです。

『どうも飛んだことでござつた。御主人はお出かけになりはしまいな。』

『はい。父は宅《たく》に居ります。』と、祖母は答えました。

それで先づ安心したといふやうな顔をして、與茂四郎は祖母の案内で奥へ通されました。

『どうも飛んだことで……。』と、與茂四郎はかさねて云ひました。『併《しか》したとひ何《ど》んなことがあらうとも、御主人はお出かけになつてはなりませぬぞ。』

『かしこまりました。』と、増右衛門は謹《つつし》んで答へました。『家内に何かの禍《わざわい》があるといふ御諭《おさと》しでござりましたが、まつたく其通りで驚き入《い》りました。』

『お店からはどなたがお出でになりましたな。』

『番頭の久右衛門《きゆうえもん》に店の者五六人を附けて出しました。』

『ほかには誰もまゐりませぬな。』と、與茂四郎は念を押すやうに又訊きました。

『ほかには絵かきの文阿先生が……。』

『あ。』と、與茂四郎は小声で叫びました。『誰《たれ》かを走らせて、あの人だけはすぐに呼び戻すがよろしい。』

『はい、はい。』

悸《おび》え切つてゐる増右衛門はあわて、店へ飛んで出て、すぐに文阿先生をよび戻して来い、早く連れて来いと云ひつけてゐるところへ、店の者のひとりが顔の色をかへて駈けて帰りました。

『文阿先生が……。』

『え、文阿先生が……。』

あとを聴かないで、増右衛門はそのまゝ気が遠くなつてしまひました。今日でいへば脳貧血でせう。蒼《あお》くなつて卒倒《そつとう》したのですから、こゝに又ひと騒動起りました。すぐに医師《いしゃ》をよんで手当をして、幸ひに正気は附いたのですが、しばらくは窃《そつ》と寝かして置けといふことで、奥の一間《ひとま》へ舁《か》き入れて寝かせました。内と外とに騒動が出来《しゆつたい》したのですから、実に大変です。

そこで、一方の文阿先生は何《ど》うしたのかと云ふと、大勢と一緒に鯖石川《さばいしがわ》の岸へ行つて、漁師たちが死体捜索に働いてゐるのを見てゐるうちに、何《ど》うしたはずみか、自分の足もとの土が俄《にわか》に崩れ落ちて、あつという間《ま》も無しに、文阿は水のなかへ転《ころ》げ込んでしまつたのです。こゝでも又ひと騒ぎ出来して、漁師達はすぐにそれを引き揚げようとしたのですが、もうその形が見えなくなりました。半兵衛のときは兎も角も、今度はそこに大勢の漁師や船頭も働いてゐたのですが、文阿はどこに沈んだか、どこへ流されたか、どうしてもその形を見つけることが出来ないので、大勢も不思議がつてゐるばかりでした。

その報告をきいて、與茂四郎は深い溜息をつきました。

『あゝ、手前がもう少し早く参ればよかつた。それでも御主人の出向かれなかつたのがせめてもの仕合せであつた。』

さう云つたぎりで、與茂四郎は帰つてしまひました。主人の方はそれから一時《いつとき》ほどして起きられるやうになりましたが、文阿と半兵衛の姿はどうしても見付かりません。そのうちに秋の日も暮れて来たので、もう仕方が無いとあきらめて、店の者も漁師達も残念ながら一先《ひとま》づ引きあげることになりました。それらが帰つて来たので、店先はごた〳〵してゐる。祖母も店へ出て大勢の話を聴いてゐますと、奥から俳諧師の野水が駈け出して来まして、誰か早く来てくれと云ふのです。

野水といふ人はもう少し前に帰つて来て、自分の留守のあひだに色々の事件が出来してゐるのに驚かされて、その見舞ながら奥へ行つて主人の増右衛門と何か話してゐたのです。それがあわたゞしく駈け出して来たので、大勢は又びつくりして其仔細を訊きますと、唯今御主人と奥座敷で話してゐるうちに、何か庭先でがさ〳〵といふやうな音がきこえたので、何心《なにごころ》なく覗いてみると、二匹の大きい蟹が縁の下から這ひ出して、こつちへ向つて鋏《はさみ》をあげた。それを一目みると、御主人は気をうしなつて倒れたといふのです。

それは大変だと騒ぎ出して、又もや医師《いしゃ》を呼びに遣る。それからそれへと色々の騒動が降つて湧くので、どの人の魂《たましい》も不安と恐怖とに強く脅《おびや》かされて、なんだか生きてゐる空《そら》もないやうになつてしまひました。それは薄ら寒い秋の宵《よい》で、その時のことを考へると今でもぞつとすると、祖母は常々《つねづね》云つてゐました。まつたく然《そ》うだつたらうと思ひやられます。増右衛門は医師の手当で再び正気に戻りましたが、一日のうちに二度も卒倒したのですから、医師はあとの養生が大切だといひ、本人も気分が悪いと云つて、その後は半月ほども床《とこ》に就《つ》いてゐました。

二匹の蟹はほんたうに姿をあらはしたのか、それとも増右衛門の怯《おび》えてゐる眼に一種の幻影をみたのか、それは判りません。併《しか》し本人ばかりでなく、野水《やすい》も確《たしか》に見たといふのです。ゆうべから行方不明になつてゐる二匹の蟹があるひは縁《えん》の下に隠れてゐたのではないかと、大勢が手分けをして穿鑿《せんさく》しましたが、庭の内《うち》にはそれらしい姿を見出しませんでした。家が大きいので、縁の下は迚《とて》も探し切れませんでしたから、あるひは奥の方へ逃げ込んでしまつたのかも知れません。

今日の我々から考へますと、どうもそれは主人と野水との幻覚らしく思はれるのですが、一概《いちがい》にさうとも断定の出来ないのは、こゝに又ひとつの事件があるのです。前にも申した通り、文阿は十蟹《じつかい》の図《ず》をかきかけて出て行つたので、その座敷はそのまゝになつてゐたのですが、あとで検《あらた》めてみると、絵具皿は片端から引つくり返されて、九匹の蟹をかいてある大幅《たいふく》の上には、墨《すみ》や朱《しゆ》や雌黄《しおう》や色々の絵具を散らして、蟹が横這《よこば》ひをしたらしい足跡だ幾つも残つてゐました。してみると、彼《か》の二匹の蟹が文阿のあき巣へ忍び込んで、その十蟹の絵絹《えぎぬ》の上を踏み荒したやうにも思はれます。

それから一週間ほど過ぎて、文阿と半兵衛の死骸が浮きあがりました。ふたりともに顔や身体《からだ》の肉を何かに啖《く》ひ取られて、手足や肋《あばら》の骨があらはれて、実にふた目とは見られない酷《むご》たらしい姿になつてゐたさうです。漁師達の話では、おそらく蟹に啖はれたのであらうと云ふことでした。

これで兎もかくも二人の死骸は見付かりましたが、彼《か》の小僧だけは遂《つい》にゆくへが判りません。誰に訊《き》いても、こゝらでそんな小僧の姿を見た者はないから、多分ほかの土地の者であらうと云ふのです。大方そんなことかも知れません。まさか川や海の中から出て来たわけでもありますまい。

増右衛門はその以来、決して蟹は食はないばかりか、掛軸でも屛風でも、床の間の置物でも、烟草《たばこ》入れの金物でも、すべて蟹に因《ちな》んだやうなものは一切取捨てゝしまひました。それでも薄暗い時などには、二匹の蟹が庭先へ這出して来たなどと騒ぎ立てることがあつたさうです。海の蟹が縁の下などに長く棲んでゐられる筈はありませんから、これは勿論、一種の幻覚でせう。

一本足の女

第九の男は語る。

一

わたしは千葉の者であるが、馬琴《ばきん》の八犬伝《はっけんでん》でおなじみの里見《さとみ》の家は、義實《よしざね》、義成《よしなり》、義通《よしみち》、實堯《さねたか》、義豊《よしとよ》、義堯《よしたか》、義弘《よしひろ》、義頼《よしより》、義康《よしやす》の九代を伝へて、十代目の忠義《ただよし》でほろびたのである。それは元和《げんな》元年、すなはち大阪落城の年の夏で、彼《か》の大久保《おおくぼ》相模守《さがみのかみ》の姻戚《いんせき》関係から滅亡の禍《わざわい》をまねいたのであると伝へられてゐる。大久保相模守忠隣《ただちか》は相洲《そうしゅう》小田原《おだわら》の城主で、徳川家の譜代大名《ふだいだいみょう》のうちでも羽振《はぶり》のよい一人《いちにん》であつたが、一朝《いっちょう》にしてその家《いえ》は取潰《とりつぶ》されてしまつた。その原因は明《あきら》かでない。彼《か》の大久保石見守長安《いわみのかみながやす》の罪に連坐したのであるとも云ひ、又は大阪方に内通の疑ひがあつた為であるとも云ひ、あるひは本多佐渡守父子《ほんださどのかみおやこ》の讒《ざん》言《げん》によるともいふ。いづれにしても、里見忠義は相模守忠隣のむすめを妻にしてゐた関係上、舅《しゆうと》の家《いえ》がほろびると間もなく、かれもその所領を召上げられて、伯耆国《ほうきのくに》に流罪《るざい》を申付けられ、房州《ぼうしゆう》の名家《めいか》もその跡《あと》を絶《た》つたのである。里見の家《いえ》が連綿《れんめん》としてゐたら、八犬伝は世に出なかつたに相違《そうい》ない。馬琴は更《さら》に他《た》の題材を選まなければならないことになつたであらう。

馬琴の口真似《くちまね》をすると、閑話休題《あだしごとはさておき》、これからわたしが語《かた》らうとするのは、その里見の家がほろびる前後のことである。忠義《ただよし》の先代義康《よしやす》は安房《あわ》の侍従《じじゆう》と呼ばれた人で、慶長《けいちよう》八年十一月十六日、三十一歳で死んでゐる。その三周忌《さんしゆうき》の一月《ひとつき》か二月《ふたつき》前のことであるといふから、慶長十年の晩秋か初冬の頃であらう。当代の忠義に仕へてゐる家来《けらい》のうちに、百石《ひやつこく》取りの侍に大瀧庄兵衛《おおだきしようべえ》といふのがあつた。百石と云つても、実際は百俵《ひやつぴよう》であつたさうだが、この百石取りが百人あつて、それを安房《あわ》の百人衆と唱《とな》へ、里見の部下ではなか〳〵幅《はば》が利いたものであるといふ。その庄兵衛が夫婦と中間《ちゆうげん》との三人づれで館山《たてやま》の城下の延命寺《えんめいじ》へ参詣《さんけい》に行つた。延命寺は里見家の菩提寺《ぼだいじ》である。その帰り路《みち》に、夫婦は路傍《みちばた》にうづくまつてゐる一人の少女をみた。

少女は乞食であるらしく、夫婦がこゝへ通りかゝつたのを見て、無言で土に頭《かしら》を下げると、夫婦も思はず立ちどまつた。仏参《ぶつさん》の帰りに乞食をみて、夫婦は幾らかの銭《ぜに》を恵《めぐ》んで遣《や》らうとしたのではない。今度の忠義《ただよし》の代になつてから、乞食に物を恵むことを禁じられてゐた。乞食などは国土の費《つい》えである。畢竟《ひっきょう》かれらに施《ほどこ》し恵む者があればこそ、乞食などといふものが殖《ふ》えるのであるから、一粒の米、一文《いちもん》の銭も彼等にあたへてはならぬと触れ渡されてゐた。庄兵衛夫婦も勿論その趣意に従《したが》はなければならないのであるから、今や自分たちの前に頭《かしら》を下げてゐるこの乞食をみても、素知らぬ顔をして通り過ぎるのが当然であつたが、こゝで彼等夫婦が思はず足をとゞめたのは、その少女がいかにも美しく可憐《かれん》に見えたからであつた。

少女はまだ八《やっ》つか九《ここの》つぐらゐで、袖のせまい上総木綿《かずさもめん》の単衣《ひとえもの》、それも縞目《しまめ》の判《わか》らないほどに垢付《あかづ》いてゐるを肌寒そうに着てゐた。髪は勿論に振り散らしてゐた。そのおどろ髪《がみ》のあひだから露《あらわ》れてゐる彼女《かれ》の顔は、磨かない玉のやうにみえた。

『まあ、可愛らしい。』と、庄兵衛の妻はひとり言のやうに云つた。

『むゝ。』と、夫も溜息をついた。

物を恵むとか恵まないとかいふのは二の次として、夫婦はこの可憐な少女を見すてゝ行くのに忍びないやうな気がしたので、妻は立寄つてその歳《とし》や名をきくと、歳は九つで名は知らないと答へた。

『生れたところは。』

『知りません。』

『両親の名は。』

『知りません。』

　かういふ身の上の少女が生国《しようこく》を知らず、ふた親の名を知らず、わが名を知らないのは、左《さ》のみ珍しいことでもない。少女は妻の問《とい》に対して、自分は赤児《あかご》のときに路傍《みちばた》に捨てられてゐたのを或人《あるひと》に拾はれたが、三つの年にまた捨てられた。それから又ある人に拾はれたが、これも一年ばかりで又捨てられた。拾はれては捨てられ、捨てられては拾はれ、その後二三人の手を経《へ》るうちに、かれは兎もかくも七つになつた。これまで生長すれば、乞食をしても何《ど》うにか生きてゆかれるので、人のなさけに縋《すが》りながら今まで露命《ろめい》をつないでゐるのであると話した。

『まあ、可哀そうに……。』と、庄兵衛の妻は涙ぐんだ。『おまへのやうな可愛らしい子が、なぜ行く先々《さきざき》で捨てられるのか。』

『それはわたくしが不具者《かたわもの》であるからでございます。』と、少女はその美しい眼に涙をやどした。『世にも少い不具者を誰が養つてくれませう。はじめは不便《ふびん》を加《くわ》へてくれましても、やがては愛想《あいそ》を竭《つ》かさせるのでございます。』

　かれは年よりも優《ま》せた口ぶりで云つた。しかし見たところでは、人並すぐれた容形《なりかたち》で、別に不具者らしい様子もないので、妻も庄兵衛も不思議に思つた。恥かしいのか、悲しいのか、少女は身をすくめ、身を顫《ふる》はせて、唯《ただ》すゝり泣きをしてゐるばかりであるのを、夫婦が色々になだめ賺《すか》して詮議すると、かれが不具である仔細が初めてわかつた。土に坐つてゐるので今までは気が附かなかつたが、少女は一本足であつた。かれは左の足を有《も》つてゐるだけで、右の足は膝の上から切断されてゐるのであつた。生れ落ちるとからの不具ではない。さりとて何かの病《やまい》のために切断したのでもない。おそらく何かの仔細で路《みち》ばたに捨てられてゐたところを、野良犬か狼のやうな獣《けもの》のために片足を啖《く》ひ切られたらしいと、その疵口《きずぐち》の模様によつて庄兵衛は判断した。

かうなると、夫婦はいよ〱不便が増して来て、どうしても此儘《このまま》に見捨てゝゆく気にはなれなくなつた。かういふ美しい、いぢらしい少女を乞食にして置くといふことが不便であるばかりでなく、前にもいふ通りのお触《ふ》れが出てゐる以上、かれは何人《なんびと》の恵みをも受けることが出来なくなつて、早く他領《たりよう》へ立退《たちの》くか、あるひはこゝで見す見す飢死《うえじに》をしなければならないのである。庄兵衛は試みに少女にきいた。

『おまへは乞食に物を遣《や》るなといふお触《ふ》れの出てゐるのを知らないか。』

『知りません。』と、かれはまつたく何《なん》にも知らないやうに答へた。

庄兵衛の妻はまた泣かされた。かれは夫を小蔭《こかげ》へまねいて、なんとかして彼《か》の少女を救つて遣《や》らうではないかと囁《ささや》くと、庄兵衛にも異存はなかつた。しかし自分も里見家につかへる身の上で、この際《さい》おもて向きに乞食を保護するなどは穏かでないと思つたので、かれは今日の供に連れて来た中間《ちゆうげん》の與市《よいち》を呼んで相談した。與市は館山《たてやま》の城下から遠くない西岬《にしみさき》といふ村の者で、実家は農《のう》であるが、武家奉公を望んで二三年前から庄兵衛の屋敷に勤めてゐるのである。年は若いが正直律義《りちぎ》の者で、実家には母も兄もある。庄兵衛は彼《か》の少女を一先《ひとま》づ與市の実家へあづけて置きたいと思つて、窃《ひそか》にその相談をすると、與市は素直《すなお》に承知した。

『それではすぐに連れて行つてくれ。』

主人の命令にそむかない與市は、一本足の乞食の少女を背負《せお》つて、すぐに自分の実家へ運んで行つた。先づこれで安心して、庄兵衛夫婦もそのまゝ自分の屋敷へ帰ると、日の暮れるころに與市は戻つて来て、かれを確《たしか》に母や兄にたのんで参りましたと報告した。それから半月ほどの後《のち》に、庄兵衛の妻はその様子を見とゞけながらに西岬の家《うち》へたづねてゆくと、少女は恙《つつが》なく暮してゐた。與市の母や兄も律義者で、主人の指図を大事に心得てゐるばかりでなく、彼等は不具の少女に不便《ふびん》を加へて、心から深切《しんせつ》に優しく労《いたわ》つてゐるらしいので、妻もいよ〳〵安心して帰つた。

それから二月《ふたつき》か三月《みつき》ほどを過ぎて、その年の暮になると、更《さら》におどろくべき命令が領主の忠義《ただよし》から下された。さきに触れ渡して、乞食どもには一切施《いっさいほどこ》すなと云ひ聞かせてあるのに、乞食どもは矢《や》はり城下や近在にうろ〳〵と立迷つてゐるのは、禁制《きんぜい》を破つて窃《ひそか》に彼等に恵むものがあるのか、あるひは彼等が盗み食ひでもするのか、いづれにしても先度《せんど》の触れ渡しの趣意が徹底しないのは遺憾《いかん》であるといふので、更《さら》に領内の宿無《やどな》し又は乞食のたぐひに対して、三日以内に他領へ立退《たちの》くべきことを命令した。その期限を過ぎても猶《なお》そこらに徘徊してゐるものは、見つけ次第に打ち殺すといふのである。この厳重な触れ渡しにおびやかされて、乞食共はみな早々に逃げ散つたが、中にはその触れ渡しを知らないで居残つてゐた者や、あるひは逃げおくれて捕はれた者や、それらは法のごとくに打ち殺されるのもあつた。生埋《いきう》めにされるのもあつた。かうして、里見の領内の乞食や宿無しのたぐひは一掃《いつそう》された。

『早くにあの娘を助けてよかつた。』と、庄兵衛夫婦はひそかに語り合つた。歩行も自由でない一本足の少女などは、この場合おそらく逃げおくれて最初の生贄《いけにえ》となつたであらう。夫婦がかれを救つたことは幸ひに誰にも知られなかつた。勿論、與市には堅く口止めをして置いた。

二

幸運の少女は與市《よいち》の実家で深切《しんせつ》に養はれてゐた。庄兵衛の妻も時々にそつと彼女《かれ》をたづねて、着物や小遣《こづか》ひ銭《ぜに》などを恵んでゐた。なんとか名をつけなければ不可《いけな》いと云ふので、かれをお冬《ふゆ》と呼ばせることにした。そのうちに五年過ぎ、七年すぎて、お冬もいつか十六の春を迎へた。

雨風に晒《さら》され、砂ほこりに塗《まみ》れて、往来の土の上に這《は》ひつくばつてゐた頃ですらも、庄兵衛夫婦の眼をひいた程《ほど》の美しい少女は、だん〳〵生長するに連れて玉の光がいよ〳〵輝くやうになつた。子どもの時から馴《な》れてゐるので、杖《つえ》に縋《すが》れば近所をあるくには差支《さしつか》へもなかつた。人間も利口で、且《かつ》は器用な質《たち》であるので、針仕事などは年にも優《ま》して巧者《こうしや》であつた。

『これで足さへ揃《そろ》つてゐれば申分《もうしぶん》はないのだが……。』と、與市の母や兄も一層かれの不幸を憫《あわれ》んだ。

不具にもよるが、一本足といふのでは先《ま》づ嫁入りの口もむづかしい。殊《こと》にこゝらはみな農家で、男も女も働かなければならないのであるから、いかに容貌《きりよう》がよくても、人間が利口でも、一本足の不具者を嫁に貰ふものは無ささうである。あたら容貌を持ちながら一生を日かげの花で終るのかと思ふと、與市の母や兄ばかりでなく、時々にたづねてゆく庄兵衛の妻も暗い思ひをさせられた。

庄兵衛夫婦には子供がない。かれらが不具の少女を拾ひあげたのも、勿論その不幸をあはれむ心から出たには相違ないが、子のない夫婦の子供好きといふことも半分はまじつてゐたので、妻は一面に暗い思ひをしながらも、又一面にはだん〳〵に美しく生長してゆくお冬の顔をみるのを楽みに、とき〴〵に忍んで逢ひに行くのであつた。さうして、幾らかの附金《つけがね》をして遣《や》つてもよいから、どこかで嫁に貰つてくれる家《うち》はあるまいかなどと、與市の母や兄に相談することもあつたが、前に云つたやうな訳であるから、この相談は容易に運びさうもなかつた。

かうして、また一年二年と送るうちに、お冬はいよ〳〵美しい娘盛りとなつて、いつも近所の若い男どもの噂にのぼつた。中には悪戯《いたずら》半分にその袖をひく者もあつたが、利口なお冬は振向きもしなかつた。かれは與市の母や兄を主人とも敬《うやま》い、親兄弟とも慕《した》つて、おとなしく淑《つつま》しやかに暮してゐた。

慶長十九年、お冬が十八の春には、かれの大恩人たる大瀧庄兵衛の主人の家《いえ》に暗い雲が掩《おお》ひかゝつて来た。彼《か》の大久保相模守忠隣《ただちか》が幕府の命令によつて突然に小田原領五万石を召上げられ、あはせて小田原城を破却《はきやく》されたのである。その仔細は知らず、なにしろ晴天の霹靂《へきれき》ともいふべき此《こ》の出来事に対して、関東一円は動揺したが、とりわけて大久保と縁を組んでゐる里見の家では、やみ夜《よ》に燈火《ともしび》をうしなつたやうに周章狼狽《しゆうしようろうばい》した。あるひは大久保とおなじ処分をうけて、領地召上げ、お家滅亡、そんなことになるかも知れないといふ噂がそれからそれへと伝へられて、不安の空気が城内にも城下にも漲《みなぎ》つた。庄兵衛もその不安を感じた一人であるらしく、このごろは洲の先《すさき》神社に参詣することになつた。洲の先は頼朝が石橋山の軍《いくさ》に負けて、安房《あわ》へ落ちて来たときに初めて上陸したところで、おなじ源氏の流れを汲《く》む里見の家では日ごろ尊崇《そんすう》してゐる神社であるから、庄兵衛がそれに参詣して主家《しゆか》の安泰《あんたい》を祈るのは無理もないことであつた。

神社は西岬村《にしみさきむら》のはづれにあるので、庄兵衛はその途中與市の実家へ久振りで立寄つた。

かれは娘盛りのお冬をみて、年毎《としごと》にその美しくなりまさつて行くのに驚かされた。その以来、かれは参詣の都度《つど》に與市の家《いえ》をたづねるやうになつた。そのうちに江戸表から洩《も》れて来る種々《しゅじゅ》の情報によると、どうでも里見家に連坐《まきぞえ》の祟《たた》り無しでは済みさうもないと云ふので、一家中《いっかちゅう》の不安はいよ〳〵大きくなつた。庄兵衛は洲の先神社へ夜《よ》まゐりを始めた。

かれの夜まゐりは三月から始まつて五月までつゞいた。当番その他のよんどころない差《さし》支《つか》へのない限りは、一晩でも参詣を怠《おこた》らなかつた。主家を案じるのは道理《もっとも》であるが、夜参りをするやうになつてから彼は決して供《とも》を連れて行かないといふことが妻の注意をひいた。まだその外《ほか》にも何か思ひあたることがあつたと見えて、妻は與市をよんで囁《ささや》いた。

『庄兵衛殿がこの頃の様子、どうも腑《ふ》に落ちないことがあるので、今夜は窃《そっ》とそのあとを附けてみようと思ひます。おまへ案内してくれないか。』

與市は承知して主人の妻を案内することになつた。近いと云つても相当の路程《みちのり》があるので、庄兵衛は日のくれるのを待兼《まちか》ねるやうに出てゆく。妻と與市とは少しく後《おく》れて出ると、途中で五月の日はすつかり暮れ切つて、ゆく手の村は青葉の闇につゝまれてしまつたので、かれらは附けてゆく人のすがたを見失つた。

『どうしようか。』と、妻は立ちどまつて思案した。

『兎《と》もかくも洲の先まで行つて御覧なされては如何《いかが》。』と、與市は云つた。

『さうしませう。』

まつたくそれより外《ほか》に仕様もないので、妻は思ひ切つて又あるき出したが、なにぶんにも暗いので、かれは当惑した。與市は男ではあり、土地の勝手もよく知つてゐるので、左《さ》のみ困ることもなかつたが、庄兵衛の妻は足許《あしもと》のあぶないのに頗《すこぶ》る困つた。夫のあとを附けるつもりで出て来たのであるから、元《もと》より松明《たいまつ》や火縄の用意もない。妻は堪《たま》りかねて声をかけた。

『與市。手をひいてくれぬか。』

與市はすこし躊躇《ちゆうちよ》したらしかつたが、主人の妻から重ねて声をかけられて、彼はもう辞退するわけにも行《ゆ》かなくなつた。かれは片手に主人の妻の手を取つて、暗いなかを探るやうにして歩き出した。さうして、まだ十間《じゆつけん》とは行かないうちに、路ばたの木のかげから何者か現れ出て、忍びの者などが持つ龕燈《がんどう》提灯《ぢようちん》を二人の眼先へだしぬけに突きつけた。はつと驚いて立竦《たちすく》むと、相手はすぐに呼びかけた。

『與市か。主人の妻の手を引いて、どこへゆく。』

それは主人の庄兵衛の声であつた。庄兵衛はつゞけて云つた。

『おのれ等《ら》が不義の証拠、たしかに見とゞけたぞ。覚悟しろ。』

『あれ、飛んでもないことを……。』と、妻はおどろいて叫んだ。

『えゝ、若い下郎《げろう》めと手に手を取つて、闇夜をさまよひあるくのが何より証拠だ。』

もう問答の暇《いとま》もない。庄兵衛の刀は闇に閃《ひら》めいたかと思ふと、片手なぐりに妻の肩先から斬り下げた。あつと叫んで逃げようとする與市も、おなじく背後《うしろ》から肩を斬られた。それでも彼は夢中で逃げ出すと、恰《あたか》も自分の家《いえ》の前に出たので、やれ嬉しやと転げ込《ころ》むと、母も兄もその血みどろの姿を見てびつくりした。與市は今夜の始末を簡単《てみじか》に話して、そのまゝ息が絶えてしまつた。

あくる朝になつて、庄兵衛から表向きの届けが出た。妻は中間の與市と不義を働いて、與市の実家へ身を隠さうとするところを、途中で追ひとめて二人ともに成敗《せいばい》いたしたと云ふのである。妻の里方《さとかた》ではそれを疑つた。與市の母や兄は勿論《もちろん》不承知であつた。しかし里方とても確《たしか》に不義でないといふ反証を提出することは出来なかつた。與市の母や兄は身分ちがひの悲しさに、所詮は泣寝入りにするの外《ほか》はなかつた。

それと同時に、與市の家《うち》へは庄兵衛の使《つかい》が来て、左様《さよう》な不埒者《ふらちもの》の宿許《やどもと》へお冬をあづけて置くことは出来ぬといふので、迎ひの乗物にかれを乗せて帰つた。その日から一本足の美しい女は庄兵衛の屋敷の奥に養はれることになつたのである。何分《なにぶん》にも主人の家《いえ》が潰《つぶ》れるか立つか、自分たちも生きるか死ぬか、それさへも判らぬといふ危急存亡《ききゆうそんぼう》の場合であるから、誰もそんなことを問題にする者はなかつた。

三

不安と動揺のうちに一年を送つて、あくれば元和《げんな》元年である。その年の五月に大阪は落城して、いよ〳〵徳川家一統《いつとう》の世になつた。今まで無事でゐたのを見ると、或《あるい》はこのまゝに救はれるかとも思つてゐたのは空頼《そらだの》みで、大阪の埒《らち》があくと間もなく、五月の下旬に最後の判決が下された。里見の家《いえ》は領地を奪はれて、忠義《ただよし》は伯耆《ほうき》へ流罪《るざい》を申付けられたのである。

主人の家《いえ》がほろびて、里見の家来はみな俄浪人《にわかろうにん》となつた。そのなかで大瀧庄兵衛は夫婦のほかに家族もなく、平生《せいぜい》から心がけも好かつたので、家《いえ》には多少の蓄財もある。浪人しても差し当り困るやうなこともないので、僅《わず》かの家来どもには暇《ひま》を出して、庄兵衛は館山《たてやま》の城下を退散した。しかし彼は自分ひとりと云ふわけには行かなかつた。かれにはお冬といふ女が附き纏《まと》つていた。庄兵衛もそれを振り捨てゝ行かうとは思はないので、歩行の不自由な女を介抱しながら、兎もかくも江戸の方角へ向ふことにして、便船《びんせん》をたのんで上総《かずさ》へ渡り、更に木更津《きさらづ》から船路の旅をつゞけて恙《つつが》なく江戸へ這入つた。それは庄兵衛が不義者として妻と中間とを成敗してから一年の後《のち》で、庄兵衛は四十一歳、お冬は十九歳の夏であつた。

かれらはもう公然の夫婦で、浅草寺に近いところに小さい仮住居《かりずまい》を求め、当分は為《な》すことも無しに月日を送つてゐた。安房《あわ》の里見といへば名家ではあるが、近年はその武道もあまり世にきこえないので、里見浪人をよろこんで召抱《めしかか》へてくれる屋敷もなかつた。お冬も武家奉公を好まなかつた。一本足の女、しかも自分とは親子ほども年の違ふ女を、拙者《せつしや》の妻でござると云つて武家屋敷へ連れ込むことは、庄兵衛もなんだか後ろめたいやうにも思つたので、かた〴〵二度の主取《しゆうど》りは見あはせることにしたが、いつまでも空《むな》しく遊んではゐられないので、かれは近所の人の勧めるがまゝに手習《てならい》の師匠を始めると、その人が深切《しんせつ》に周旋《しゆうせん》して、とりあへず七八人の弟子をあつめて来てくれた。さうなると、庄兵衛も家《うち》のことの手伝ひもしてゐられない。足の不自由なお冬だけでは何かにつけて不便なので、台所働きの下女を傭《やと》ふことにしたが、どの女も一月《ひとつき》か二月《ふたつき》でみな立去つてしまつた。

あまりに奉公人がたび〳〵代《かわ》るので、近所の人たちも不思議に思つて、暇《ひま》を取つて出てゆく一人の女に窃《そつ》と訊いてみると、かれはこんなことを云つた。

『若い御新造《ごしんぞ》はあんな美しい顔をしてゐながら、なんだか怖い人です。その上に、あんまり旦那様《だんなさま》と仲が好《よ》過ぎるので、とても傍《そば》で見てはゐられません。』

親子ほども年の違ふ夫婦が仲よく暮してゐることは近所の者も認めてゐたが、傍《そば》で見てゐるに堪へられないで奉公人等がみな立去るほどに睦《むつま》じいと云ふのは、すこしく案外《あんがい》であつた。それから注意して窺《うかが》ふと、庄兵衛夫婦のむつまじいことは想像以上で、弟子のうちでも少しく大きい子どもは顔を赧《あか》くするやうなことが度々であつた。十二三になる娘などは、もうあのお師匠さんへ行くのは忌《いや》だと云ひ出したのもあつた。そんなわけで、多くもない弟子がだん〳〵に減《へ》つて来るばかりか、貯《たくわ》への金も大抵《たいてい》使ひ果《はた》してしまつたので、仲のよい夫婦も一年あまりの後《のち》には世帯《しょたい》の苦労が身にしみて来た。

『わたくしはもと〳〵乞食ですから、再び元の身の上に復《かえ》ると思へばよいのです。』

お冬は平気でゐるらしかつたが、庄兵衛は最愛の妻を伴つて乞食をする気にはなれなかつた。元和二年の師走《しわす》の夜に、かれが浅草の並木《なみき》を通ると、向うから来る一人の男に出逢つた。それは町家《ちょうか》の奉公人でどこかへ懸取《かけと》りに行つたらしく見えたので、庄兵衛は俄《にわか》に兆《きざ》した出来ごころから不意にそのゆく手に立ち塞《ふさ》がつた。

『この師走に差迫つて、浪人の身の難渋《なんじゅう》いたす。御合力《ごごうりょく》くだされ。』

一種の追《お》ひ剝《は》ぎとみて、相手も油断しなかつた。かれは何の返事もせずに、だしぬけに自分の穿《は》いてゐる草履《ぞうり》を把《と》つて、庄兵衛の顔を強く撲《う》つた。さうして、こつちの慌《あわ》てる隙《すき》をみて、かれは一目散に逃げ去らうとしたのである。泥草履《どろぞうり》で真向《まっこう》を撲《う》たれて、庄兵衛は赫《かっ》となつた。もう前後のかんがへも無しに、うしろから追ひ縋《すが》つてかれを袈裟《けさ》がけに斬り倒した。斬つてしまつて、今更悔《いまさらくや》む気にもなつたが、毒食はゞ皿までと度胸をすゑて、庄兵衛は死人の首にかけてゐる財布を奪い取つて逃げた。浅草寺のほとりまで来て、窃《そっ》とその財布をあらためると、銭《ぜに》が二貫文《かんもん》ほど這入つてゐるだけであつた。

『こればかりのことで飛んだ罪を作つた。』と、彼はいよ〳〵後悔した。しかし今の身の上では二貫文の銭も大切である。庄兵衛はその銭を懐《ふとこ》ろにして家《うち》へ帰つたが、生れてから初めて斬取《きりど》り強盗を働いたのであるから、なんだか気が咎《とが》めてならない。万一の詮議に逢つた時にその証拠を残して置いてはならないと思つたので、かれは燈火《あかり》の下で刀の血を丁寧に拭《ぬぐ》はうとしてゐると、お冬がそばから覗き込んだ。

『もし、それは人の血ではござりませぬか。』

『む丶、途中で追ひ剝ぎに出逢つたので、一太刀《ひとたち》斬つて追ひ払つた。』と、庄兵衛は自分のことを逆に話した。

お冬はうなづいて眺めてゐたが、やがてその刀の血を嘗《な》めさせてくれと云つた。これには庄兵衛もすこし驚いたが、自分の惑溺《わくでき》してゐる美しい妻の要求を斥《しりぞ》けることは出来なくて、かれはその云ふがま丶に人間の血汐《ちしお》をお冬に舐《ねぶ》らせた。

その夜《よ》の閨《ねや》の内で、かれは妻からどんな註文《ちゆうもん》を出されたのか知らないが、その後《ご》は日の暮れる頃から忍び出て、三日に一度、五日に一度ぐらゐづつは往来《おうらい》の人を斬つて歩いた。その刀の血をお冬は嬉しさうに舐《ねぶ》つた。死人のふところから奪つた金は、夫婦の生活費となつた。ある夜《よ》、どうしても人を斬る機会がなくて、路《みち》ばたの犬を斬つて帰ると、お冬はそれを嘗《な》めて顔色を悪くした。

『これは人の血ではござりませぬ。犬の血でござります。』

庄兵衛は一言《いちごん》もなかつた。そればかりでなく、それが男の血であるか女の血であるか、あるひは子供の血であるかと云ふことまでも、お冬は一々に鑑別して庄兵衛をおどろかした。それがだん〳〵に嵩《こう》じて来て、庄兵衛は袂《たもと》に小さい壺を忍ばせてゐて、斬られた人の疵口《きずぐち》から流れ出る生血《なまち》をそゝぎ込んで来るやうになつた。かれはその惨虐《ざんぎやく》な行為に対して、とき〳〵に良心の苛責《かしやく》を感じることが無いでもなかつたが、その苦みも妻の美しい笑顔に逢へば、あさ日に照《てら》される露《つゆ》のやうに消えてしまつた。かれは一種の殺人鬼となつて、江戸の男や女を斬つてあるいた。さうして、妻を喜ばせるばかりでなく、それが男の血であるか、女の血であるかを云ひ当てさせるのも、かれが一つの興味となつた。

併《しか》しこの時代でも、かうした悪鬼の跳梁跋扈《ちようりようばつこ》をいつまでも見逃しては置かなつた。殊《こと》に天下もやうやく一統《いつとう》して、徳川幕府は専《もつぱ》ら江戸の経営に全力をそゝいでゐる時節であるから、市中の取締りも決しておろそかにはしなかつた。町奉行所では此頃しきりに流行《はや》るという辻斬《つじぎり》に対して、厳重に探索の網を張ることになつた。庄兵衛も薄々それを覚《さと》らないではなかつたが、今更どうしても止《や》められない羽目《はめ》になつて、相変《あいかわ》らずその辻斬をつゞけてゐるうちに、かれは上野の山下《やました》で町廻りの手に捕はれた。

牢屋につながれて三日五日《みつかいつか》を送つてゐるあひだに、狂へる心は次第に鎮《しず》まつて、庄兵衛は夢から醒《さ》めた人のやうになつた。かれは役人の吟味《ぎんみ》に対して、一切の罪を正直に白状した。安房《あわ》にゐるときに、妻と中間とを無体《むたい》に成敗したことまで隠さずに申立てた。

『なぜ此《こ》のやうに、罪に罪をかさねましたか。我ながら夢のやうでござります。』

かれも一々に記憶してゐないが、元和二年の冬から翌年の夏にかけておよそ五十人ほど斬つたらしいと云つた。さうして、今になつて考へると、彼《か》のお冬といふ一本足の女はどうも唯《ただ》の人間ではないかも知れないとも云つた。その証拠として、かれは幾箇条かの怪しむべき事実をかぞへ立てたさうであるが、それは秘密に附せられて世に伝はらない。

いづれにしても、お冬といふ女も一応は吟味の必要があると認められて、捕方《とりかた》の者四五人が庄兵衛の留守宅に向つた。女ひとりを引立《ひった》て、来るのに四五人の出張は些《ち》と仰山《ぎようさん》らしいが、庄兵衛の申立てによつて奉行所の方でも幾分か警戒したらしい。それは六月の末のゆふぐれで、お冬は竹縁《ちくえん》に出て蚊遣《かや》り火《び》を焚《た》いてゐたが、その烟《けむり》のあひだから捕方のすがたを一目みると、かれは忽《たちま》ちに起《た》ちあがつて庭へ飛び降りたかと思ふ間もなく、疎《まば》らな生垣《いけがき》をかき破つて表へ逃げ出した。捕方はつゞいて追つて行つた。

一本足でありながら、お冬は男の足も及ばないほどに疾《はや》く走つた。その頃はこゝらに溝《みぞ》川《がわ》のやうなものが幾筋も流れてゐるのを、お冬はそれからそれへと飛ぶやうに跳《おど》り越えてゆくので、捕方の者共もおどろかされた。それでも飽《あく》までも追ひ詰めてゆくと、かれは隅田川の岸から身をひるがへして飛び込んだ。その途中、捕方に加勢して彼女《かれ》のゆく手を遮《さえぎ》らうとした者もあつたが、その物すごく瞋《いか》つた顔をみると誰もみな飛び退《の》いてしまつた。

『早く舟を出せ。』

捕方は岸につないである小舟に乗つて漕ぎ出すと、お冬のすがたは一旦《いつたん》沈んで又うき出した。川の底で自分から脱いだのか、或《あるい》は自然に脱げたものか、浮き上つた時のかれは一糸《いつし》もつけない赤裸で、一本足で浪《なみ》を蹴《け》つてゆく女の白い姿がまだ暮れ切らない水の上にあきらかに見えた。それを目がけて漕いでゆくと、あまりに急いで棹《さお》を取り損じたためか、まだ中流まで行き着かないうちに、その小舟は横浪に煽《あお》られて忽ち顛覆《てんぷく》した。捕方は水練の心得があつたので、いづれも幸ひに無事であつたが、その騒ぎのあひだにお冬のゆくへを見失つてしまつた。兎《と》も角《かく》も向河岸《むこうがし》の堤《どて》を詮議したが、そこらでは誰もそんな女を見かけた者はないとのことで、捕方も空《むな》しく引揚げた。牢屋のなかでその話を聴いて、庄兵衛はいよ〳〵思ひ当つたやうに嘆息した。

『まつたくあの女は唯者《ただもの》ではござらなんだ。あれが世にいふ鬼女《きじよ》でござらう。』

それから十日ほど経つと、庄兵衛は牢役人にむかつて、早くお仕置《しおき》をねがひたいと申出た。実は昨夜彼《か》のお冬が牢の外へ来て、しきりに自分を誘《さそ》ひ出さうとしたが、自分はかたく断つて出なかつた。見す〳〵魔性の者とは思ひながらも、かれの顔をみると何《ど》うも心が動きさうでならない。一度は断つても、二度が三度と度重《たびかさ》なると、あるひは再び心が狂ひ出して破牢《はろう》を企てるやうなことにならないとも限らない。それを思ふと、我ながら怖しくてならないから、一刻も早く殺して貰ひたいと云ふのであつた。

その望みの通りに、かれはそれから二日の後《のち》、千住《せんじゆ》で磔刑《はりつけ》にかけられた。

黄《きいろ》い紙《かみ》

一

第十の女は語る。

近年はコレラなどと云ふものも滅多《めった》に流行しなくなつたのは、まことに結構なことでございます。たとひ流行したと申したところで、予防も消毒も十分に行きとゞきますから、一度の流行期間に百人か二百人の患者が出るのが精々《せいぜい》でございます。ところが、以前はなか〳〵さう云ふわけには参りません。安政《あんせい》時代の大《おお》コレラといふのは何《ど》んなでしたか、人の話に聴くばかりでよく存じませんが、明治時代になりましては十九年のコレラが一番ひどかつたと申します。わたくしは明治元年の生れで丁度《ちょうど》十九の夏でございましたから、其頃《そのころ》のことはよく知つて居りますが、そのときの流行は甚《ひど》いもので、東京市内だけでも一日に百五十人とか二百人とかいふ患者が続々出るといふありさまで、まつたく怖しいことでした。これから申上げるのは其時のお話でございます。

わたくしの家《うち》は小谷《おだに》と申しまして、江戸時代から代々の医師《いしや》でございました。父は若いときに長崎へ行つて修業《しゆぎよう》して来ましたさうで、明治になりましてから軍医を志願しまして、西南戦争にも従軍しました。その時、日向《ひゆうが》の延岡《のべおか》で流弾《りゆうだん》にあたつて左の足に負傷しまして一旦《いつたん》は訳《わけ》もなく癒《なお》つたのですが、それから何《ど》うも左の足に故障が出来まして、跛足《びつこ》といふ程《ほど》でもないのですが片足がなんだか吊《つ》れるやうな工合《ぐあい》で、たうとう思ひ切つて明治十七年から辞職することになりました。それでも幾《いく》らか貯蓄《たくわえ》もあり、年金も貰へるので、小体《こてい》に暮してゆけば別に困るといふほどでもありませんでしたが、これから無職で暮して行かうとするには、矢張《やはり》それだけの陣立《じんだて》をしなければなりません。父は母と相談して、新宿の番衆町《ばんしゆうまち》に地所附《じしよつき》の家《うち》をかひました。

御承知でもありませうが、新宿も今では四谷区に編入されて、見ちがへるやうに繁昌《はんじよう》の土地になりましたが、その頃の新宿、殊《こと》に番衆町のあたりは全《まつた》くの田舎《いなか》といつてもよい位《くらい》で、人家《じんか》こそ建《た》ち続いて居《お》りますけれども、それはそれは寂しいところでございました。わたくしの父の買ひました家《うち》は昔の武家屋敷で、門の左右は大きい竹藪に囲まれて、その奥に七間《ま》の家《うち》があります。地面は五百二十坪《つぼ》とかあるさうで、裏手の方は畑になつて居りましたが、それでもまだ〳〵広い空地《あきち》がありました。こゝらには狸《たぬき》や狢《むじな》も棲《す》んでゐるといふことで、夜はとき〴〵に狐の鳴声もきこえました。さういふわけで、父は静《しずか》でよいと云つて居りましたが、母やわたくしには些《ちつ》と静か過ぎて寂《さび》しうございました。お富《とみ》といふ女中がひとり居りましたが、これは二十四五の巌乗《がんじよう》な女で、父と一緒に畑仕事などもしてくれました。

番衆町へ来てから足かけ三年目が明治十九年、すなはち大《おお》コレラの年でございます。暑さも暑し、辺鄙《へんぴ》なところに住んで居りますので、めつたに市内のまん中へは出ませんから、世間《せけん》のこともよく判らないのでございますが、毎日の新聞を見ますと、市内のコレラはます〳〵熾《さかん》になるばかりで、容易に止《や》みさうもありません。八月の末の夕方でございました。母とわたくしが広い縁側《えんがわ》へ出て、市内のコレラの噂をして、もう好加減《いいかげん》にお仕舞《しまい》になりさうなものだなどと云つて居りますと、縁《えん》に腰をかけてゐるお富がこんなことを云ひ出しました。

『でも、奥さん。こゝらにはコレラになりたいと云つてゐる人があるさうでございますよ。』

『まあ、馬鹿なことを……。』と、母は思はず笑ひ出しました。『誰がコレラになりたいなんて……。冗談にも程《ほど》がある。』

『いゝえ、それが本当らしいのでございますよ。この右の横町《よこちよう》の飯田《いいだ》といふ家《うち》を御存じでせう。』と、お富はまじめで云ひました。『あの家《うち》の御新造《ごしんぞ》ですよ。』

この時代には江戸の名残《なごり》で、御新造といふ詞《ことば》がまだ用ゐられてゐました。それは奥《おく》さんの次で、おかみさんの上です。つまり奥さん、御新造さん、おかみさんといふ順序になるので、飯田さんといふ家《うち》はなか〳〵立派に暮してゐるのですが、その女あるじが囲《かこ》ひ者《もの》らしいといふので、近所では奥さんとも云はず、おかみさんとも云はず、中《なか》を取つて御新造さんと呼んでゐるのでした。

『なぜ又、あの御新造がそんなことを云ふのかしら。やつぱり冗談だらう。』と、母はやはり笑つてゐました。

わたくしも無論《むろん》冗談だと思つて居りました。ところが、お富のいふところを聴きますと、それがどうも冗談ではないらしいと云ふのでございます。飯田さんといふのは、わたくしの横町を這入《はい》りますと、その中《なか》ほどに又右の方へ曲《まが》る横町がありまして、その横町の南側にある大きい家《うち》で、門《もん》の両傍《りようわき》は杉の生垣《いけがき》になつて居りますが、裏手にはやはり大きい竹藪がございまして、門も建物も近年手入れをしたらしく、わたくし共《ども》の古家《ふるいえ》よりもよほど立派にみえます。御新造さんといふのは、二十八九か三十ぐらゐの粋《いき》な人で、以前は日本橋とか柳橋《やなぎばし》とかで藝妓《げいしや》をしてゐたとかいふ噂でした。この人が女あるじで、ほかにお元《もと》お仲《なか》といふ二人の女中が居りました。お元はもう五十以上のばあやで、お仲はまだ十八九の若い女でしたが、御新造さんがコレラになりたいと云つてゐることは、そのお仲といふ女中がお富に話したのださうでございます。

なぜだか知りませんけれど、御新造さんはこのごろ口癖《くちぐせ》のやうにコレラになりたいと云ふ。どうしたらコレラになれるだらうなぞと云ふ。それがだん〳〵に嵩《こう》じて来て、お元《もと》ばあやの止《と》めるのを肯《き》かずに、お刺身《さしみ》や洗肉《あらい》をたべる、天ぷらを食べる、胡瓜揉《きゆうりも》みを食べる。――この時代にはそんなものを食べるとコレラになると云つたものでした。それを平気でわざとらしく食べるのをみると、御新造さんは洒落《しやれ》や冗談でなく、ほんたうにコレラになるのを願つてゐるやうに思はれるので、年の若いお仲《なか》といふ女中はもう堪《たま》らなくなりました。万一コレラになつたらば、それで御新造さんは本望《ほんもう》かも知れないが、ほかの事とは違つて傍《はた》の者が難儀《なんぎ》です。御新造さんがコレラになつて、それが自分たちに染《うつ》つたら大変であるから、今のうちに早く暇《ひま》を取つて立去りたいと、お仲は泣きさうな顔をしてゐたと云ふのでございます。その話をきいて、母もわたくしも忌《いや》な心持になりました。

『あすこの家《うち》の奉公人ばかりぢやあない。あの家でコレラなんぞが始まつたら近所迷惑だ。』と、母も顔をしかめました。『それにしてもあの御新造はなぜそんなことを云ふのだらうね。気でも違つたのぢやあないかしら。』

『さうですね。なんだか変ですねえ。』と、わたくしも云ひました。まつたく正気の沙汰とは思はれないからでございます。

『ところが、お仲《なか》さんの話では別に気がをかしいやうな様子はみえないと云ふことです。』と、お富は云ひました。『なんでも浅草の方《ほう》に大層えらい行者《ぎようじや》がありますさうで、御新造はこの間そこへ何かお祈りを頼みに行つて来て、それからコレラになりたいなんて云ひ出したらしいと云ふのでございます。その行者が何か変なことを云つたのぢやありますまいか。』

『でも、自分がコレラになりたいと云ふのは可怪《おかし》いぢやないか。』

母はそれを疑つてゐるやうでございました。わたくしにもその理窟がよく呑み込めませんでした。いづれにしても、同町内《どうちようない》のすぐ近所にコレラになりたいと願つてゐる人が住んでゐるなぞと云ふのは、どうも薄気味の悪いことでございます。

『なにしろ忌《いや》だねえ。』と、母は再び顔をしかめてゐました。

『まつたく忌でございます。お仲さんはどうしても今月一杯でお暇を貰ふと云つて居りましたが、御主人が承知しますかしら。』と、お富《とみ》も不安らしい顔をしてゐました。

そのうちに父が風呂から上つてまゐりましたので、母からその話をしますと、父はすぐに笑ひ出しました。

『あの女中は何か自分にしくじりがあつて急に暇を出されるやうな事になつたので、その誤魔《ごま》かしに好加減《いいかげん》な出鱈目《でたらめ》を云ふのだ。嘘ももう少し本当らしいことを考へればいゝのに……。やつぱり年が若いからな。』

父は頭から問題にもしないので、話も先《ま》づそれぎりになつてしまひました。成程《なるほど》さう云へばそんな事がないとも云はれません。自分に越度《おちど》があつて暇を出されても、主人の方が悪いやうに云ひ触らすのは奉公人の習《ならい》ですから、飯田の御新造のコレラ話もどこまでが本当だかわからない。かう思ふと、わたくし共もそれに就《つい》て余り深くも考へないやうになりました。

二

それから三日目の夕方に、わたくしはお富《とみ》を連れて新宿の大通りまで買物に出ました。ゆふ方《がた》と云つてもまだ明るい時分《じぶん》で、暑い日の暮れるのを鳴き惜《おし》むやうな蟬《せみ》の声がそこらで忙がしさうに聞えてゐました。

横町《よこちょう》をもう五六間《けん》で出《で》ぬけようとする時に、向うから二人づれの女が這入つて来ました。お富が小声で注意するやうにお嬢さんと呼びますので、わたくしも気がついてよく視《み》ますと、それは彼《か》の飯田の御新造《ごしんぞ》と女中のお仲です。近所に住んでゐながら、特別に親《した》しく交際《こうさい》もして居りませんので、わたくし共はたゞ無言で会釈《えしゃく》して摺《す》れ違ひましたが、お仲といふ女中はいかにも沈み切つた、今にも泣き出しさうな顔をして主人のあとについてゆくのが、なんだか可哀相なやうにも見えました。

『お嬢さん。御覧なさい。あの御新造の顔を……。』と、お富はふりかへりながら小声で又云ひました。

まつたくお富の云ふ通り、飯田の御新造の顔容《かおかたち》はしばらくの間にめつきりと窶《やつ》れ果て、、どうしても唯《ただ》の人とは思はれないやうな、影の薄い人になつて居りました。

『もうコレラになつてゐるのぢやありますまいか。』と、お富は云ひました。

『まさか。』

とは云ひましたが、飯田の御新造の身《み》の上《うえ》に就《つい》て、わたくしも一種の不安を感ぜずにはゐられませんでした。コレラは嘘にしても、なにかの重い病気に罹《かか》つてゐたに相違ないとわたくしは想像しました。婦人病か肺病ではあるまいかなぞとも考へました。さう云ふたぐひの病気で容易に癒《なお》りさうもないところから、寧《いつ》そ死んでしまひたい、コレラにでもなつて死んでしまひたいと云ふやうな愚痴が出たのを、女中達が一途《いちず》に真《ま》に受けて、御主人はコレラになりたいと願つてゐるなぞと云ひ触らしたのであらうとも考へてみました。併《しか》し生魚《なまざかな》や天ぷらを無暗《むやみ》にたべると云ふ以上、ほんたうにコレラになつて死なうと思つてゐるのかも知れないなぞとも考へられました。

九月になつてもコレラはなか〳〵お仕舞になりませんので、大抵の学校は九月一日からの授業開始を当分延期するやうな始末でした。おまけに今までは山の手方面には比較的少かつたコレラ患者がだん〳〵に殖《ふ》えて来まして、四谷から新宿の方にも黄《きいろ》い紙を貼りつけた家《うち》が目に注《つ》くやうになつてまゐりました。その当時は、コレラ患者の出た家《うち》には丁度かし家札《やふだ》のやうな形に黄い紙を貼り付けて置くことになつて居りましたので、往来をあるいてゐて黄い紙の貼つてある家《うち》の前を通るのは、まことに忌な心持でございました。さういふわけで、怖しいコレラがだん〳〵に眼と鼻のあひだへ押寄せて来ましたので、気の弱いわたくし共はまつたくびく〳〵もので、早く寒くなつてくれゝばいゝと、唯《ただ》それぱかりを念じて居りました。

『飯田さんのお仲さんはやつぱり勤めてゐることになつたさうです。』

ある日、お富がわたくしに報告しました。お仲はどうしても八月かぎりで暇を取る積りでゐたところが、御新造がお仲にむかつて、お前はどうしてもこの家《うち》を出てゆく気か、わたしももう長いことはないのだから何《ど》うぞ辛抱してゐてくれ。これほど頼むのを無理に振切つて出てゆくといふなら、わたしは屹《きつ》とおまへを怨《うら》むから然《そ》う思つてゐるがいゝと、大変に怖い顔をして睨《にら》まれたので、お仲はぞつとしてしまつて、仕方が無しに又辛抱することになつたと云ふのでございます。お富は又こんなことを話しました。

『あの御新造はゆうべ狢《むじな》を殺したさうですよ。』

『むじなを……。どうして……。』と、わたくしは訊きました。

『なんでも昨日の夕方、もう薄暗くなつた時分に、どこからか狢が……。もつとも小さい子ださうですが、庭の先へひよろ〳〵這ひ出して来たのを、御新造がみつけて、ばあやさんとお仲さんに早くつかまへろと云ふので、よんどころ無しに捉まへると、御新造は草刈《くさかり》鎌《がま》を持ち出して来て、力まかせにその子狢《こむじな》の首を斬り落してしまつたさうで……。お仲さんは又ぞつとしたと云ふことです。全くあの御新造はどうかしてゐるんですね。どうしても唯事《ただごと》ぢやありませんよ。』

『さうかも知れないねえ。』

飯田の御新造は病気が募《つの》つて来て、むやみに神経が興奮して、こんな気ちがひじみた乱暴な残酷なことをするやうになつたのかも知れないと、わたくしは何だか気の毒にもなりました。併《しか》しそんな乱暴が増長《ぞうちよう》すると、仕舞《しまい》にはどんなことを仕出来《しでか》すか判らない。自分の家《うち》へ火でも付けられたら大変だ——わたくしはそんなことも考へるやうになりました。

忘れもしない、九月十二日の午前八時頃でございました。使《つかい》に出たお富が顔の色をかへて帰つて来まして、息を切つてわたくし共に又報告しました。

『飯田さんの御新造がたうとうコレラになりました。ゆうべの夜なかから吐いたり瀉《くだ》したりして……。嘘ぢやありません。警察や役場の人たちが来て大騒ぎです。』

『まあ。大変……。』

わたくしも驚いて門の外まで出て見ますと、狭い横町《よこちよう》の入口には大勢の人があつまつて騒いで居りまして、石炭酸《せきたんさん》の臭《におい》が眼にしみるやうです。病人は避病院《ひびよういん》へ送られるらしく、黄い紙の旗を立てた釣台《つりだい》も来て居りました。なんだか怖しくなつて、わたくしは早々に内《うち》へ逃げ込んでしまひました。

飯田の御新造は真症《しんしよう》コレラで避病院へ運び込まれましたが、その晩の十時ごろに死んださうでございます。御本人はそれで本望《ほんもう》かも知れませんが、交通遮断やら消毒やらで近所は大迷惑《おおめいわく》でございました。それも自然に発病したといふのならば、おたがひの災難で仕方もないことですが、この御新造は自分から病気になるのを願つてゐたらしいといふ噂が世間にひろまつて、近所からはひどく怨《うら》まれたり、憎まれたりしました。

『飛んでもない気ちがひだ。』と、わたくしの父も云ひました。

ところが、その後《ご》にお仲といふ女中の口から斯《こ》ういふ事実が伝へられて、わたくし共を不思議がらせました。前にも申す通り、その当時は黄い紙にコレラと黒く書いて、新患者の出た家《うち》の門《かど》に貼り付けることになつて居りました。飯田の御新造はいつの間にかその黄い紙を二枚用意してゐて、一枚は自分の家《うち》に貼つて、他《た》の一枚は柳橋のかう〱いふ家《うち》の門《かど》に貼つてくれと警察に人に頼んださうです。何を云ふのかとも思つたのですが、警察の方から念のために柳橋へ聞きあはせると、果《はた》してその家にもコレラの新患者が出たといふので、警察でもびつくりしたさうでございます。その新患者は柳橋の藝妓《げいしゃ》だといふことでした。

三

お仲《なか》は飯田の御新造が番 衆町《ばんしゆうまち》へ引越して来てからの奉公人で、むかしの事はなんにも知らないのでしたが、お元《もと》といふばあやは其以前《そのいぜん》から長く奉公してゐた女で、一切の事情を承知してゐたのでございます。なにしろ病気が病気ですから誰も悔《くや》みに来る者もなく、お元とお仲との二人ぎりで寂しい葬式をすませたのですが、そのお通夜の晩にお元が初めて御新造の秘密をお仲に打開けたさうでございます。

御新造は世間の噂の通り、以前は柳ばしの藝妓《げいしや》であつたと云ふことで、ある立派な官員《かんいん》さんの御贔屓《ごひいき》になつて、たうとう引かされることになつたのです。その官員さんといふ方はその後だん〳〵偉《えら》くなつて、明治の末年まで生きておいででして、そのお家《いえ》は今でも立派に栄えて居りますから、そのお名前をあらはに申上げるのは遠慮いたさなければなりませんので、こゝでは唯《ただ》立派な官員さんと申すだけのことに致して置きませう。その官員さんの囲《かこ》ひもの――そのころは権妻《ごんさい》といふ詞《ことば》が流行《はや》つて居りました。――になつて、この番衆町に地面や家を買つて貰つて、旦那様はとき〳〵に忍んで来るといふわけでございました。

それで四五年は無事であつたのですが、この春頃から旦那様の車がだん〳〵に遠ざかつて、六月頃からはぱつたりと足が止まつてしまひました。飯田の御新造も心配して色々探索してみると、旦那様は柳橋の藝妓に新しいお馴染《なじみ》が出来たといふ事が判りました。しかもその藝妓は、御新造が勤めをしてゐる頃に妹分《いもうとぶん》同様にして引立てゝ遣《や》つた若い女だと判つたので、御新造は歯がみをして口惜《くやし》がつたさうでございます。尤《もつと》も旦那様から月々のお手当はやはり欠《かか》さずに届けて来るので、生活に困ると云ふやうなことは無かつたのですが、妹分の女に旦那を取られたのが無暗《むやみ》に口惜かつたらしい。それは無理もないことですが、この御新造は人一倍に嫉妬ぶかい質《たち》とみえまして、相手の藝妓が憎くて憎くてならなかつたのです。

旦那様が番衆町の方《ほう》から遠退《とおの》いたのは、わたくしの想像した通り、御新造に頑固な婦人病があつたからで、これまでにも色々の療治をしたのですが何《ど》うしても癒《なお》らないばかりか、年々に重《おも》つてゆくといふ始末なので、旦那様も再び元地《もとち》の柳橋へ行つて新しいお馴染をこしらへたやうな訳で、旦那様の方にもまあ無理のないところもあるのでございませう。それでも月々のお手当はとゞこほりなく呉《く》れて、些《ちつ》とも不自由はさせてゐないのですから、御新造も旦那様を怨《うら》まうとはしなかつたのですが、どう考へても相手の女が憎い、怨《うら》めしい。その中《うち》に一方の病気はだん〳〵に重《おも》つて来る。御新造はいよ〳〵焦々《いらいら》して、いつそ死んでしまひたい、コレラにでもなつて死んでしまひたいと云ひ暮してゐるうちに、幾らか神経も狂つたのかも知れません。ほんたうにコレラになる気になつたらしく、お元ばあやの止めるのも肯《き》かないで、この際むやみに食べては悪いといふものを遠慮なしに食べるやうにもなつたのでございます。狢《むじな》の子の首を鎌でむごたらしく斬つたなぞといふのも、矢はり神経が狂つてゐるせゐでしたらうが、狢がその藝妓にでも見えたのか、それとも狢をその藝妓になぞらへて予譲《よじょう》の衣《きぬ》といふやうな心持であつたのか、そこまでは判りません。

いづれにしても、御新造はその本望通りにコレラになつてしまつたのでございます。浅草の偉《えら》い行者《ぎようじや》といふのは何《ど》んな人か、又どんなお祈《いの》りをするのか知りませんが、御新造はその行者の秘密のお祈りでも頼んで、自分の死ぬときには相手の女も一緒に連れてゆくことが出来るといふ事を信じてゐたらしいのです。それで、あらかじめ黄い紙を二枚用意して置いて、いざと云ふときには一枚を柳橋のかう〳〵いふ家《うち》の門《かど》に貼つてくれと頼むことにしたのであらうと思はれます。御新造に呪はれたのか、それとも自然の暗合《あんごう》か、兎にかくにその藝妓も同日にコレラに罹《かか》つたのは事実で、矢はりその夜中に死んださうでございます。

　お元といふばあやは御新造の遺言で、その着物から持物全部を貰つて国へ帰りました。このばあやは柳橋時代から御新造に仕へてゐた忠義者で、生れは相模《さがみ》の方だとか聞きました。お仲はお元から幾らかの形見を分けて貰つて、又どこかへ奉公に出たやうでした。残つてゐる地面《じめん》と家作《かさく》は御新造の弟にゆづられることになりましたが、この弟は本所辺《ほんじよへん》で馬具屋をしてゐる男で、評判の道楽者であつたさうですから、半年と経たないうちに、その地面も家作もみな人手《ひとで》にゆづり渡してしまひました。

　さうなると、世間では碌《ろく》なことは云ひません。あすこの家《うち》は、飯田の御新造の幽霊が出るの何《なん》のと取留めもないことを云ひ触らす者がございます。併《しか》しその後《ご》に引移つて来た藤岡さんといふ方《かた》の奥さんが五年目の明治二十四年にインフルエンザで歿《なくな》り、又そのあとへ来た陸軍中佐の方が明治二十七年の日清《につしん》戦争で戦死し、その次に来た松澤という人が株の失敗で自殺したのは事実でございます。

わたくしも二十年ほど前にそこを立退《たちの》きましたので、その後のことは存じません。近年はあの辺がめつきり開けましたので、飯田さんの家《うち》といふのも今はどこらになつてゐるのか、まるで見当が付かなくなつてしまひました。おそらく竹藪が伐払《きりはら》はれると共に取毀《とりこわ》されたのでございませう。

笛塚

一

第十一の男は語る。

僕は北国《ほっこく》の者だが、僕の藩中《はんちゅう》にかういふ怪談が伝へられてゐる。いや、それを話す前に、彼《か》の江戸の名奉行根岸《ねぎし》肥前守《ひぜんのかみ》のかいた随筆「耳袋《みみぶくろ》」の一節を紹介したい。

「耳袋」のうちには斯《こ》ういふ話が書いてある。美濃《みの》の金森兵部少輔《かなもりひょうぶのしょうゆう》の家《いえ》が幕府から取潰《とりつぶ》されたときに、家老《かろう》のなにがしは切腹を申渡《もうしわた》された。その家老が検視の役人にむかつて、自分はこのたび主家《しゅか》の罪を身にひき受けて切腹するのであるから、決して疚《やま》しいところはない。寧《むし》ろ武士として本懐《ほんかい》に存ずる次第である。しかし実を申せば拙者《せっしゃ》には隠れたる罪がある。若いときに旅をして或宿屋《あるやどや》に泊ると、相宿《あいやど》の山伏《やまぶし》が何かの話からその太刀《たち》をぬいて見せた。それが世にすぐれたる銘刀《めいとう》であるので、拙者《せつしや》はしきりに欲《ほし》くなつて、相当の価《あたい》でゆづり受けたいと懇望《こんもう》したが、家重代《いえじゆうだい》の品であるといふので断られた。それでも矢はり思ひ切れないので、あくる朝その山伏と連れ立つて人通りのない松原へ差蒐《さしかか》つたときに、不意にかれを斬殺《きりころ》してその太刀《たち》を奪ひ取つて逃げた。それは遠い昔のことで、幸ひに今日《こんにち》まで誰にも覚《さと》られずに月日を送つて来たが、今更おもへば罪深いことで、拙者はその罪だけでも斯様《かよう》な終りを遂《と》げるのが当然でござると云ひ残して、尋常《じんじよう》に切腹したといふことである。これから僕が話すのも、それにや丶似通《にかよ》つてゐるが、それよりも更に複雑で奇怪な物語であると思つて貰ひたい。

僕の国では謡曲《ようきよく》や能狂言《のうきようげん》がむかしから流行する。したがつて、謡曲や狂言の師匠も沢山ある。矢はりそれからの関係であらう。武士のうちにも謡曲は勿論、仕舞《しまい》ぐらゐは舞ふ者もある。笛をふく者もある。鼓《つづみ》をうつ者もある。その一人《いちにん》に矢柄喜兵衛《やがらきへえ》といふ男があつた。名前はなんだか老人らしいが、その時はまだ十九の若侍《わかざむらい》で御馬廻《おうままわ》りをつとめてゐた。父もおなじく喜兵衛《きへえ》と云つて、せがれが十六の夏に病死したので、まだ元服《げんぷく》したばかりの一人息子が父の名をついで、とゞこほりなく跡目《あとめ》を相続したのである。それから足かけ四年のあひだ、二代目の若い喜兵衛も無事に役目を勤め通して、別に悪い評判もなかつたので、母も親類も安心して、来年の廿歳《はたち》にもなつたらば然《しか》るべき嫁をなどと内々心《ないないこころ》がけてゐた。

前に云つたやうな国風《こくふう》であるので、喜兵衛も前髪のころから笛をふき習つてゐた。他藩であつたら或《あるい》は柔弱《にゆうじやく》の譏《そし》りを受けたかも知れないが、こゝの藩中では全然無藝の者よりも、かうした嗜《たしな》みのある者の方が寧《むし》ろ侍《さむらい》らしく思はれるくらゐであつたから、彼がしきりに笛をふくことを誰も咎《とが》める者はなかつた。むかしから丸年《まるどし》の者は歯並《はなみ》がいゝので笛吹きに適してゐるとかいふ俗説があるが、この喜兵衛も二月生れの丸年であるせゐか、笛を吹くことはなか〳〵上手で、子供のときから他人も褒める、親たちも自慢すると云ふわけであつたから、その道楽だけは今も捨てなかつた。

天保《てんぽう》の初年《しよねん》のある秋の夜《よ》である。月の好《い》いのに浮かされて、喜兵衛は自分の屋敷を出た。手には秘蔵の笛を持つてゐる。夜露をふんで城外の河原《かわら》へ出ると、あかるい月の下に芒《すすき》や蘆《あし》の穂《ほ》が白くみだれてゐる。どこやらで虫の声もきこえる。喜兵衛は笛をふきながら河原を下《しも》の方《ほう》へ遠く降《くだ》つてゆくと、自分のゆく先にも笛の音《ね》がきこえた。自分の笛が水にひゞくのではない、どこかで別に吹く人があるに相違ないと思つて、しばらく耳をすましてゐると、その笛の音が夜の河原に遠く冴《さ》えてきこえる。ふく人も下手《へた》ではないが、その笛がよほどの名笛《めいてき》であるらしいことを喜兵衛は覚《さと》つて、かれはその笛の持主を知りたくなつた。

笛の音《ね》に寄るのは秋の鹿ばかりでない、喜兵衛も好《すき》の道にたましひを奪はれて、その笛の方へ吸ひ寄せられてゆくと、笛は河下に茂る芒《すすき》のあひだから洩れて来るのであつた。自分とおなじやうに、今夜の月に浮《うか》れて出て、夜露にぬれながら吹き楽《たのし》む者があるのか、さりとは心憎いことであると、喜兵衛はぬき足をして芒叢《すすきむら》のほとりに忍びよると、そこには破筵《やれむしろ》を張つた低い小屋がある。いはゆる蒲鉾小屋《かまぼこごや》で、そこに住んでゐるものは宿無《やどな》しの乞食であることを喜兵衛は知つてゐた。そこから斯《こ》ういふ音色《ねいろ》の洩《も》れて来ようとは頗《すこぶ》る意外に感じられたので、喜兵衛は不審さうに立ち停《ど》まつた。

『まさかに狐や狸めがおれをだますのでもあるまい。』

こつちの好きに附込《つけこ》んで、狐か河獺《かわうそ》が悪《わる》いたづらをするのかとも疑つたが、喜兵衛も武士である。腰には家重代《いえじゆうだい》の長曽禰虎徹《ながそねこてつ》をさしてゐる。なにかの変化《へんげ》であつたらば一刀に斬つて捨てるまでだと度胸をすゑて、かれは一《ひ》と叢《むら》しげる芒《すすき》をかきわけて行くと、小屋の入口の筵《むしろ》をあげて、ひとりの男が坐りながらに笛をふいてゐた。

『これ、これ。』

声をかけられて、男は笛を吹きやめた。さうして、油断しないやうな身構《みがま》へをして、そこに立つてゐる喜兵衛をみあげた。月のひかりに照された彼《かれ》の風俗は紛れもない乞食のすがたであるが、年のころは廿七八《にじゆうしちはち》で、その人柄がこゝらに巣《す》を組んでゐる普通の宿無しや乞食のたぐひとは何《ど》うも違つてゐるらしいと喜兵衛はひと目に視《み》たので、おのづと詞《ことば》もあらたまつた。

『そこに笛を吹いてござるのか。』

『はい。』と、笛をふく男は低い声で答えた。

『あまりに音色《ねいろ》が冴《さ》えてきこえるので、それを慕《した》つてこゝまで参《まい》つた。』と、喜兵衛は笑《えみ》を含んで云つた。

その手にも笛を持つてゐるのを、男の方でも眼疾《めばや》く見て、すこしく心が解《と》けたらしい。かれの詞《ことば》も打解《うちと》けてきこえた。

『まことに拙《つたな》い調べで、お恥かしうございます。』

『いや、さうでない。先刻《せんこく》から聴くところ、なか〳〵稽古《けいこ》を積んだものと相見《あいみ》える。勝手ながら、その笛をみせてくれまいか。』

『わたくし共《ども》の弄《もてあそ》びに吹くものでございます。とてもお前様方の御覧に入《い》るゝやうなものではございませぬ。』

とは云つたが、別に否《いな》む気色《けしき》も無しに、かれはそこらに生《は》えてゐる芒《すすき》の葉で自分の笛を丁寧に押拭《おしぬぐ》つて、うや〳〵しく喜兵衛のまへに差出した。その態度が、どうして唯《ただ》の乞食でない、おそらく武家の浪人がなにかの仔細《しさい》で落ちぶれたものであらうと喜兵衛は推量したので、いよ〳〵行儀よく挨拶した。

『しからば拝見。』

彼はその笛をうけ取つて、月のひかりに透《すか》してみた。それから一応断つた上で、試みにそれを吹いてみると、その音律《おんりつ》がなみ〳〵のものでない、世にも稀《まれ》なる名管《めいかん》であるので、喜兵衛はいよ〳〵彼を唯者《ただもの》でないと見た。自分の笛も勿論相当《もちろんそうとう》のものではあるが、とてもそれとは比べものにならない。喜兵衛は彼がどうしてこんなものを持つてゐるのか、その来歴《らいれき》を知りたくなつた。一種の好奇心も手伝つて、かれはその笛を戻しながら、芒を折《お》り敷《し》いて相手のそばに腰をおろした。

『おまえは何日頃《いつごろ》からこゝに来てゐる。』

『半月ほど前から参りました。』

『それまでは何処《どこ》にゐた。』と、喜兵衛はかさねて訊いた。

『このやうな身の上でござりますから、どこといふ定《さだ》めもござりませぬ。中国筋《ちゆうごくすじ》から京《きよう》大阪《おおさか》、伊勢路《いせじ》、近江路《おうみじ》、所々《しよしよ》をさまよひ歩いて居りました。』

『お手前は武家でござらうな。』と、喜兵衛は突然にきいた。

男はだまつてゐた。この場合、何等《なんら》の打消しの返事をあたへないのは、それを承認したものと見られるので、喜兵衛は更《さら》に摺《す》り寄つて訊いた。

『それほどの名笛《めいてき》を持ちながら、かうして流浪してゐらるゝには、定《さだ》めて仔細《しさい》がござらう、御差支《おさしつか》へがなくばお聴かせ下さらぬか。』

男はやはり黙つてゐたが、喜兵衛から再三その返事を促《うなが》されて、かれは渋りながらに口を開いた。

『拙者《せつしや》はこの笛に崇《たた》られてゐるのでござる。』

二

男は石見彌次右衛門《いわみやじえもん》といふ四国《しこく》の武士であつた。かれも喜兵衛とおなじやうに少年のころから好《この》んで笛を吹いた。

彌次右衛門が十九歳の春のゆふぐれである。かれは菩提寺《ぼだいじ》に参詣《さんけい》して帰る途中、往来《おうらい》の少い田圃中《たんぼなか》にひとりの四国遍路《しこくへんろ》の倒れてゐるのを発見した。見過《みすご》しかねて立寄ると、かれは四十に近い男で病苦に悩み苦んでゐるのであつた。彌次右衛門は近所から清水《しみず》を汲《く》んで来て飲ませ、印籠《いんろう》にたくはへの薬を取出して銜《ふく》ませ、色々に介抱して遣《や》つたが、男はますます苦むばかりで、たうとうそこで息を引き取つてしまつた。かれは彌次右衛門の深切《しんせつ》を非常に感謝して、見ず識《し》らずのお武家様《ぶけさま》がわれわれをこれほどに劬《いたわ》つてくだされた。その有難い御恩のほどは何ともお礼の申上げやうがない。就《つい》ては甚《はなは》だ失礼であるが、これはお礼のおしるしまでに差上げたいと云つて、自分の腰から袋入りの笛をとり出して彌次右衛門にさゝげた。

『これは世にたぐひなき物でござる。併《しか》しくれぐれも心して、わたくしのやうな終りを取らぬやうになされませ。』

かれは謎のやうな一句《いっく》を残して死んだ。彌次右衛門はその生国《しょうこく》や姓名を訊いたが、かれは頭《かしら》を振つて答へなかつた。これも何かの因縁《いんねん》であらうと思つたので、彌次右衛門はその亡骸《なきがら》の始末をして、自分の菩提寺に葬《ほうむ》つて遣《や》つた。

身許不明の四国遍路が形見にのこした笛は、まつたく世にたぐひ稀《まれ》なる名管《めいかん》であつた。かれが何《ど》うしてこんなものを持つてゐたのかと、彌次右衛門も頗《すこぶ》る不審に思つたが、いづれにしても偶然の出来事から以外の宝を獲《え》たのをよろこんで、かれはその笛を大切に秘蔵してゐると、それから半年ほど後《のち》のことである。彌次右衛門がけふも菩提寺に参詣《さんけい》して、さきに四国遍路を発見した田圃中《たんぼなか》にさしかゝると、ひとりの旅すがたの若侍《わかざむらい》がかれを待ち受けてゐるやうに立つてゐた。

『御貴殿《ごきでん》は石見彌次右衛門殿でござるか。』と、若侍は近寄つて声をかけた。

左様《さよう》でござると答へると、かれは更に進み寄つて、噂にきけば御貴殿は先日このところに於《おい》て四国遍路の病人を介抱して、その形見として袋入りの笛を受取られたと云ふことであるが、その四国遍路はそれがしの仇《かたき》でござる。それがしは彼《かれ》の首と彼の所持《しよじ》する笛とを取るために、はる〲と尋ねてまゐつたのであるが、かたきの本人は既《すで》に病死したとあれば致方《いたしかた》がない。せめてはその笛だけでも所望《しよもう》いたしたいと存じて、先刻からこゝにお待ち受け申してゐたのでござると云つた。藪《やぶ》から棒《ぼう》にこんなことを云ひかけられて、彌次右衛門の方でも素直に渡す筈がない。かれは若侍にむかつて、お身《み》はいづこの如何《いか》なる御仁《ごじん》で、又いかなる仔細で彼《か》の四国遍路をかたきと怨《うら》まるゝのか、それをよく承《うけたま》はつた上でなければ何《なん》とも御挨拶は出来ないと答へたが、相手はそれを詳しく説明しないで、なんでも彼《か》の笛を渡してくれと遮二無二《しやにむに》かれに迫るのであつた。

かうなると彌次右衛門の方には、いよ〳〵疑ひが起つて、彼はこんなことを云ひこしらへて大切《たいせつ》の笛をかたり取らうとするのではあるまいかとも思つたので、お身《み》の素姓《すじよう》、かたき討《うち》の仔細、それらが確かに判らないかぎりは、決してお渡し申すことは相成《あいな》らぬと手強《てづよ》く刎《は》ねつけると、相手の若侍は顔の色を変へた。この上はそれがしにも覚悟《かくご》があると云つて、かれは刀の柄《つか》に手をかけた。問答無益《もんどうむやく》とみて、彌次右衛門も身がまへした。それから二言三言云ひ募《つの》つた後《のち》、ふたつの刀が抜きあはされて、素姓の知れない若侍は血みどろになつて彌次右衛門の眼のまへに倒れた。

『その笛は貴様《きさま》に祟《たた》るぞ。』

云ひ終つて彼は死んだ。訳《わけ》もわからずに相手を殺してしまつて、彌次右衛門はしばらく夢のやうな心持であつたが、取りあへず其次第《そのしだい》を届け出ると、右の通りの事情であるから彌次右衛門に咎《とが》めは無く、相手は殺され損《ぞん》で落着《らくじやく》した。かれに笛を譲つた四国遍路は何者であるか、後《のち》の若侍は何者であるか、勿論それは判らなかつた。

相手を斬つたことは先《ま》づそれで落着したが、こゝに一つの難儀が起つた。と云ふのは、この事件が藩中《はんちゆう》の評判となり、主君の耳にもきこえて、その笛といふのを一度みせてくれと云ふ上意が下つたことである。単に御覧に入れるだけならば別に仔細もないが、殿のお部屋様《へやさま》は笛が好きで、価《あたい》も問はずに良い品を買ひ入れてゐることを彌次右衛門はよく知つてゐた。迂闊《うかつ》にこの笛を差出すと、殿の御所望といふ口実でお部屋様の方へ取りあげられてしまふ虞《おそれ》がある。さりとて仮にも殿の上意とあるものを、家来の身として断るわけには行かない。彌次右衛門もこれには当惑したが、どう考へてもその笛を手放すのが惜《おし》かつた。かうなると、ほかに仕様はない。年の若いかれはその笛をかゝへて屋敷を出奔《しゅっぽん》した。一管《いっかん》の笛《ふえ》に対する執着《しゅうじゃく》のために、かれは先祖伝来の家禄《かろく》を捨てたのである。

　むかしと違つて、そのころの諸大名はいづれも内証《ないしょう》が逼迫《ひっぱく》してゐるので、新規召抱《しんきめしかか》へなどゝいふことは滅多にない。彌次右衛門はその笛をかゝへて浪人するより外《ほか》はなかつた。かれは九州へ渡り、中国をさまよひ、京大阪をながれ渡つて、わが身のたつきを求めるうちに、病気に罹《かか》るやら、盗難に逢ふやら、それからそれへと不運が引きつゞいて、石見彌次右衛門といふ一廉《ひとかど》の侍がたうとう乞食の群《むれ》に落ち果てゝしまつたのである。そのあひだに彼は大小《だいしょう》までも手放したが、その笛だけは手放さうとしなかつた。さうして、今やこの北国《ほっこく》にさまよつて来て、今夜の月に吹き楽《たの》しむその音色《ねいろ》を測らずも矢柄喜兵衛に聴き付けられたのであつた。

　こゝまで話して来て、彌次右衛門は溜息をついた。

『さきに四国遍路が申残《もうしのこ》した通り、この笛には何かの祟《たたり》があるらしく思はれます。むかしの持主は何者か存ぜぬが、手前の知つてゐるだけでも、これを持つてゐた四国遍路は路ばたで死ぬ。これを取らうとして来た旅の侍は手前に討たれて死ぬ。手前もまたこの笛のために斯様《かよう》な身の上と相成《あいな》りました。それを思へば身の行末《ゆくすえ》もおそろしく、いつそこの笛を売り放すか、折つて捨つるか、二つに一つと覚悟したことも幾たびでござつたが、むざ〳〵と売り放すも惜《おし》く、折つて捨つるは猶《なお》さら惜く、身の禍《わざわい》と知りつゝも身を放さずに持つております。』

喜兵衛も溜息をつかずには聴いてゐられなかつた。むかしから刀《かたな》に就《つ》いてはこんな奇怪な因縁話《いんねんばなし》を聴かないでもないが、笛に就いてもこんな不思議があらうとは思はなかつたのである。しかし年のわかい彼はすぐにそれを否定した。おそらくこの乞食の浪人は、自分にその笛を所望されるのを恐れて、わざと不思議さうな作り話をして聞かせたので、実際そんな事件があつたのではあるまいと思つた。

『いかに惜《おし》い物であらうとも、身の禍《わざわい》と知りながら、それを手放さぬといふのは判らぬ。』と、かれは詰《なじ》るやうに云つた。

『それは手前にも判りませせぬ。』と、彌次右衛門は云つた。『捨てようとしても捨てられぬ。それが身の禍とも祟ともいふのでござらうか。手前もあしかけ十年、これには絶えず苦められて居ります。』

『絶えず苦められる……。』

『それは余人にはお話のならぬこと。又お話し申しても、所詮まことゝは思はれますまい。』

それぎりで彌次右衛門は黙つてしまつた。喜兵衛もだまつてゐた。唯《ただ》きこえるのは虫の声ばかりである。河原を照《てら》す月のひかりは霜《しも》を置いたやうに白かつた。

『もう夜《よ》が更《ふ》けました。』と、彌次右衛門はやがて空を仰ぎながら云つた。

『もう夜が更けた。』

喜兵衛も鸚鵡《おうむ》がへしに云つた。かれは気がついて起《た》ちあがつた。

三

浪人に別れて帰つた喜兵衛は、それから一時《ひととき》ほど過ぎてから再びこの河原《かわら》に姿をあらはした。かれは覆面《ふくめん》して身軽に扮装《いでた》つてゐた。「仇討襤褸錦《かたきうちつづれのにしき》」の芝居でみる大晏寺《だいあんじ》堤《づつみ》の場《ば》といふ形で、かれは抜き足をして蒲鉾《かまぼこ》小屋へ忍び寄つた。

喜兵衛は彼《か》の笛が欲しくてたまらないのである。しかし浪人の口ぶりでは所詮それを素直に譲つてくれさうもないので、いつそ彼《かれ》を暗討《やみうち》にして奪《うば》ひ取るのほかは無いと決心したのである。勿論《もちろん》その決心をかためるまでには、かれも幾たびか躊躇《ちゆうちよ》したのであるが、どう考へても彼《か》の笛がほしい。浪人とは云へ、相手は宿なしの乞食である。人知れずに斬つてしまへば、格別にむづかしい詮議もなくて済む。かう思ふと、かれはいよ〳〵悪魔になりすまして、一旦《いったん》わが屋敷へ引返《ひっかえ》して身支度《みじたく》をして、夜のふけるのを待つて再びこゝへ襲《おそ》つて来たのであつた。

嘘かほんたうか判らないが、さつきの話によると彼《か》の彌次右衛門は相当の手利《てき》きであるらしい。別に武器らしいものを持つてゐる様子もないが、それでも油断はならないと喜兵衛は思つた。自分も一通りの剣術は修業《しゆぎよう》してゐるが、なんと云つても年が若い。真剣の勝負などをした経験は勿論ない、卑怯《ひきよう》な暗討をするにしても、相当の準備が必要であると思つたので、かれは途中の竹藪から一本の長い竹を切り出して竹槍《たけやり》をこしらへて、それを掻《か》い込んで窺《うかが》ひ寄つたのである。葉摺《はず》れの音をさせないやうに、かれは窃《そつ》と芒《すすき》をかきわけて、先づ小屋のうちの様子をうかゞふと、笛の音《ね》はもう止《や》んでゐる。小屋の入口には筵《むしろ》をおろして内《うち》はひつそりしてゐる。

と思ふと、内では低い唸《うな》り声がきこえた。それがだん〳〵に高くなつて、彌次右衛門はしきりに苦んでゐるらしい。それは病苦で無くして、一種の悪夢にでも魘《おそ》はれてゐるらしく思はれたので、喜兵衛はすこしく躊躇した。彼《か》の笛のために、彼《かれ》はあしかけ十年のあひだ、絶えず苦められてゐるといふ、さつきの話も思ひあはされて、喜兵衛はなんだか薄気味悪くもなつたのである。息をこらして窺《うかが》つてゐると、内ではいよ〳〵苦み藻掻《もが》くやうな声が激しくなつて、彌次右衛門は入口のむしろを掻《か》きむしるやうに刎《は》ね退《の》けて、小屋の外へ転《ころ》げ出して来た。さうして、その怖しい夢はもう醒《さ》めたらしく、かれはほつと息をついて四辺《あたり》を見まはした。

喜兵衛は身をかくす暇《ひま》がなかつた。今夜の月は、あいにく冴《さ》え渡つてゐるので、竹槍をかい込んで突つ立つてゐる彼の姿は浪人の眼の前にあり〳〵と照し出された。かうなると、喜兵衛はあわてた。見つけられたが最後、もう猶予《ゆうよ》は出来ない。かれは持つてゐる槍《やり》を把《と》り直して唯《ただ》ひと突きと繰出すと、彌次右衛門は早くも身をかはして、その槍《やり》の穂《ほ》をつかんで強く曳《ひ》いたので、喜兵衛は思はずよろめいて草の上に小膝《こひざ》をついた。

相手が予想以上に手剛《てごわ》いので、喜兵衛はます〳〵慌《あわ》てた。かれは槍を捨てゝ刀に手をかけようとすると、彌次右衛門はすぐに声をかけた。

『いや、しばらく……。御貴殿《ごきでん》は手前の笛に御執心《ごしゅうしん》か。』

星《ほし》をさゝれて、喜兵衛は一言《いちごん》もない。ぬきかけた手を控《ひか》へて暫《しば》らく躊躇してゐると、彌次右衛門はしづかに云つた。

『それほど御執心ならば、おゆづり申す。』

彌次右衛門は小屋へ這入つて、彼《か》の笛を取り出して来て、そこに黙つてひざまづいてゐる喜兵衛の手に渡した。

『先刻《せんこく》の話をお忘れなさるな。身に禍《わざわい》のないやうに精々《せいぜい》お心をお配りなされ。』

『ありがたうござる。』と、喜兵衛は吶《ども》りながら云つた。

『人のみぬ間《ま》に早くお帰りなされ。』と、彌次右衛門は注意するやうに云つた。

もう斯《こ》うなつては相手の命令に従ふよりほかはない。喜兵衛はその笛を押しいたゞいて、殆《ほと》ど機械的に起《た》ちあがつて、無言で丁寧に会釈して別れた。

屋敷へ戻る途中、喜兵衛は一種の慚愧《ざんき》と悔恨《かいこん》とに打たれた。世にたぐひ無しと思はれる名管《めいかん》を手に入れた喜悦《きえつ》と満足とを感じながら、また一面には今夜の自分の恥かしい行為が悔《くや》まれた。相手が素直に彼《か》の笛を渡してくれただけに、斬取《きりど》り強盗にひとしい重々の罪悪が彼のこゝろにいよ〳〵強い呵責《かしやく》をあたへた。それでも過《あや》まつて相手を殺さなかつたのが、せめてもの仕合せであるとも思つた。

夜があけたらば、もう一度彼《か》の浪人をたづねて今夜の無礼《ぶれい》をわび、あはせてこの笛に対する何かの謝礼をしなければならないと決心して、かれは足を早めて屋敷へ戻つたが、その夜はなんだか眼が冴えておち〳〵と眠られなかつた。夜のあけるのを待ちかねて、喜兵衛は早々にゆうべの場所へたづねて行つた。その懐中《ふところ》には小判《こばん》三枚を入れてゐた。河原には秋のあさ霧《ぎり》がまだ立ち迷《まよ》つてゐて、どこやらで雁《がん》の鳴く声がきこえた。芒《すすき》をかきわけて小屋に近寄ると、喜兵衛は俄《にわか》におどろかされた。石見彌次右衛門《いわみやじえもん》は小屋の前に死んでゐたのである。かれは喜兵衛が捨てゝ行つた竹槍を両手に持つて、我《われ》とわが咽《のど》を突《つ》き貫《つらぬ》いてゐた。

そのあくる年の春、喜兵衛は妻を迎へて、夫婦の仲もむつまじく、男の子ふたりを儲《もう》けた。さうして何事もなく暮してゐたが、前の出来事から七年目の秋に、かれは勤向《つとめむ》きの失策から切腹しなければならないことになつた。かれは自宅の屋敷で最期《さいご》の用意にかゝつたが、見届けの役人にむかつて最後の際《きわ》に一曲の笛を吹くことを願ひ出ると、役人はそれを許した。

笛は石見彌次右衛門から譲られたものである。喜兵衛は心しづかに吹きすましてゐると、恰《あたか》も一曲を終らうとするときに、その笛は怪しい音《ね》を立て、突然ふたつに裂《さ》けた。不思議に思つて検《あらた》めると、笛のなかにはこんな文字が刻みつけられてゐた。

九百九十年《ねんにして》終《おわる》　濱主《はまぬし》

喜兵衛は斯道《しどう》の研究者であるだけに、濱主の名を識《し》つてゐた。尾張《おわり》の連《むらじ》濱主はわが朝《ちょう》に初めて笛をひろめた人で、斯道の開祖として仰がれてゐる。今年は天保《てんぽう》九年で、今から逆算すると九百九十一年前《ぜん》は仁明《にんめい》天皇の嘉祥《かじょう》元年、すなはち彼《か》の濱主が宮中に召《め》されて笛を奏したといふ承和《しょうわ》十二年から四年目に相当する。濱主は笛吹きであるが、初めのうちは自《みずか》ら作つて自ら吹いたのである。この笛に濱主の名が刻《きざ》まれてある以上おそらく彼《かれ》の手に作られたものであらうが、笛の表《おもて》ならば格別、細《ほそ》い管《くだ》のなかに何《ど》うしてこれだけの漢字を彫つたか、それが一種の疑問であつた。

更《さら》に不思議なのは、九百九十年にして終るといふ、その九百九十年目があたかも今年に相当するらしいことである。濱主はみづからその笛を作つて、みづからその命数を定めたのであらうか。今にして考へると、彼《か》の石見彌次右衛門の因縁話《いんねんばなし》も嘘ではなかつたらしい。怪しい因縁を持つた此笛《この》は、それからそれへと其《その》持主に禍《わざわい》して、最後の持主のほろぶる時に、笛もまた九百九十年の命数を終つたらしい。

喜兵衛はあまりの不思議におどろかされると同時に、自分がこの笛と運命を倶《とも》にするのも逃れがたき因縁であることを覚《さと》つた。かれは見とゞけの役人に向つて、この笛に関する過去の秘密を一切うち明けた上で、尋常《じんじよう》に切腹した。

それが役人の口から伝へられて、いづれも奇異の感に打たれた。喜兵衛と生前親くしてゐた藩中の誰彼《たれかれ》がその遺族等と相談の上で、二つに裂《さ》けた彼《か》の笛をつぎあはせて、さきに石見彌次右衛門が自殺したと思はれる場所にうづめ、標《しるし》の石をたてゝ笛塚《ふえづか》の二字を刻ませた。その塚は明治の後《のち》までも河原に残つてゐたが、二度の出水《しゆつすい》のために今では跡方《あとかた》もなくなつたやうに聞いてゐる。

龍馬《りゆうめ》の池

一

第十二の男は語る。

わたしは写真道楽で――と云つても、下手《へた》の横好きのお仲間なのですが、兎《と》もかくも道楽となると、東京市内や近郊でばかりパチリ〳〵遣《や》つてゐるのでは何《ど》うしても満足が出来ないので、忙がしい仕事の暇をぬすんで各地方を随分めぐり歩きました。そのあひだには色々の失策談や冒険談もあるのですが、今夜の話題にふさはしいお話といふのは、今から四年ほど前の秋、福島県の方面へ写真旅行を企《くわだ》てたときの事です。

そのときは自分ひとりで出かけたのですが、白河《しらかわ》の町には横田君といふ人がゐる。わたしは初対面の人ですが、友人のE君は前からその人を識《し》つてゐて、白河へ行つたらば是非たづねてみろと云つて、丁寧な紹介状を書いてくれたので、わたしは帰り路《みち》にそこを訊《たず》ねると、横田君の家は土地でも旧家らしい呉服屋で、商売もなか〳〵手広く遣つてゐるらしい。わたしの紹介された人はそこの若主人で、これも写真道楽の一人ですから、初対面のわたしを非常に款待《かんたい》してくれまして、別棟《べつむね》になつてゐる奥座敷へ泊めて色々の御馳走をしてくれる。まつたく気の毒なくらゐでした。

日が暮れてから横田君はわたしの座敷へ来て、夜のふけるまで話してゐましたが、そのうちに横田君はこんなことを云ひ出しました。

『どうもこの近所には写真の題になるやうな好《い》い景色のところもありません。併《しか》し折角《せつかく》おいでになつたのですから、何か変つたところへ御案内したい。これから五里半以上、やがて六里ほども這入つたところに龍馬《りゆうめ》の池といふのがあります。少し遠方ですが、途中までは乗合《のりあい》馬車が通《かよ》つてゐますから、歩くところは先《ま》づ半分ぐらゐでせう。どうです、一度行つて御覧になりませんか。』

『わたしは旅行馴れてゐますから、少しぐらゐ遠いのは驚きません。そこで、その龍馬の池といふのは景色の好《い》いところなんですか。』

『景色が好いといふよりも、大きい木が一面に繁つてゐて、なんだか薄暗いやうな、物すごいところです。昔は非常に大きい池だつたさうですが、今ではまあ東京の不忍池《しのばずいけ》よりも少し広いくらゐでせう。遠い昔には龍が棲《す》んでゐた。――おそらく大きい蛇か、山椒《さんしよう》の魚《うお》でも棲んでゐたのでせうが、兎《と》もかくも龍が棲んでゐたといふので、昔は龍の池と呼んでゐたさうですが、それが中頃から転じた龍馬《りゅうめ》の池といふことになつたのです。それについて一種奇怪の伝説が残つてゐます。今度あなたを御案内したいといふのも、実はその為《ため》なのですが……。あなたはお疲れで、お眠くはありませんか。』

『いえ、わたしは夜更《よふか》しをすることは平気です。その奇怪な伝説といふのはどんなことですか。』と、わたしも好奇心をそゝられて訊きました。

『さあ、それをお話し申して置かないと、御案内の価値が無いやうなことにもなりますから、一応はお耳に入れて置きたいと思ひます。』

今夜も十時を過ぎて、庭には鳴き弱つたこほろぎの声がきこえる。九月の末《すえ》でも、こゝらでは火鉢をひき寄せたい位《くらい》の夜寒《よさむ》が人に迫つてくるやうに感じられました。横田君は一息ついて、更にその龍馬の池の秘密を説《と》きはじめました。

『なんでも奥州《おうしゅう》の秀衡《ひでひら》の全盛時代だと云ひますから、およそ八百年ほどもまへのことでせう。彼《か》の龍の池から一町《いっちょう》あまりも距《はな》れたところに、黒太夫《くろだゆう》といふ豪農がありました。九郎《くろう》といふのではなく、黒《くろ》と書くのださうです。御承知の通り、奥州は馬の産地で、近所の三春《みはる》には大きい馬市《うまいち》が立つてゐたくらゐですから、黒太夫の家《うち》にも沢山の馬が飼つてありました。それから又、龍の池のほとりには一つの古い社《やしろ》がありました。いつの頃に建てられたものか知りませんが、よほど古い社であつたさうで、土地の者は龍神《りゅうじん》の社とも水《すい》神《じん》の社とも呼んでゐましたが、その社の前に木馬《もくば》が立つてゐました。普通ならば御神馬《ごしんめ》と唱《とな》へて、ほんたうの生きた馬を飼つて置くのですが、こゝのはほんたうの馬と同じ大きさの木馬で、いつの昔に誰が作つたのか知りませんが、その彫刻は実に巧妙なもので、殆《ほとん》ど生きてゐるかと思はれるほどであつたさうです。したがつて、この木馬が時々に池の水を飲みに出るとか、正月元日には三度嘶《いなな》くとか、色々の噂が伝へられて、土地の者もそれを信じてゐたのです。ところがその木馬が或時どこへか姿を隠してしまつた。前の伝説がありますから、おそらく何処《どこ》へか出て行つて、再び戻つて来るものと思つてゐると、それが三月《みつき》たつても半年立つても再び姿をみせない。元来《がんらい》が小さい社で、神官も別当《べつとう》もゐるわけではないのですから、馬がどうして見えなくなつたか、その事情は勿論わからない。まさかに盗まれたわけでもあるまい。盗んだところで何《ど》うにもなりさうもない。霊《れい》ある木馬はこの池の底へ沈んでしまつたのではあるまいかといふ説が多数を占めて、先《ま》づそのまゝになつてゐると、その年の秋には暴風雨があつて、池の水が溢れ出して近村《きんそん》がこと〴〵く水に浸《ひた》される。そのほかにも悪い病《やまい》が流行《はや》る。彼《か》の木馬の紛失以来、色々の災厄がつゞくので、土地の者も不安に襲《おそ》はれました。

とりわけて心配したのは彼《か》の黒太夫《くろだゆう》で、なにぶんにも所有の土地も広く、家族も多いのですから、なにかの災厄のおこる度《たび》に、その被害が最も大きい。そこで、村の者共とも相談して、黒太夫の一手で彼《か》の木馬を新しく作つて、龍神の社前《しやぜん》に供《そな》へるといふことになりました。しかしその頃の奥州には迚《とて》もそれだけの彫刻師はゐない。勿論平泉《ひらいずみ》には相当の仏師もゐたのですが、今までのが優《すぐ》れた作であるだけに、それに劣らないやうな腕前の職人を物色《ぶつしよく》するといふことになると、なか〳〵適当の人間が見あたらない。これには黒太夫も困つていると、ある晩にひとりの山伏《やまぶし》が来て一夜のやどりを求めたので、黒太夫もこゝろよく泊めてやる。さうして、なにかの話から彼《か》の木馬の話をすると、山伏のいふには、それには好《い》いことがある。今度奥州の平泉に金色堂《こんじきどう》といふものが出来るについて、都から大勢の仏師や番匠《ばんしよう》や色々の職人が下《くだ》つて来る。そのなかに祐慶《ゆうけい》といふ名高い仏師がゐる。この人は仏《ほとけ》ばかりでなく、花鳥《かちよう》や龍や鳳凰《ほうおう》や、すべての彫刻の名人として知られてゐるから、この人の通るのを待ち受けて、なんとか頼んでみては何《ど》うだ。わたしは宇都宮で逢つたから、おそらく一日二日のうちにはこゝへ来るだらうといふのです。

　それをきいて黒太夫は非常によろこびました。山伏はあくる朝、こゝを立つてしまひましたが、黒太夫はすぐに支度《したく》をして、家内《かない》の者四五人を供《とも》につれて、街道筋へ出張《でば》つて待ちうけてゐると、果してその祐慶《ゆうけい》といふ人が通りかゝりました。黒太夫が想像してゐたのとは違つて、まだ二十四五の若い男で、これがそれほど偉い人かと少しく疑はれるくらゐでしたが、兎もかくも呼びとめて木馬の彫刻をたのみますと、祐慶は先をいそぐからと云ふので断りました。それを色々に口説《くど》いて、なにしろ其《その》場所を一度見てくれと云つて、無理に自分の屋敷まで連れて来ることになつたのです。祐慶は案内されて、彼《か》の龍神の社《やしろ》へ行つて、龍の池のあたりを暫《しばら》く眺めてゐましたが、それほどお頼みならば作つてもよろしい。併《しか》し馬ばかり作つたのでは再び立去る虞《おそれ》があるから、どうしてもその手綱《たづな》を控《ひか》へてゐる者を添《そ》へなければならないが、それでも差支《さしつか》へないかと念を押したさうです。

勿論、差支へは無いと云ふのほかは無いので、万事よろしく頼むことになりますと、祐慶は彫刻をするために生きた人間と生きた馬を手本に貸してくれといふ。つまり今日《こんにち》のモデルと云つたわけです。前にも申した通り、黒太夫の家《うち》には沢山の馬が飼つてある。そのなかから祐慶は白鹿毛《しろかげ》の大きい馬を選び出しました。そこで、その綱《つな》を取つてゐる者は誰にしたら好《い》いかといふ詮議になると、祐慶は大勢の馬飼《うまかい》のうちから捨松《すてまつ》といふのを選びました。捨松は今年十五の少年で、赤児《あかご》のときに龍神の社の前に捨てゝあつたのを、黒太夫の家《うち》で拾ひあげて、捨子であるから捨松といふ名をつけて、今日《こんにち》まで育てゝ来たので、ほんたうの小飼《こが》ひの奉公人です。さういふわけで、親もわからない、身許《みもと》も判《わか》らない人間ですから、黒太夫も不便《ふびん》を加《くわ》へて召仕《めしつか》つてゐる。当人も一生懸命に働いてゐる。また不思議にこの捨松は馬をあつかふことが上手で、まだ年《とし》も行《ゆ》かない癖《くせ》に、どんな駻《かん》の強い馬でも見ごとに鎮《しず》めるといふので、大勢の馬飼のなかでも褒《ほ》め者《もの》になつてゐる。それらの事情から祐慶もかれを選定することになつたのかも知れません。いづれにしても、青年の仏師は少年の馬飼と白鹿毛の馬とをモデルにして、いよ〳〵彼の木馬を製作に取りかかつたのは、旧暦の七月の末、こゝらではもうすつかりと秋らしくなつた頃でした。』

二

『祐慶《ゆうけい》がどういふ風にして製作に従事したかといふ事は詳しく伝はつてゐませんが、屋敷《やしき》内《うち》の森のなかに新しく細工場《さいくば》を作らせて、モデルの捨松《すてまつ》と白鹿毛《しろかげ》とのほかには誰も立入る事を許しませんでした。主人の黒太夫《くろだゆう》も覗《のぞ》くことは出来ない。かうして、七、八、九、十、十一と、あしかけ五ケ月の後《のち》に、人間と馬との彫刻が出来あがりました。時によると夜通しで仕事をつゞけてゐることもあるらしく、夜ふけに鑿《のみ》や槌《つち》の音が微《かすか》にきこえるのが何だか物凄いやうにも感じられたと云ふことでした。

いよ〳〵製作が成就《じようじゆ》して、五ケ月ぶりで初めて細工場を出て来た祐慶は、髪や髭《ひげ》は伸び、頬《ほほ》は落ち、眼は窪《くぼ》んで、俄《にわか》に十年も年を取つたやうに見えたさうですが、それでもその眼は生々《いきいき》と光りかゞやいてゐました。モデルの少年も馬もみな元気が好《い》いので、黒太夫一家でも先《ま》づ安心しました。出来あがつた木馬は勿論、その手綱《たづな》を控へてゐる馬飼《うまかい》の姿形《すがたかたち》もまつたくモデルをその儘《まま》で、さながら生きてゐるやうにも見えたので、それを見た人々はみな感嘆の声をあげたさうです。黒太夫も大層《たいそう》よろこんで手厚い礼物《れいもつ》を贈ると、祐慶は辞退して何《なん》にも受取らない。かれは自分の長く伸びた髭をすこし切つて、これをそこらの山のなかに埋《うづ》めて、小さい石を立てゝ置いてくれ、別に誰の墓とも記《しる》すには及ばないと、かう云ひ置いて早々にこゝを立去つてしまひました。不思議なことだとは思つたが、その云ふ通りにして小さい石の標《しるし》を立て、誰が云ひ出したとも無しにそれを髭塚《ひげづか》と呼ぶやうになりました。

そこで、吉日《きちにち》を選んで彼《か》の木馬を社前《しやぜん》に据《す》ゑつける事になつたのは十二月の初めで、近村《きんそん》の者もみな集まる筈にしてゐると、その前夜の夜半《やはん》から俄《にわか》に雪がふり出しました。こゝらで十二月に雪の降るのはめづらしくもないのですが、暁方《あけがた》からそれがいよ〳〵激しくなつて、眼もあけない様な大吹雪《おおふぶき》となつたので、黒太夫の家《うち》でも何《ど》うしようかと躊躇してゐると、こゝらの人たちは雪に馴《な》れてゐるのか、それとも信仰心が強いのか、この吹雪をも恐れないで近村は勿論、遠いところからも続々あつまつて来るので、もう猶予《ゆうよ》してもゐられない。午《ひる》に近いころになつて、黒太夫の家《うち》では木馬を運び出すことになりました。好塩梅《いいあんばい》に雪もやゝ小降《こぶ》りになつたので、人々もいよ〳〵元気が出て、彼《か》の木像と木馬を大きい車に積みのせて、今や屋敷の門から挽《ひ》き出さうとする時、馬小屋のなかで俄《にわか》に高い嘶《いなな》きの声がきこえたかと思ふと、これまでモデルに使はれてゐた白鹿毛が何かの物怪《もののけ》でも附いたやうに狂ひ立つて、手綱《たづな》をふり切つて門《もん》の外へ飛び出したのです。

人々も驚いて、あれ〳〵と云ふところへ、彼《か》の捨松が追つて来ました。馬は龍の池の方へ向つて驀地《まつしぐら》に駈けてゆく。捨松もつゞいて追つてゆく。雪は又ひとしきり激しくなつて、人も馬も白い渦《うず》のなかに巻き込まれて、とき〴〵に見えたり隠れたりする。捨松は途中で手綱を摑《つか》んだらしいのですが、けふは容易に取鎮《とりしず》めることが出来ず、狂ひ立つ奔馬《ほんば》に引《ひ》き摺《ず》られて、吹雪のなかを転んだり起きたりして駈けてゆく。他の馬飼も捨松に加勢するつもりで、あとから続いて追ひかけたのですが、雪が激しいのと、馬が疾《はや》いのとで、誰も追ひ付くことが出来ない。唯《ただ》うしろの方から、おうい、おういと声をかけるばかりでした。

そのうちに吹雪はいよ〳〵激しくなつて、白い大浪が馬と人とを巻き込んだかと思ふと、二つながら忽《たちま》ちにその影を見うしなつた。どうも池のなかへ吹き込まれたらしいのです。騒ぎはます〳〵大きくなつて、大勢が色々に詮索したのですが、捨松も白鹿毛も結局ゆくへ不明に終りました。やはり以前の木馬と同じやうに池の底に沈んだのであらうと諦《あきら》めて、新しく作られた木像と木馬を龍神の社前に据ゑつけて、兎もかくも今日の式を終りましたが、もしやこれも又ぬけ出すやうなことはないかと、黒太夫の家からは朝に晩に見とゞけの者を出してゐましたが、木像も木馬も別条なく、社を守るやうに立つてゐるので、先づ安心はしたものゝ、それにつけても捨松と白鹿毛の死が悲しまれました。

誰が見ても、その木像と木馬はまつたく捨松と白鹿毛によく似てゐるので、あるひは名人の技倆《ぎりよう》によつて、人も馬もその魂を作品の方に奪はれてしまつて、わが身はどこかへ消え失せたのでは無いかなどゝ云ふ者もありました。それから又附会《ふかい》して、今度の馬もときぐ〵に嘶《いなな》くとか、木像の捨松が口をきいたとか、色々の噂が伝へられるやうになりました。そこで、その名人の仏師はどうしたかと云ふと、その後《ご》の消息はよく判りません。どうも平泉で殺されたらしいと云ふことです。なにしろこゝで木像と木馬を作るために五ケ月を費《ついや》したので、平泉へ到着するのが非常におくれた。それが秀衡《ひでひら》の感情を害した上に、仕事に取りかゝつてからも一向《いつこう》に捗《はか》が行かない、まるで気ぬけのした人間のやうに見えたので、いよ〳〵秀衡の機嫌を損じて、たうとう殺されてしまつたといふ噂です。かれが立際《たちぎわ》に髭を残して行つたのから考へると、自分自身にも内々その覚悟があつたのかも知れません。彼《か》の池を以前は単に龍の池と呼んでゐたのですが、この事件があつて以来、更に馬といふ字を附け加へて、龍馬《りゆうめ》の池と呼ぶやうになつたのださうです。』

『で、その木像と木馬は今も残つてゐるのですか。』と、わたしはこの話の終るのを待兼《まちか》ねて訊きました。

『それには又お話があります。』と、横田君は静かに云ひました。『あとで聞くと、その祐慶といふ仏師は日本の人ではなく、宋《そう》から渡来《とらい》した者ださうです。日本人ならば髪を切りさうなところを、髭を切つて残したといふのから考へても、なるほど唐《から》の人らしく思はれます。それから七八百年の月日を過ぎるあひだに、土地にも色々の変遷があつて黒太夫の家《うち》は単に黒屋敷跡《くろやしきあと》といふ名を残すばかりで、疾《と》うの昔にほろびました。龍馬の池も山崩《やまくず》れや出水《しゆつすい》のために幾たびか其形《そのかたち》をかへて、今では昔の半分にも足らないほどに小さくなつてしまひました。それでも龍神の社だけは江戸の末まで残つてゐたのですが、明治元年の奥羽《おうう》戦争の際には、この白河《しらかわ》が東軍西軍の激戦地となつたので、社《やしろ》も焼かれてしまひました。もうその跡《あと》に新しく建てるものもないので、そこらは雑草に埋《うず》められたまゝです。』

『さうすると、彼《か》の木馬も一緒に焼けてしまつたのですね。』

『誰もまあ然《そ》う思つてゐたのです。したがつて、そのゆくへを詮議する者もなかつたのですが、それからおよそ四十年ほども過ぎて、日露戦争の終つた後《のち》のことです。この白河出身の者で、今は南京《なんきん》に雑貨店を開いてゐる堀井といふ男が、なにかの商売用で長江《ちようこう》をさかのぼつて蜀《しよく》へゆくと、成都《せいと》の城外——と云つても、六七里も離れた村ださうですが、その寂しい村の川のほとりに龍王廟《りゆうおうびよう》といふのがある。その古い廟の前に大きい柳が立つてゐて、柳の下に木馬が据ゑてある。木馬は兎も角も、その馬の手綱を控へてゐる少年の木像が確かに日本人に相違ないので、堀井も不思議に思ひました。勿論、堀井は明治以後に生《うま》れた男で、龍馬の池の木像も木馬も見たことはないのですが、かねて話に聴《き》いてゐるものによく似てゐるばかりか、その木像の顔容《かおかたち》や風俗が日本の少年であると云ふことが、大いに彼の注意をひきました。土地の者について色々聞き合せてみましたが、いつの頃にどうして持つて来たのか一向にわからない、結局不得要領《ふとくようりよう》で帰つて来たさうですが、どうしてもそれは日本のものに相違ないと堀井は主張してゐました。もし果してそれが本当であるとすれば、木馬や木像が自然に支那まで渡つてゆく筈がありませんから、戦争のどさくさ紛《まぎ》れに誰かゞ持ち出して、横浜あたりにゐる支那人にでも売渡《うりわた》したのではあるまいかとも想像されますが、実物大の木像や木馬をどうして人知れずに運搬したか、それが頗《すこぶ》る疑問です。それを作つた仏師が支那の人であるからと云つて、木像や木馬が何百年の後《のち》、自然に支那へ舞ひ戻つたとも思はれません。なにしろ堀井といふ男は龍馬の池の実物を見てゐないのですから、いかに彼が主張しても、果してそれが本物であるか何《ど》うかも疑問です。』

それからそれへと拡がつてゆく奇怪の物がたりを、わたしは黙つて聴いてゐるの外《ほか》はありませんでした。横田君は最後にまた斯《こ》う云ひました。

『今まで長いお話をしましたが、近年になつて彼《か》の龍馬の池に新しい不思議が発見されたのです。』

まだ不思議があるのかと、わたしも少し驚いて、やはり黙つて相手の顔をながめてゐました。二人のあひだに据ゑてある火鉢の火が疾《と》うに灰になつてゐるのをおたがひに気が付かないのでした。

『あなたを御案内したいと云ふのも、それが為《ため》です。』と、横田君は云ひました。『今から七年ほど前のことです。宮城県の中学の教師が生徒を連れて来たときに、龍馬の池のほとりで写真を撮つて、あとで現像してみると、馬の手綱を取つた少年の姿が水の上にありありと浮び出してゐるので、非常に驚いたと云ひます。その噂が伝はつてその後にも色々の人が来て撮影しました。東京からも三四人来ました。土地でも本職の写真師は勿論、われわれのアマチユアが続々押掛けて行つて、たびたび撮影を試みましたが、めつたに成功しません。それでは全然駄目かと云ふと、十人に一人ぐらゐは成功して、確かに馬と少年の姿が浮いてみえるのです。』

『なるほど不思議ですね。』と、わたしも溜息をつきました。『さうして、あなたは成功しましたか。』

『いや、それが残念ながら不成功です。六七回も行つてみましたが、いつも失敗を繰返すので、わたくしはもう諦《あきら》めてゐるのですが、あなたのお出《い》でになつたのは幸ひです。明《みよう》日《にち》は是非お供《とも》しませう。』

『はあ、是非御案内をねがひませう。』

わたしの好奇心はいよ〳〵募《つの》つて来ました。もう一つには、十人に一人ぐらゐしか成功しないといふ不思議の写真を見ごと自分のカメラに収めてみせようといふ一種の誇《ほこ》りも加はつて、わたしは明日《あした》の来るのを待ち焦《こが》れてゐました。

三

あくる朝は幸ひに晴れてゐたので、わたしは早朝から支度《したく》をして、横田君と一緒に出ました。横田君も写真機携帯で、ほかに店の小僧ひとりを連れてゆきました。池の近所に飯《めし》を食《く》はせるやうな家《うち》はないといふので、弁当やビールなどをバスケットに入れて、それを小僧に持たせたのです。

三里ほどは乗合馬車にゆられて行つて、それからは畑道や森や岡《おか》を越えて、やはり三里ほども徒歩でゆくと、だん〳〵に山に近いところへ出ました。横田君や小僧は土地の人ですから、この位の途《みち》は平気です。わたしも旅行慣れてゐるので、別に驚きもしませんでした。小僧は昌吉《しょうきち》と云つて、今年十六ださうですが、年の割には柄《がら》の大きい、見るから丈夫《じょうぶ》さうな、さうして中々《なかなか》利口さうな少年でした。したがつて、若主人の横田君にも可愛がられてゐるらしく、横田君がどこへか出る時には、いつも彼を供に連れてゆくと云ふことでした。

『この昌吉もゆうべお話をした木像のモデルと同じやうな身の上なのです。』と、横田君はあるきながら話しました。『これも両親は判らないのです。』

昌吉といふ少年も、やはり捨子《すてご》で、両親も身もとも判らない。それを横田君の家《うち》で引取つて、三つの年から育てゝやつたのだと云ふことでした。それを聴かされて、わたしも彼《か》の捨松といふ馬飼のむかし話を思ひ出して、けふの写真旅行に彼を連れてゆくのも、なんだか一種の因縁《いんねん》があるやうに感じられましたが、昌吉はまつたく利口な人間で、途中でも油断なく我々の世話をしてくれました。

午《ひる》に近い頃に目的地へゆき着きましたが、横田君の話で想像してゐたのとは余《よ》ほど違つてゐて、なるほど大木《たいぼく》もありますが、昼でも薄暗いといふやうな幽暗《ゆうあん》な場所ではなく、寧《むし》ろ見晴しの好《い》い、明るい気分のところでした。

『また伐《き》つたな。』と、横田君はひとり言のやうに云ひました。近来《きんらい》しきりに此辺の樹木を伐《き》り出すので、だん〳〵に周囲が明るくなつて、むかしの神秘的な気分が著るしく薄れて来たとのことでした。どこでも同じことで、これは已《や》むを得ないでせう。しかし龍神の社《やしろ》の跡だと云ふところは、人よりも高い雑草にうづめられて、容易に踏み込めさうもありませんでした。

三人は池のほとりの大樹《たいじゆう》の下に一休みして、それから昌吉が尽力して午飯《ひるめし》の支度《したく》にかゝりました。横田君は色々の準備をして来たとみえて、バスケツトの中から湯沸《ゆわか》しを把《と》り出して、こゝで湯を沸かして茶をこしらへるといふわけです。朝から晴れた大空は藍色《あいいろ》に高く澄んで、そよとの風もありません。梢《こずえ》の大きい枯葉が時々に音も無しに落ちるばかりで、池の水は静《しずか》に淀《よど》んでゐます。岸の一部には蘆《あし》や芒《すすき》が繁つてゐるが、ほかに水草《みずくさ》らしいものも見えず、どちらかと云へば清らかな池です。これが色々の伝説を蔵《ぞう》してゐる龍馬の池であるかと思ふと、わたしは軽い失望を感じて、なんだか横田君にあざむかれてゐるやうにも思はれました。

『水を汲《く》んで来ます。』

かう云つて、昌吉は湯沸かしを提《さ》げて行きました。池の北にある桜の大樹の下に清水《しみず》の湧《わ》くところがある。その水がこの池に落ちるのださうで、夏でも氷のやうに冷たいと横田君は説明してゐました。

『さあ、茶の出来るあひだに、仕事をはじめますかな。』

横田君は写真機をとり出しました。わたしも機械を把《と》り出して、ふたりは色々の位置から四五枚写しましたが、昌吉はなか〳〵帰つて来ません。

『あいつ、何をしてゐるのかな。』

横田君は大きい声で彼の名を呼びましたが、返事がない。そのうちに気が注《つ》くと、彼《か》の湯わかしはバスケットの傍《そば》に置いてあつて、中には綺麗な水が入れてありました。我々が写真に夢中になつてゐるあひだに、昌吉はもう水を汲んで来たらしいのですが、さてその本人の姿が見えない。いつまで待つてもゐられないので、横田君はそこらの枯枝《かれえだ》や落葉を拾つて来る。わたしも手伝つて火を焚《た》いて、湯を沸かす、茶を淹《い》れる。かうして午飯《ひるめし》を食ひ始めたのですが、昌吉はまだ帰らない。ふたりはだん〳〵に一種の不安をおぼえて、たがひに顔をみあはせました。

『どうしたのでせう。』

『どうしましたか。』

早々に飯を食つてしまつて、ふたりは昌吉のゆくへ捜索に取りかゝりました。ふたりは池を一《ひ》とまはりして、更《さら》に近所の森や草原をかけめぐりました。龍神の社の跡といふ草むらをも掻《か》きわけて、およそ二時間ほども捜索をつゞけたのですが、昌吉はどうしても見付かりません。横田君もわたしもがつかりして草の上に坐つてしまひました。

『もう仕様がありません。家《うち》へ帰つて出直して来ませう。』と、横田君は云ひました。

バスケットなどはそこに置いたまゝで、ふたりは早々に帰り支度をしました。日の暮れかゝる頃に町へ戻つて来て、そのことを報告すると、店の人々もおどろいて、店の者や出入りの者や、近所の人なども一緒になつて、二十人ほどが龍馬の池へ出てゆきました。横田君も先立ちになつて再び出かけました。

『あなたはお疲れでせうから、風呂へ這入つてゆつくりお休み下さい。』

横田君はかう云ひ置いて出て行きましたが、とても寝られるわけのものではありません。私もおちつかない心持で捜索隊の帰るのを待ち暮してゐますと、夜なかになつて横田君等は引揚げて来ました。

『昌吉はどうしても見つかりません。』

その報告を聴かされて、私もいよ〳〵がつかりしました。それと同時に、昌吉のゆくへ不明は彼《か》の捨松とおなじやうな運命ではあるまいかとも考へられました。

わたしはその翌日もこゝに滞在して、昌吉の行く末《すえ》をみとゞけたいと思つてゐますと、けふは警察や青年団も出張して、大がゝりの捜索をつゞけたのですが、少年のゆくへは結局不明に終りました。いつまでこゝの厄介《やっかい》になつてもゐられないので、私は次の日に出発して、宇都宮に一日を暮して、それから真直《まつすぐ》に帰京しましたが、何分にも昌吉のことが気にかゝるので、横田君に手紙を出してその後の模様を問ひあはせると、二三日の後《のち》に返事が来ました。その文句は大体こんなことでした。

前略、折角《せつかく》御立寄りくだされ候《そろ》ところ、意外の椿事《ちんじ》出来《しゆつたい》のために種々《しゆじゆ》御心配相《あい》かけ、なんとも申訳無御座候《もうしわけござなくそろ》。昌吉のゆくへは遂《つい》に相分《あいわか》り申《もう》さず、さりとて家出《いえで》するやうな仔細《しさい》も無之《これなく》、唯々《ただただ》不思議と申《もう》すのほか無御座候《ござなくそろ》。万一彼《か》の捨松の二代目にもやと龍馬《りゆうめ》の池の水中捜索をこゝろみ候《そうら》へども、これも無効に終り申候《もうしそろ》。

こゝに又、不思議に存《ぞん》じられ候《そろ》は、当日小生《しようせい》が撮影五枚の中《うち》、一枚には少年のすがた朦朧《もうろう》とあらはれ居《お》り候《そろ》ことに御座候《ござそろ》。それは影のやうに薄く、勿論《もちろん》はつきりとは相分《あいわか》り兼《か》ね候《そうら》へども、それがどうも昌吉の姿らしくも思はれ申候《もうしそろ》。

貴下《きか》御撮影の分は如何《いかが》、現像の結果御《お》しらせ下《くだ》され候《そうら》はゞ幸甚《こうじん》に存《ぞん》じ候《そろ》。

先づこんな意味であつたので、わたしも取りあへず自分の撮影の分を現像してみましたが、どこにも人の影らしいものなどは見出されませんでした。横田君の写真にはどういふ影があらはれてゐるのか、その実物を見ないのでよく判りません。

附　録

短篇二篇

梟《ふくろう》娘《むすめ》の話

天保《てんぽう》四年は癸《みずのと》巳《み》年《どし》で、その夏四月の出来事である。水戸在城《みとざいじよう》の水戸侯《みとこう》から領内一般の住民に対して、次のやうな触渡《ふれわた》しがあつた。それは領内の窮民《きゆうみん》または鰥寡《かんか》孤独の者で、その身がなにかの痼疾《こしつ》あるひは異病《いびよう》にかゝつて、容易に平癒《へいゆ》の見込みの立たないものは、一々《いちいち》申出ろといふのであつた。

城内には施薬院《せやくいん》のやうなものを設《もう》けて、領内のあらゆる名医がそこに詰めあひ、いかなる身分の者でも勿論《もちろん》無料で診察して取らせる、投薬もして遣《や》るといふのであるから、領内の者どもは皆その善政をよろこんで、名主《なぬし》や庄屋《しようや》をたよつて遠方からその診察を願ひに出てくる者も多かつた。

ところが、眼《め》のさきの城下に不思議の病人のあることが見出された。それは下町の町人の娘で、文政《ぶんせい》四年生れの今年十三になるのであるが、何《ど》ういふわけか此世《このよ》に生れ落ちると から彼女《かれ》は明るい光を嫌つて、いつでも暗いところにゐるのを好《この》んだ。少しでも明るいと ころへ抱《かか》へ出すと、かれは火のつくやうに泣き立てるので、両親も乳母《うば》も持余《もてあま》して、よん どころなく彼女を暗い部屋で育てた。それが習慣になつたかして、彼女は起《た》つてあるくや うになつても矢《や》はり暗い部屋を離れなかつた。しかも彼女は決して盲《めくら》でもなかつた、跛足《びつこ》 でもなかつた。殊《こと》にその容貌《きりよう》はすぐれて美しかつた。赤児《あかご》のときから日の光をうけずに育 つたにも似ないで、かれの顔は玉のやうに輝いてゐた。戸障子《としようじ》を立《た》て籠《こ》めて、その部屋 はすべての光を防ぐやうに出来てゐるばかりでなく、かれは厠《かわや》へ通ふ時のほかは他の座敷 へも廊下へも出なかつた。厠へゆく時でも、かれは両袖《りようそで》で顔を掩《おお》ひかくすやうにしてゐ たが、どうかして其《その》袖のあひだからちらりと洩《も》れた顔をみせられた場合には、誰でもその 美しいのに驚かない者はなかつた。

彼女《かれ》はひとり娘《むすめ》で、しかもその家《いえ》は城下でも聞えた大商人《おおあきんど》であるので、親たちは彼女が 好むまゝに育てゝゐた。七つ八つになつて、かれは手習《てならい》をはじめたが、勿論師匠につい て稽古《けいこ》するのではなかつた。かれは親達からあたへられた手本を机の上に置いて、いつも の暗い部屋で書き習つてゐたが、その筆蹟《ひつせき》は子供とも思はれないほどに見事なものであつ た。どうして暗いところで文字を書くことが出来るか、それも一つの不思議にかぞへられ てゐたが、おそらく幼いときから暗いところに育つたので、かれの眼は暗いのに馴れたのであらうといふ説であつた。それから惹《ひ》いて、かれは暗いところで物をみることは出来るが、明るいところでは見えないのではあるまいかと云ふ噂が立つた。しかもその梟娘の正体を確かに無しに、かれは梟娘《ふくろうむすめ》のあだ名を呼ばれるやうになつた。誰が云ひ出したとも見とゞけた者は、この城下に一人《いちにん》もなかつた。

今度の触出《ふれだ》しについて、梟娘は何《ど》うしてもいの一番に願ひ出なければならないのであつたが、その家《いえ》が富裕であるので、親たちも遠慮して差控へてゐるのを、町役人どもが相談して先《ま》づ親たちにも得心《とくしん》させ、その次第を書きあげて差出すと、係《かか》りの役人も額《ひたい》を皺《しわ》めた。なんにしてもこれは一種の奇病である。兎《と》もかくも明日召連《みようにちめしつ》れてまゐれと云ふことになつたので、あくる日の朝、町役人どもが打揃つて梟娘の家《うち》へ迎ひにゆくと、親たちは気の毒さうに断つた。

『なにぶんにも娘が不承知を申します。いかに説得いたしても、左様《さよう》な晴がましい御場所《おばしよ》へ出るのは嫌だと申しますので、わたくし共も困り果てゝをります。』

併《しか》し一旦《いつたん》とゞけ出た以上、今更《いまさら》それを取消すわけには行かない。殊《こと》に藩侯《はんこう》もその不思議な娘をひそかに御覧になるかも知れないといふやうな内意を洩《も》れ聞いてゐるので、町役人どもは何《ど》うしても彼女《かれ》を召連れて行かなければならないと思つたので、かれらは暗い部屋にかくれてゐる娘をたづねて、親たちに代《かわ》つて色々に説得したが、彼女は矢はり得心《とくしん》しなかつた。どうしても明るいところへ連れ出すのは免《ゆる》してくれと云つて、かれは声をたて、泣いた。これには彼等もほと〳〵持余《もてあま》したが、まへに云ふような事情であるから、彼等は自分たちの責任上、無理無体にも彼女を連れ出さなければならなかつた。そのうちに、彼等の一人が斯《こ》う云ひ出した。

『この上は縛《しば》りからげても引つ立てゝ行《ゆ》かなければならぬが、それもあまりに無慈悲《むじひ》で、当人は勿論、親たちにも気の毒だ。所詮《しょせん》は世の光を嫌ふのだから、眼を塞《ふさ》いで置いたらば、暗いところにゐても同じことではないか。さうして、上《かみ》の御恩によつて、不思議の病気が平癒すれば、この上の仕合せはあるまい。』

『そうだ。それがいゝ。眼を塞いで行《ゆ》け。』

娘の机のうへには手習草紙《てならいそうし》のあるのを見つけて、これ屈竟《くつきょう》のものだと彼等はその草紙の一枚を引き裂《さ》いて、娘の顔をつゝむやうに押しかぶせた。あるものは更《さら》に智慧《ちえ》を出して、草紙の黒いところを丸く切りぬいて、膏薬《こうやく》のやうに娘の両眼《りょうがん》に貼りつけた。

これで娘もやうやく得心したので、親たちも町役人共もほつとした。今年十三の美しい少女は、真黒な手習草紙の紙片《かみきれ》に眼をふさがれて、生れてから初めて自分の家《うち》の敷居をまたいで出た。かれは大きい黒眼鏡をかけてゐるやうに見えた。

『梟娘がお城へ行《ゆ》く。』

この噂が忽《たちま》ち町々にひろがつて、見物人が四方《しほう》からあつまつて来た。ふだんから梟娘の名ばかりを聞いてゐる町の人たちは一種の好奇心に駆られて、その正体を見とゞけようとして群《むらが》つて来たのであつた。町々の町役人は鉄棒《かなぼう》でそれらの群衆を制してゐたが、見物人はあとからあとからと押寄せてくるので、迚《とて》もそれを追ひ払うことは出来なかつた。町役人どもは声をからして叱《しか》り制しながら、わづかに娘の左右《さゆう》だけを鉄棒で堰《せき》切つてゐたが、その鉄棒の堰《せき》もうづ巻いて寄せる人波に破られて、心ない見物人は娘の肩に触れ、袖に触れるほどに迫つて来て、しげ〳〵とその顔を覗《のぞ》くのもあつた。

たとひ両方の眼は塞《ふさ》がれてゐても、このありさまを娘が知らない筈はなかつた。かれは途中で幾たびか立ちどまつて、自分の家《うち》へ帰してくれと訴へるのを、附添つている人々が色々になだめて、兎もかくも城のまへまで行きつくと、娘はまたもや立ちどまつて、これから先へはどうしても行かないと云ひ出した。

『こゝまで来て何《ど》うしたものだ。お城はもうすぐだ。』と、人々は右左《みぎひだり》から賺《すか》したが、娘はもう肯《き》かなかつた。

『わたしは帰ります。』

『いや、帰すことはならない。』

かうした押問答をつゞけてゐるうちに、娘の気色《けしき》はだん〳〵に変つて来た。彼女《かれ》は遮《さえぎ》る人々を突きのけて、だしぬけに駈け出さうとしたので、もう腕づくのほかはないと思つた彼等は、右左から彼女の晴着の袖や袂《たもと》を捉へて引き摺《ず》つて行こうとすると、娘はいよ〳〵すさまじい気色になつて、支《ささ》へる人々を払ひ退《の》け押し退けて、自分のまはりを隙間なく取りまいてゐる見物人の頭や肩のうへをひら〳〵と飛び越え、跳り越えて駈け出した。不意の出来事に人々は唯《ただ》あれ〳〵といふばかりで、そのうちの一人が娘の帯を引っ捉《とら》へようとしたが、手がとゞかないので取逃してしまつた。

両方の眼を黒い紙でふさがれてゐる娘は、見当が付かずに走つたのか、それとも初めからそこを目ざして走つたのか、彼女《かれ》は城門外の堀際《ほりぎわ》へ真驀地《まつしぐら》に駈け出したかと思ふと、およそ五六間《けん》もあらうと見える距離を一《ひ》と飛びにして、堀のなかへ飛び込んだので、その騒動はいよ〳〵大きくなつた。大勢はつゞいてその堀際へ駈け寄つたが、水に呑まれた娘の姿はもう見えなかつた。城の堀へみだりに立入《たちい》ることは国法で禁じられてゐる。殊《こと》に要害堅固な此城《このしろ》の堀は非常に深く作られてゐるので、誰も迂闊《うかつ》に這入ることは出来なかつた。町役人から重ねて其次第をとゞけ出ると、藩侯《はんこう》も頗《すこぶ》る奇怪に思はれて、早速に堀のなかを詮議しろとの命令を下《くだ》された。

藩中でも屈指《くつし》の水練《すいれん》の者がかはる〴〵飛び込んで探りまはつたが、水の底からは女の髪の毛一筋すらも発見されなかつた。なまじひのお慈悲でわが子を召《め》されなければ、こんなことにもならなかつたであらうと、娘の親たちは今更に上《かみ》を恨むやうにもなつた。町役人共も由《よし》ないことを届け出たのを後悔した。

梟娘の死――その奇怪な噂がまだ消えやらない其年《そのとし》の八月朔日《ついたち》、巳《み》の刻頃《こくごろ》（午前十時）から近年稀《まれ》なる暴風雨がこの城下へ襲《おそ》つて来て、城内にも城外にもおびたゞしい損害をあたへた。その大暴れの最中に、外堀から黒雲《くろくも》をまき起して、金色《こんじき》の鱗《うろこ》をかゞやかしながら天上に昇つた怪物のあることを、多数の人が目撃した。人々はそれを龍の昇天であると云つた。さうして、それは彼《か》の梟娘が蛇体《じやたい》に変じたのであらうと伝へられた。併《しか》し彼女は最初からの蛇体であるのか、あるひは入水《じゆすい》の後《のち》に龍蛇《りゆうだ》と変じたのか、その議論は区々《まちまち》で遂《つい》に決着しなかつた。

上田秋成《うえだあきなり》の「雨月物語《うげつものがたり》」のうちに「蛇性の婬《じやせいのいん》」の怪談のあることは誰《たれ》も知つてゐるが、これは曲亭馬琴《きよくていばきん》が水戸にいた人から聞いた話であるといふことで、その趣《おもむき》がや、類似してゐる。「蛇性の婬」は支那の西湖佳話《せいこかわ》の翻案であるが、これは馬琴が自ら筆記して、讃《さん》州高松藩《しゆうたかまつはん》の家老《かろう》に送つたものであるから、まさかに翻案や捏造《ねつぞう》ではあるまいと思はれる。龍の昇天は兎も角も、かうした奇怪な娘が奇怪な死を遂《と》げた事実だけは、たしかに水戸の城下に起つたに相違あるまい。

小夜《さよ》の中山《なかやま》夜啼石《よなきいし》

秋の末である。遠江国日坂《とおとうみのくににつさか》の宿《しゆく》に近い小夜《さよ》の中山街道《なかやまかいどう》の茶店《ちやみせ》へ、ひとりの女が飴《あめ》を買ひに来た。

茶店といつても型《かた》ばかりのもので、大きい榎《えのき》の下《した》で差掛《さしか》け同様の店をこしらへて、往来《ゆきき》の旅人を休ませてゐた。店には秋らしい柿や栗がならべてあつた。そのほかにはこの土地の名物といふ飴を売つてゐた。秋も深《ふ》けて、この頃の日脚《ひあし》はだん〳〵に詰まつて来たので、亭主はもうそろ〳〵と店を仕舞《しま》はうかと思つたが、また躊躇した。

『あのおかみさんがまだ来ない。』

きのふまで五日のあひだ、毎日おなじ時刻に飴を買ひにくる女がある。それが今日はまだ来ないことを思ひ出して、亭主はすこし躊躇したのであつた。その女はいつも暮れか、つた頃に来て、たつた一文《いちもん》の飴を買つてゆくのである。勿論、今日《こんにち》とは違つて、その昔は一文の飴を買ふのもめづらしくないが、所詮《しよせん》一文は一文であるから、それを売ると売らないとが一日の収入の上、左《さ》ほどの影響のないのは、亭主にもよく判つてゐたが、彼はその女の来ないうちに店を仕舞ふ気になれなかつた。

むかしの人は正直である、商売冥利《みようり》といふこともよく知つてゐた。したがつて、たとひそれが僅《わず》かに一文のお客様であらうとも、毎日欠《かか》さずに来てくれる以上、その人の顔をみないうちに店を仕舞ふのは義理がわるいやうに思はれたからである。もう一つには、その女の人柄や風俗がどうも土地の人ではないらしい。五日もつゞけて買ひに来て、もう顔《かお》馴染《なじみ》にもなつてゐながら、決してその居所をあかさない。こちらから訊いてもいつも曖昧《あいまい》に詞《ことば》を濁《にご》して立去つてしまふ。それがどうも亭主の腑《ふ》に落ちなかつた。かれが店を仕舞ふのを躊躇したのは、所謂《いわゆる》商売冥利のほかに、その女に対する一種の好奇心といふやうなものも幾分かまじつてゐたのであつた。

街道にはもう往来《おうらい》も絶えた。表《おもて》もうす暗くなつた。亭主もいよ〳〵思ひ切つて店を仕舞はうとするところへ、いつもの女の影が店のまへにあらはれた。

『毎度御面倒でござりますが、飴を一文おねがひ申します。』と女は叮嚀《ていねい》に云つた。

毎日来るので、亭主もこの女の年頃や顔容《かおかたち》をよく知つてゐた。彼女《かれ》は廿《にじゆう》二《に》三《さん》ぐらゐの瘦形《やせがた》の女で、眉を剃つてゐる細い顔は上品にみえた。どう考へても、こゝらの百姓や町人の女房ではない。相当の身分のある武家の妻かとも思はれる人柄である。しかも至つて無口で、用のほかには何にも云はないので、亭主にも彼女の身分がはつきりとは判らなかつた。

『いらつしやいませ。』と、亭主は女にむかつて叮嚀に会釈《えしやく》した。

『もうおいでになる頃とお待ち申してをりました。今日は少し遅いやうでございましたな。』

『はい。出先に子供がむづかりまして……。』と、女は声をすこし曇らせた。

『左様《さよう》でございましたか。では、この飴はお子供衆におあげなさるのでございますか。』と、その尾《お》について亭主は訊《き》いた。

『はい。』

亭主の手から飴をうけ取つて、女はいつもの通りに一文の銭《ぜに》を置いた。

『ありがたうございます。』と、亭主は銭をいたゞきながら云つた。『お宿《やど》は御遠方でございますか。』

これは、一昨日《おととい》も昨日《きのう》も訊いたのであるが、今日も亭主はくり返して訊くと、無口の女は低い声で答へた。

『いえ、遠くではございません。』

『それなら宜《よろ》しうございますが、この頃はこゝらに悪者がうろついて居りまして、往来の旅人に難儀をかけるとか申します。昼は兎《と》もかくも、日が暮れては御用心なされませ。わたくしももう店をしまつて戻るのでございます。御差支《おさしつか》へなければ途中までお供《とも》いたしませう。お宿《やど》はどちらでございます。』

『いえ、近いのでございます。』

云ひかけて、女はすこし考へてゐるらしかつた。いつもはすぐに出て行つてしまふのであるが、今日はまだ何か云ひたさうに躊躇してゐるので、亭主の好奇心はいよ〳〵募つて来た。

『まつたく不用心でございます。殊《こと》に今日はいつもより少し遅うございますから、少々ぐらゐは廻り路でもお宿の御近所までお送り申しませう。』

『わたしは山の方へまゐるのでございます。』と、女は云つた。

『山の方へ……』と、亭主は眉をよせた。まさかに山越しをして、こゝまで一文の飴をかひに来るわけではあるまい。さりとて山の中に人家《じんか》はない筈である。亭主は不図《ふと》思ひあつた。この女は久圓寺《くえんじ》に住んでゐるに相違ない。山の峠《とうげ》には観音《かんのん》を祀《まつ》つた寺がある。女はなにかの仔細があつて其寺に隠れてゐるか。あるひは寺の僧に関係があつて、内所《ないしよ》で隠《かく》まはれてゐるか。おそらく二つに一つであらうと亭主は想像した。しかし寺僧《じそう》は老人で、女犯《にょぼん》の関係などありさうにも思はれない。女はなにかの事情で赤子をかゝへて、そこに忍んでゐるのであらうと思つた。

『では、久圓寺にゐらつしやりますか。』と、亭主は訊いた。

女はそれに対して確かな返事をしなかつたが、さりとてすぐに立去らうともしなかつた。そのうちに亭主は店を片附けはじめたが、女は矢はり店先を離れなかつた。送つてくれとは云はないが、なんだか送つて貰《もら》ひたさうな素振りにもみえたので、亭主は又訊いた。

『峠までお戻りなされますか。』

『いゝえ。』と、女は答へた。『すぐ其処《そこ》の、山の入口でござります。』

亭主は再び眉を皺《しわ》めた。山の入口に人家《じんか》のある筈はない。この女は狐か狸の変化《へんげ》ではないかと危《あやぶ》まれたが、女はいつまでも立去りさうにもしないので、亭主はなんだか薄気味悪くもなつて来て、今更とんだことを云つたと後悔した。

『送つて進ぜませうか。』と、亭主は思ひ切つて念を押してみた。

『はい。』と、女は低い声で云つた。

もう斯《こ》うなつては何《ど》うすることも出来ない。亭主は度胸を据ゑて、女と一緒にあるき出した。その途中で、女はなんにも口を利《き》かなかつた。亭主も黙つてあるいた。日はすつかり暮れ切つて、山風が身にしみて来た。雨を催しさうな暗い空に、弱々しい星の光が二つ三つ洩れてゐた。

山までは左《さ》のみ遠くもないので、真黒な森がすぐ眼のまへを遮《さえぎ》つた。亭主は物に引かれてゆくような心持でだん〳〵に山路《やまみち》をのぼつて行つた。と思ふと、自分とならんでゐた女の影がいつか闇に隠れてしまつた。亭主は急に襟《えり》もとが寒くなつた。彼はあわてゝ元来た方角へ引返そうとすると、どこかで赤児《あかご》の啼《な》く声がきこえたので亭主は又ぎよつとした。

赤児の声はつゞけてきこえた。その声をしるべに其処《そこ》らを見まはすと、その声は土の下から聞えてくるらしかつた。亭主は一目散《いちもくさん》に暗い路を駈け出して、山の下まで逃げ降りた。彼はほつと一息つくと共に、色々の今夜の不思議が彼の魂を脅かした。かれは里の人々の門《かど》をたゝいて、怪《あや》しい女と怪しい赤児の啼声について報告した。

いつの代《よ》にも奇《き》を好むのは人情である。里の人々はすぐに松明《たいまつ》を照して出た。亭主が案内に立つてゆくと、女の影が消えたらしいところに大きい松の木があつた。赤児の啼く声はまだきこえた。それは確かに土の下から響いてくるのであつた。

人々は声をたづねて探りあるくと、松の大樹から少し距《はな》れたところに大きい石が横《よこた》はつてゐて、赤児の声はその石の下から洩れてくるのであつた。石はすぐに取除《とりの》けられた。土の下から発見されたのは若い女房の死骸であつた。女はむごたらしく斬殺《きりころ》されてゐたが、その死骸のそばには生れたばかりの男の児《こ》が泣いてゐた。その赤児の口には飴を啣《ふく》ませてあつた。

女は武家の女房らしい風俗であつたが、どこの何者であるかを知るような手がかりは無かつた。かれは盗賊に殺されたのか道連《みちづれ》に殺されたのか、それらの事情も判然しなかつたが、彼女《かれ》のふところには路銀《ろぎん》らしいものを貯《たくわ》へていなかつたので、恐《おそら》くはこゝらを徘徊する山賊の仕業《しわざ》であらうといふことになつてしまつた。ひとり旅の女が盗賊に殺されるといふやうな出来事はこの時代に左《さ》のみ珍しくもなかつたが、それを発見した人々の注意をひいたのは、その女が妊娠中に殺害されて、その腹から赤児をうみ落《おと》したといふことであつた。勿論、臨月《りんげつ》であつたのでもあらうが、已《すで》に土の下にうづめられた死骸が赤児を生んで、その赤児が幾日も無事に生きてゐたのは、一種の不思議として人々をおどろかしたのである。

赤児はどうして生きてゐたか。かれは毎日一文づつの飴をしやぶつてゐたらしい。その飴をかひに行つた女は母の亡霊である。路銀《ろぎん》をこと〴〵く奪はれたらしい不幸な母は、どうして飴をかふ銭《ぜに》をこしらへたか。人々の鑑定によれば、女を殺した者がその死骸をうづめる時に銭《ぜに》六文を添へて置いたのであらう。死人に六文銭《ろくもんせん》を添へて葬《ほうむ》るのが古来《こらい》の習《ならい》である。その六文銭のある間、母はわが子を養育するために毎日一文づつの飴を買つてゐたのであるが、けふは六日目でその銭も尽きた。赤児はもう飢ゑて死なゝければならない。母の魂は飴屋の亭主を誘ひ出して、わが子がこゝに埋《うず》められてゐることを教へたのであらう。人々はうたがふまでもなく、さう信じた。

母の死骸はあつく葬られた。赤児は情《なさけ》ぶかい里人《さとびと》に養はれて生長の後《のち》に久圓寺の僧となつた。久圓寺はこの峠にある古い寺である。

この物語の末《すゑ》に、わたしの知つてゐることをもう少し書いてみたい。

むかしの東海道の日坂《につさか》の宿《しゆく》は、今日では鉄道の停車場《ていしやじよう》になつてゐない。今日の下《くだ》り列車は金谷《かなや》、堀《ほり》の内《うち》、掛川《かけがわ》の各停車場を過ぎて、浜松へ向つてゆく。日坂は金谷と掛川との間《あいだ》の宿《しゆく》で、承久《しようきゆう》の宗行卿《むねゆききよう》や、元弘《げんこう》の俊基卿《としもときよう》で名高い菊川《きくがわ》の里《さと》や、色々の人たちの紀行や和歌で名高い小夜《さよ》の中山《なかやま》などは、みなこの日坂附近にある。鉄道の案内記によると、今日では金谷からゆくのを便利とするらしい。案内記には、小夜の中山夜啼石《よなきいし》、西《にし》三十二町《ちよう》、菊川、西《にし》廿二町とある。どちらも私が実地に踏査《とうさ》したのではないが、案内記を信用して斯《こ》う書いておく。

菊川の宗行卿や俊基卿はあまり有名であるから、あらためて云ふには及ぶまい。わたしがこれから説《と》かうとする小夜の中山は、前にもいふ通り、古来の紀行や和歌で有名で就中《なかんずく》かの西行法師《さいぎようほうし》の『年《とし》を経《へ》て又越ゆべしと思ひきや、命《いのち》なりけり小夜の中山』の歌が最もよく知られてゐる。しかし江戸時代になつてから更《さら》にそれが有名になつたのは、夜啼石の伝説によるのである。

東海道名所図絵《めいしよずえ》を繰《く》つてみると、夜啼石は小夜の中山街道のまん中にあつて、それから東《ひがし》一町ばかりの左側に夜啼松《よなきまつ》がある。そのほとりに妊婦塚《はらみおんなづか》といふのがある。山路にさしかゝると、頂上には小夜峠《さよとうげ》があつて、そこには子育観音《こそだてかんのん》が安置されてゐる。その寺は久圓寺といつて、真言宗《しんごんしゆう》である。本尊の観世音《かんぜおん》は行基僧正《ぎようきそうじよう》の作で、身長《みのたけ》一尺八寸であるといふ。境内《けいだい》に石碑《せきひ》があつて、慶長《けいちょう》五年関ケ原役《せきはらえき》の時に、山内一豊《やまのうちかずとよ》がこゝに茶亭《ちゃてい》を築いて、東海道を攻《せ》め上《のぼ》つて来た徳川家康を饗《もてな》した古跡《こせき》であるといふことが彫刻されてゐる。これが東海道名所図絵の記事の大要《たいよう》である。

これによつて考へると、小夜の中山に久圓寺といふ寺が建《た》てられて、そこに観世音《かんぜおん》を祀《まつ》つたのは彼《か》の夜啼石《よなきいし》以前のことで、夜啼石の伝説から子育観音《こそだてかんのん》の名が流布《るふ》するやうになつたのではあるまいかと思はれる。どうしても然《そ》うなくてはならない。しかしその伝説は明かでない。勿論その年代も判然してゐない。したがつて、色々の説が流布されて、昔から芝居や浄瑠璃にも仕組まれてゐるが、どこまで事実であるか判らない。

又しても名所図絵を引合ひに出すやうであるが、それによると、夜啼石の由来といふものを一枚刷《ずり》にして小夜新田《しんでん》の茶店で売つてゐる。しかし名所図絵の作者もこと〴〵くそれを信用するわけにも行かなかつたと見えて、かう書いてゐる。『むかし日坂に妊娠の女ありて、金谷の宿の夫に通ふ。ある夜、この小夜の中山にて山賊出《い》でて恋慕し、したがはざるによりて斬殺《きりころ》し、衣裳をはぎ取り行方《ゆくえ》無し。この婦《おんな》の日頃ねんじ奉《たてま》つる観音出でて僧と現《げん》じ、亡婦《ぼうふ》の腹より赤子を出《いだ》し、あたりの賤《しず》の女《め》にあづけ、飴をもつて養育させたまひけり。その子成人の後《のち》、命なりけり小夜の中山と常《つね》に口ずさみ、諸国をめぐつて終《つい》に池田の宿にてかの盗賊のかたきに出《い》であひ、親の仇《かたき》をやす〳〵と討ちしとぞ。その証《しょう》、詳《つまび》らかならず』云々《しかじか》。

東海道名所記にも夜啼《よなき》の松のことを書いてゐるが、これも名所図絵に記《しる》された由来記《ゆらいき》と大同小異である。盗人《ぬすびと》に殺された女は臨月であつたので、その山に住む法師があはれに思つて、母の腹《はら》を割《さ》いて男の児《こ》をとり出《いだ》して養育した。その児は十五になつた時、初めて母の死を聞いて、俄《にわか》に出家《しゆつけ》をやめて里へ出で、池田の宿にある家《いえ》に雇はれながら、ひそかに仇《かたき》をさがしてゐた。かれは常に『命なりけり小夜の中山』を口ずさんでゐた。その後《のち》、母の死際《しにぎわ》に着てゐた小袖が証拠になつて、不思議にも隣の家《いえ》の主人《あるじ》がその盗人《ぬすびと》であることが判つたので、かれは自分の主人《しゆじん》の助太刀《すけだち》をかりて、母のかたきを討つた。それから彼は再び山へ戻つて出家《しゆつけ》になつた。その寺には彼の無間《むげん》の鐘がある。

これが名所記の大要《たいよう》であるが、名所記には夜啼の松のみを説いて夜啼石を語つてゐない。そうして、『小夜の中山より十町ばかりをすぎて、夜啼の松あり。この松を点《とも》して見たれば、子どもの夜啼を止《と》むるとて、往来の人けづり取り、きり取りけるほどに、その松遂《つい》に枯れて、今は根ばかりになりになりにけり。この道夜ふけに出《い》づべからず、折々《おりおり》怪しきことありといふ。』と書いてゐる。

子育観音の縁起としては、東海道名所図絵に載せられた記事のやうでなければならない。観音が僧に化《け》してその赤子を救ひ出したといふのは、いかにも昔の伝説らしい。僧は普通の人間で、おそらく久圓寺に住んでゐたのであらうが、それを観音の化身《けしん》であるかのやうに云ひ伝へられたものと見える。その点では、名所記の方が真実に近いやうである。

これらの伝説を綜合して考へると、臨月の旅の女がぬす人《びと》に殺されて、松の下に倒れてゐた。そこには大きい石があつた。女は死ぬと同時に出産した。その赤子の啼声を恰《あたか》も通りかゝつた久圓寺の僧が聞きつけて拾ひあげた。しかし女の乳のない寺中《じちゅう》で赤子を育てるのは難儀なので、乳の代りに飴をあたへてゐた。夜啼石や、夜啼の松や、夜啼飴の伝説はおそらくそれから生み出されたのであらう。その子が成人して母のかたきを討つたのは何《ど》うであらうか。或《あるい》は他の出来事と一緒にむすび付けられたのではあるまいか。

わたしはこゝで夜啼石の考証を試みようとしたのではない。したがつて、以上の諸説もどれがほんたうであるか勿論判らない。唯《ただ》、数ある伝説のうちで、最もわたしの興味をひいたのを先づ第一に比較的くはしく物語つたに過ぎない。

解題

千葉俊二

『青蛙堂鬼談』は、『三浦老人昔話』の後をうけて一九二五年（大正十四）三月から「苦楽」誌上に連載された。『三浦老人昔話』と同じく雑誌には十回分が連載され、単行本にまとめられる際に、旧作から二話がつぎ足されて全十二話とされた。『三浦老人昔話』にも、みずから手にかけた首を幻に見て割腹するという「鎧櫃《よろいびつ》の血」や、深川の七不思議に取材した「置いてけ堀」のような怪談めいた作品もあったけれど、これは青蛙《せいあ》と呼ばれる竹細工の三本足の蝦蟇《がま》を手に入れ、「青蛙堂」と名乗った梅沢という弁護士の家に招かれた十二人の客が、それぞれに語った怪異談という体裁となっている。

第一話の「青蛙神」は、中国の杭州地方に伝わるという青蛙神に関するもの。作中、綺堂は清の阮葵生《げんきせい》の『茶余客話』中の「金華将軍」（これは『茶余客話』補遺に収められている）によってこの青蛙神を説明している。三本足の蛙の置物は、私も中国の北京へいったとき、琉璃廠《ルリチャン》の骨董屋などで土産物としてよく売られているのを見かけた。そのとき、ああ、これが青蛙神かと思ったけれど、ただそれらの蛙は必ず貨幣を口にくわえた異様な恰好をしていた。興味に駆られて店員にこれはどういうもので、どうしてお金をくわえているのかと問い質したところ、店員はこの蛙のいわれについてはよく知らないが、ともかく目出度いもので、これを持っているとお金がたくさん入ってくるとの説明だった。

一九九一年にはじめて北京を訪れたときには、そのような置物はまったく目に入らなかった。私の関心がいまだ三本足の青蛙神に向けられていなかったために気づかなかったのかとも思うが、その時、北京に滞在して私を案内してくれた友人に聞いてみても、いや、そんな置物は当時、置いてなかったという。近年における中国の目覚ましいばかりの拝金主義を反映し、こうした俗信も復活しているのだろうか。お土産にひとつ買って帰ろうかとも考えていたけれど、店員の話を聞いて急に買う気が失せてしまった。しかし、このお金をくわえた三本足の蛙は、ほんとうに青蛙神なのだろうか、それともほかに何かのいわれがあるのだろうか。

綺堂にはこの「青蛙神」とはまったく別な内容だけれど、「青蛙神」（昭和六年七月、九月「舞台」）という三幕物の戯曲がある。そこには「酒と肉とを供へて祈禱すれば、どんな願ひでも屹《きっ》と成就する」という青蛙神が登場し、主人公は一ヶ月以内に八千両《テール》のまとまった金を授けてくれるようにと願《がん》を掛ける。すると、その五日後に娘が工場のベルトにまきこまれて死んでしまい、弔慰金として四千両《テール》が手に入る。その後、もう半分の四千両《テール》のために新たな犠牲がおこるのではないかと不安な日々をおくるが、案の定、それから十五日後その弔慰金をねらった泥棒が家に入って、争ううちに息子がピストルで撃たれて死んでしまう。息子には傷害保険と貯蓄とを合わせるとちょうど四千両《テール》が残されていて、願いどおりに八千両《テール》の金を得ることができたが、それと引き換えに娘と息子というかけがえのない命も同時に失うという凄惨な劇である。

中国の志怪書として名高い清の蒲松齢《ほしょうれい》が撰《せん》した『聊斎志異《りょうさいしい》』会校会注会評本の巻十一には「青蛙神」と題したふたつの話が載せられている。ともに揚子江、漢江の流域地方を舞台とし、その一篇は薛崑生《せっこんせい》という儒生が青蛙神の娘の十娘《じゅうじょう》をめとったというもの。十娘がきてから薛家は富んだけれど、夫婦がいさかいを起こして、十娘が帰ってしまうと薛家にはきまって何らかの禍《わざわい》が起こる。何度かそんなことを繰り返し、最後には薛崑生が十娘の義気に感じ、彼女を受け入れて子供をもうけ、夫婦むつまじく暮らす。薛氏の子孫は繁栄し、人々は「薛蛙子の家」と呼んだという。もう一篇は、青蛙神が巫《みこ》に託してお告げをするというもので、青蛙神がよろこべば福がやってき、怒ると婦女子は愁《うれ》いにしずむという。これらによって江漢地方では広く青蛙神があがめられ、青蛙神は家を富まし、子孫を繁栄させ、また託宣するということが知れるけれど、これが三本足の蛙とは記されていない。

清の東軒主人の『述異記』巻上には「青蛙神」のタイトルで次のような話が載っている。

平湖の進士、陸。諱《いみな》は瑶林。江西の令《ちじ》となり金谿に之《ゆ》く。邑《むら》に青蛙神有り。令《ちじ》、初めて至るに、必ず之《これ》を虔《つつし》み祀《まつ》る。陸、礼を為さず。吏人、苦《しきり》に諫《いさ》むるも聴かず。未だ幾《いくば》くならずして、青蛙無数、至りて出入を礙《さまた》ぐ。漸く庁事《やくしょ》に至る。跳躑《ちょうてき》して案《つくえ》に満つ。猶《な》ほ意に介せず。俄《にわか》にして粥飯方《まさ》に熟するに、青蛙、湯鑊《とうかく》に出入す。署を合して箸を挙ぐるを得ず。陸、怒ること甚だし。其の廟を焚《や》かんと欲す。忽《たちま》ち両眼、腫痛す。突くこと蛙《かえる》目《め》の如し。惨楚《さんそ》勝《た》へず。然る後、往きて躬《みずか》ら之を祀る。遂に安んず。其の蛙相伝ふ、晋の物為《た》りて、一匣（箱）有りて之を貯ふ、と。祀る者、廟に至れば、蛙、或ひは匣上に坐し、或ひは案頭に拠り、或ひは梁間に在り。或ひは一つ、或ひは二つ、或ひは三つ、変化定まり無し。土人、水旱（水害と旱害）・疾疫（疾病と疫病）あるに、之に禱《いの》らば、輒《すなは》ち応ず。

これによっても青蛙神は、揚子江の西の流域で民間に信仰されていたことが分かる。一種の土俗信仰で、これを敬して祀れば、人々に幸福をもたらし、無視して粗略に扱えば、禍をなす。が、この青蛙神が三本足であるとか、貨幣をくわえて金銭をもたらすといったようなことは、やはり記されていない。とすると、青蛙神と三足蛙は、本来別ものだったとも考えられるが、袁珂《えんか》の『中国神話・伝説大辞典』（鈴木博訳、一九九九年四月、大修館書店）の「三足蟾《さんそくせん》」の項には、「月にいる三本足の蟾《ひきがえる》。清代の褚人穫《ちょじんかく》の『堅瓠集《けんこしゅう》』秘集巻一の『劉海蟾《りゆうかいせん》の歌』に『いま、髪の毛を蓬々に伸ばし、裸足で、手に三足蟾を持ってもてあそんでいる人を描いた絵を『劉海蟾の図』という』とある」と説明しており、また「劉海蟾」については、北宋代の神仙で、王世貞の『列仙全伝』にその伝記が記されているという。

劉海蟾は、劉海とも劉海戯蟾《ぎせん》とも呼ばれるが、仙人として有名な呂洞賓《りよどうひん》の弟子であり、劉海蟾はいつも三足金蟾なるものをもてあそんでいたといわれる。また一説では金蟾を捉えて、金蟾にお金を吐かせて、貧民に施したともいわれるが、蟾と銭が関連づけられたのは、蟾の皮膚が銭のような斑紋で満たされているからだという。どうもお金をくわえた三本足の蛙は、この民間伝説と関連がありそうで、琉璃廠などで見た土産物は、実は青蛙神ではなく、おそらくこの劉海蟾の三足金蟾だったのかも知れない。あるいは杭州地方に伝わる、祀って敬えば福をもたらし、ないがしろにすれば禍を招くという青蛙神の民間信仰が、金銭と結びついたところに三足金蟾と混同されて信仰されるようになったのだろう。

ところで柴田宵曲《しようきよく》の「綺堂読物の素材」（『岡本綺堂戯曲選集』月報に連載）は、『妖異博物館』（昭和三十八年一月、青蛙房）、『続妖異博物館』（同年七月、青蛙房）と並んで、綺堂読物の典拠を調べるときの必読文献である。そこに「『青蛙神』の話は、明末の天下大いに乱れんとする頃の事になつて居るが、実際はもう少し古いものらしい。張訓なる武人の名も、その妻が将軍の夢に現れて訴えることも同じである。ただ将軍から賜わるものが『青蛙神』では最初が染筆の扇、二度目は鎧であり、一方は鎧と馬だという相違があるに過ぎぬ。併し肝腎の青蛙神に至つては一向姿を見せない。妻を夭《よう》として殺すだけの結末である。この話は『江淮異人録』という宋代の書物に出て居る」とある。つまり、この一篇は『江淮異人録』から張訓のエピソードを借りながら、作者の想像力で青蛙神の信仰と結びつけられながら書かれたものだった。

綺堂は「妖怪漫談」（昭和三年十二月「不同調」）において「このごろ少しく調べることがあつて、支那の怪談本――と云つても、支那の小説あるひは筆記のたぐひは総てみな怪談本と云つても好いのであるが――を猟つてみると、遠くは今昔物語、宇治拾遺物語の類から、更に下つて江戸の著作にあらはれてゐる我国の怪談といふものは、大抵は支那から輸入されてゐる」といっている。また「怪奇一夕話」（昭和十年二月「中央公論」）でも、「日本人の怪奇趣味は支那趣味を多量に含んでゐるものと思はなければならない」といい、『捜神記』について「この書の特色といふべきは妖を妖とし、怪を怪として記述するに留まつて、支那一流の勧善懲悪や因果応報を説いてゐない所にある。総て理窟もなく、因縁もなく、単に怪奇の事実を蒐集してあるに過ぎない。そこに怪談の価値があるのであつて、流石に支那の怪談の開祖と称してよい」と評している。

ここに綺堂の怪異談の特色も見てとることができよう。そのひとつは、綺堂の怪異談もその多くが中国の怪談に材源をあおいでおり、それは綺堂の支那趣味の反映である。柴田宵曲の「綺堂読物の素材」によれば、「利根の渡」は『閲微草堂筆記』に、「蛇精」は『夷堅志』の「虵（蛇）王三」に、「清水の井」は『博異志』の「敬元穎」に、「蟹」は『万柳渓辺旧話』の「蟹」に、「一本足の女」は『夷堅志』の「無足婦人」（なお『夷堅志』には内容的には「一本足の女」とまったく関係ないけれど、「一足婦人」というタイトルの話もある）にそれぞれ材源があるという。おそらくもっと徹底的に精査すれば、『青蛙堂鬼談』所収の他の作品にも中国種の素材が見つかるかも知れない。

綺堂に『青蛙堂鬼談』の続篇の体裁をとった、中国の「志怪の書」からの翻訳集『支那怪奇小説集』（昭和十年十一月、サイレン社）があるように、綺堂の中国の怪談に関する知識は半端なものではない。綺堂が生涯に多くの怪談を紡ぎ出してゆけたのも、新歌舞伎の作者として古典に精通していたことと中国の志怪小説を自家薬籠中のものとし、自在に換骨奪胎することができたからである。また「怪談に理窟を附会するのは禁物」（「怪奇一夕話」）というように、怪異な現象を描いてもそれになるべくよけいな理屈をつけず、あえて合理的な説明を加えないという方法を中国の怪談から学んだようだ。

といっても、まったく小説的趣向を放棄しているというわけではない。たとえば、第二話の「利根の渡」。この一篇は人の執念を描いてまさに鬼気迫る、読むものをして心胆を寒からしめるものだが、これは一九二八年（昭和三）に三幕物に劇化され、一九三四年（昭和九）八月に東京劇場で初演された。そのとき、船頭の平助に扮した片岡我當《がとう》は、わざわざ利根川まで実地研究に出かけて、老船頭にたずねたところ、「利根はこれほどの大河であるが、昔からこの渡船に限って一度も顚覆《てんぷく》したことの無いのが土地の自慢である」と聞かされ、恐縮したとのことである。一九三六年（昭和十一）七月に中座で再演されるに際して、綺堂は「『利根の渡』と『勘平の死』に就て」（昭和十一年七月「道頓堀」）で、このエピソードを紹介しながら、その典拠と作因について次のように語っている。

古来顚覆した例《ためし》の無いといふ渡船をみだりに顚覆させて土地の人々の誇《ほこり》を傷《きずつ》けたのは、まことに申訳のない次第であるが、勿論これは実説ではない。清の紀暁嵐《きぎようらん》（乾隆《けんりゆう》時代の人）の書いた「閲微《えつび》草堂筆記」の中《うち》にこんな話がある。

ひとりの盲人が渡場へ毎日来て、乗降《のりお》りの客にむかつて、この中に殷桐といふ人はゐないかと尋ねる。その盲人は何者であるか、何のために殷桐といふ人をたづねるのか判らないが、雨の日も風の日も根よく出て来る。さうして幾年を送るうちに、ある日、その渡船から上つた客のなかで、おれが其の殷桐だと名乗る旅人があつた。それを聞くと、盲人は矢庭に彼に飛びかゝつた。他の人々は呆気に取られて眺めてゐる間もなく、二人は引組んで河へ転げ落ちた。人々はいよ〳〵驚いて、兎もかくも二人を引揚げると、彼等は堅く組んだまゝで死んでゐた。盲人の素性も判らず、旅人の身許も知らない。どういふわけで相討になつたのか、それ等の事情も一切わからない。

私はこの話を面白いと思つた。それからヒントを得て思ひついたのが「利根の渡」である。話としては、あとも先もない方が面白いのであるが、芝居としては然《そ》うは行かないので、座頭は仇にめぐり逢はずに死ぬことにして、一種の怪談風に作り上げたのである。

『閲微草堂筆記』巻十八に収められている話は、原文も十行そこそこのごく短いもので、綺堂はほとんど逐語訳しているといっても過言ではない。話としては「あとも先もない方が面白い」としても、「芝居としては然うは行かない」ばかりか、これだけでは小説としても成り立たない。そこで綺堂は、利根の渡場に住みついた盲人の侍に、ここへ来るまでの非情な主人の仕打ちについて語らせ、その仇を報ずるという明確な動機を設定し、その小説的趣向を整えている。ここに綺堂の近代作家としての腕の見せどころがあり、原話を換骨奪胎して近代の怪異談として成り立たせ得るか否かの要諦もあったはずである。『青蛙堂鬼談』のなかでも「利根の渡」は珍しく因縁話めいて、理屈っぽい作品ということもできるけれど、一読すれば忘れられない、強烈なインパクトをもって迫ってくる。

また『青蛙堂鬼談』は『半七捕物帳』や『三浦老人昔話』と違って、話し手が次々と交代して語る形式をとっている。いわば昔ながらの百物語の形式である。百物語とは、人が集まって、百本のロウソクを立て、ひとりがひとつずつ怪談を語って、ひとつの話が終わるごとに一本ずつロウソクを消してゆき、最後の一本が消されたときに本当の化けものがあらわれるというものだが、森鷗外に鉓磨屋《しかまや》（写真師で能狂言の笛の名手、今紀文と称せられるほど豪遊したが、のちに落魄した鹿島清兵衛がモデル）の催した百物語に出席した折の体験を描いた有名な「百物語」という作品もある。綺堂作品が基本的に話し言葉としての「語り」を主体としているので、こうした形式が採られやすいのだが、『青蛙堂鬼談』が怪談として意識的に百物語の趣向を酌んでいたことはいうまでもない。

大正の末年には、また一種の怪談のブームがまきおこっている。この作品の連載がはじまる前年の一九二四年（大正十三）には「新小説」で、馬場孤蝶《こちょう》、久保田万太郎、小杉未醒《みせい》、平山蘆江《ろこう》、畑耕一、芥川龍之介、泉鏡花、白井喬二《きょうじ》、長谷川伸《しん》、長田秀雄、斎藤龍太郎、菊池寛などによって、大々的な「怪談会」が催され、同年四、五月の両月の誌上に掲げられた。綺堂はこの会には出席していないけれど、翌六月の「新小説」には「父の怪談」という作品を掲載し、その前書きに「近ごろは怪談が頗《すこぶ》る流行する。現に本誌上にも怪談会の物すごい記事がみえる。わたしも番外飛び入りに、自分の知つてゐる怪談らしいものを二三弁じたいと思ふ」と記した。

「新小説」の「怪談会」に触発されてか、同年九月号の「婦人公論」誌上では「談話交換会」なるものが企画されており、綺堂はこちらには参加している。『青蛙堂鬼談』の執筆の直接的な動機には、こうした雑誌特集からの刺戟があったのかも知れないが、この「談話交換会」は当時の「婦人公論」の編集長であった嶋中雄作の新企画で、「単に合評とか、寄合つて雑談をするとかいふのではなしに、何か、少くとも一つづゝは纏つたお話をしあつて頂」くという催しであった。出席者は、綺堂のほかに、田山花袋、村松梢風《しようふう》、生方敏郎、佐藤春夫、宇野浩二といった面々である。

『岡本綺堂日記』（昭和六十二年十二月、青蛙房）によれば、この「談話交換会」は一九二四年（大正十三）七月二十八日におこなわれており、綺堂はこれを「納涼談話会」と記している。必ずしも出席者の全員が怪談をしているわけではないが、綺堂がこのとき語ったのは『青蛙堂鬼談』の第三話に収められた「兄妹の魂」だった。「これは人から聞いた話ですが」と断りながら、地名やその他の細部には大きな変更が加えられているものの、話の骨子は「兄妹の魂」そのままである。これを聞いて生方敏郎は「松村君が先だつて僕に話したのと話の種が同じぢやあないかな」といい、それを受けて村松梢風は「怪談と云ふものは詰り何かのヒントがあつてそこから無数に怪談が創作されて行くものだ」といっている。

その後、出席者のあいだにひとしきり怪談談義が展開されるけれど、実は「兄妹の魂」は、綺堂が一九二〇年（大正九）七月の「面白倶楽部」に発表した作品だった。生方敏郎が「松村君が先だつて僕に話したのと」同じ話というのは、村松梢風がこれが綺堂の作品だということを忘れて受け売りしたのだろうか、それとも当時この怪談が相当ひろく知れわたっていたということだろうか。綺堂も「これは人から聞いた話ですが」ととぼけているが、綺堂自身、巷間に伝えられた話をヒントに書いた怪談も多かったものと思われる。たとえば、日露戦争の従軍記者としての体験を語った「窯変《ようへん》」にしても、コレラの病原菌が足音もなく忍びよってくる恐怖感のうちに女の妬心を描いた「黄い紙」にしても、どこにでもひとつやふたつはある化け物屋敷の噂をもとに書かれているし、「龍馬の池」は当時さかんに話題となっていた心霊写真を題材としている。

「猿の眼」と「笛塚」には、代々伝えられた仮面、笛といった器物の怪異が語られる。「一本足の女」や「蟹」も怖いには怖いが、私にとって『青蛙堂鬼談』のなかで、ことのほか怖いのは「猿の眼」である。ここに語り出されている怪異は、まさに「理窟もなく、因縁もなく、単に怪奇の事実」が記されるのみである。夜中に眼が青く光り、寝ているひとの髪の毛を引っぱるという猿の面。それは、見るからにみすぼらしい没落士族が路ばたに莚《むしろ》を敷いてわずかばかりの古道具をならべたなかにあったが、その面は語り手の父に買いとられて、怪異をあらわす。いわば見る影もなく死者のように生きることを強いられた没落士族の怨恨が、その面には凝っているようで、いったん行方不明となっても、いつしか元の没落士族のもとに戻り、夜店で売られているのは背筋が寒くなるほど怖い。

それればかりではない。綺堂の出世作ともなった「修禅寺物語」(明治四十四年一月一文芸倶楽部」)には、死んでゆく娘の断末魔の顔をスケッチする能面師、夜叉王の姿が描かれていた。「猿の眼」の面は「可なりに古いものには相違ない」が、「刀の使ひ方も随分不器用で、左《さ》のみの上作とは思はれ」ないとあるが、それにもかかわらず、見るものを魅する力をもつその面には、夜叉王のような、名もなき能面師の妄執も凝っているのだろう。青く光る猿の面の眼は、いわば没落士族のように見捨てられて死んでいったもの、またその面の作者のごとく忘れ去られた亡者たちの代々にわたる妄執が一点に凝り、裏側からその怨みが陰火として燃え立ち、読むものに原初的な恐怖感を呼び醒まさずにはおかない。

「鬼談」の「鬼」とは、のちに人をそこなう陰気またはバケモノの義としても用いられるようになるが、もともと中国では死者の霊を意味することばである。ならば、『青蛙堂鬼談』(底本とした春陽堂の日本小説文庫の『青蛙堂鬼談』は、その本扉と奥付とが「青蛙堂綺談」となっているが、これは誤植である)の「鬼談」とは、旧体制の瓦解によって見捨てられた死者たちの呪詛であり、関東大震災の地割れによってはじめて解放された地中に埋もれた亡霊たちの叫びであり、意識のもっとも古い層にわだかまる物語なのだといえよう。上田秋成の『雨月物語』、小泉八雲の『怪談』とならんで、私はこの『青蛙堂鬼談』を日本における三大怪談集とすることに躊躇しない。

初出は以下のとおりである。

青蛙堂鬼談

青蛙神　「苦楽」大正十四年三月号
利根の渡　「苦楽」大正十四年五月号
兄妹の魂　「面白倶楽部」大正九年七月号
猿の眼　「苦楽」大正十四年十月号
蛇　精　「苦楽」大正十四年八月号
清水の井　「講談倶楽部」大正十四年二月号
窯　変　「苦楽」大正十四年九月号
蟹　「苦楽」大正十四年七月号
一本足の女　「苦楽」大正十四年六月号
黄い紙　「苦楽」大正十四年十二月号
笛　塚　「苦楽」大正十四年四月号
龍馬の池　「苦楽」大正十四年十一月号

附　録

梟娘の話　「婦人公論」大正十二年九月号
小夜の中山夜啼石　「婦人倶楽部」大正十二年七月号

附録の「梟娘の話」「小夜の中山夜啼石」はともに単行本未収録の作品である。前者は一九二三年（大正十二）九月の「婦人公論」の特集「屋上庭園夜話」の欄に、上司小剣《かみつかさしょうけん》「老人と大食家」、室生犀星「蝙蝠を飼ふ」、田中純「雨」、久米正雄「孝行飛行」とともに掲げられた一篇で、曲亭馬琴「異聞雑稿」（『続燕石十種』所収）の巻頭に掲げられている「奇談」を典拠として書かれた作品である。後者は、遠江国《とおとうみ》（現在の静岡県西部）の遠州七不思議のひとつとして知られる小夜の中山夜啼石の伝説を、作中にも記されたように「東海道名所図絵」「東海道名所記」などを参照しながら物語ったもの。いずれも原典から大きく離れることなく記されたもので、綺堂も自己の創作と見なすことがなかったので、創作集には収録しなかったのだろう。

著者略歴

岡本綺堂（おかもと　きどう）

一八七二年（明治五）東京生まれ。本名は敬二。元御家人で英国公使館書記の息子として育ち、「東京日日新聞」の見習記者となる。その後さまざまな新聞の劇評を書き、戯曲を執筆。大正時代に入り劇作と著作に専念するようになり、名実ともに新歌舞伎の作者として認められるようになる。一九一七年（大正六）より「文芸倶楽部」に連載を開始した「半七捕物帳」が、江戸情緒あふれる探偵物として大衆の人気を博した。代表作に戯曲『修禅寺物語』『鳥辺山心中』『番町皿屋敷』、小説『三浦老人昔話』『青蛙堂鬼談』『半七捕物帳』など多数。一九三九年（昭和十四）逝去。

編者略歴

千葉俊二（ちば　しゅんじ）

一九四七年生まれ。早稲田大学第一文学部卒業。現在、早稲田大学教育・総合科学学術院教授。著書に『谷崎潤一郎　狐とマゾヒズム』『エリスのえくぼ　森鷗外への試み』（小沢書店）『物語の法則　岡本綺堂と谷崎潤一郎』（青蛙房）ほか。『潤一郎ラビリンス』（中公文庫）全十六巻、『岡本綺堂随筆集』（岩波文庫）などを編集。

本書は、一九三二年（昭和七）五月に春陽堂から刊行された日本小説文庫『綺堂讀物集二　青蛙堂鬼談』を底本とし、一九二六年（大正十五）三月に春陽堂から刊行された『綺堂讀物集乃二　青蛙堂鬼談』を適宜参照しました。「梟娘の話」と「小夜の中山夜啼石」は、初出誌を底本としました。

正字を新字にあらためた（一部固有名詞や異体字をのぞく）ほかは、当時の読本の雰囲気を伝えるべく歴史的かなづかいをいかし、踊り字などもそのままとしました。ただし、ふりがなは現代読者の読みやすさを優先して新かなづかいとし、明らかな誤植は修正しました。

底本は総ルビですが、見た目が煩雑であるため略しました。ただし、現代の読者のために、簡単なことばであっても、独特の読み仮名である場合は、極力それをいかしました。

本書に収載された作品には、今日の人権意識からみて不適切と思われる表現が使用されておりますが、本作品が書かれた時代背景、文学的価値、および著者が故人であることを考慮し、発表時のままとしました。

（中公文庫編集部）

中公文庫

青蛙堂鬼談《せいあどうきだん》

——岡本綺堂読物集《おかもときどうよみものしゅう》二《に》

2012年10月25日　初版発行
2022年８月30日　３刷発行

著　者　岡本綺堂《おかもときどう》

発行者　安部順一

発行所　中央公論新社
〒100-8152　東京都千代田区大手町1-7-1
電話　販売　03-5299-1730　編集　03-5299-1890
URL https://www.chuko.co.jp/

ＤＴＰ　柳田麻里
印　刷　三晃印刷
製　本　小泉製本

Published by CHUOKORON-SHINSHA, INC.
Printed in Japan　ISBN978-4-12-205710-4 C1193

各書目の下段の数字はISBNコードです。978－4－12が省略してあります。

中公文庫既刊より

お-78-3
近代異妖篇 岡本綺堂読物集三　岡本綺堂
人をひとり殺してきたと告白する藝妓のはなし、影を踏まれるのを怖がる娘のはなしなど、江戸から大正期にかけてのふしぎな話を集めた。〈解題〉千葉俊二
205781-4

お-78-4
探偵夜話 岡本綺堂読物集四　岡本綺堂
死んだ筈の将校が生き返った話、山窩の娘の抱いた哀切な秘密、駆落ち相手を残して変死した男の話など、探偵趣味の横溢する奇譚集。〈解題〉千葉俊二
205856-9

お-78-5
今古探偵十話 岡本綺堂読物集五　岡本綺堂
中国を舞台にした義侠心あふれる美貌の女傑の話、新聞記事に心をさいなまれてゆく娘の悲劇「慈悲心鳥」など、好評「探偵夜話」の続篇。〈解題〉千葉俊二
205968-9

お-78-6
異妖新篇 岡本綺堂読物集六　岡本綺堂
狢《むじな》や河獺《かわうそ》など、近代化がすすむ日本の暗闇にとり残された生き物や道具を媒介に、異界と交わるものたちを描いた「近代異妖篇」の続篇。〈解題〉千葉俊二
206539-0

お-78-7
怪　獣 岡本綺堂読物集七　岡本綺堂
自分の裸体の写し絵を取り戻してくれと泣く娘の話、美しい娘に化けた狐に取り憑かれる歌舞伎役者の話など、綺堂自身が編んだ短篇集最終巻。〈解題〉千葉俊二
206649-6

お-78-8
玉藻の前　岡本綺堂
「殺生石伝説」を下敷きにした長編伝奇小説。平安朝、金毛九尾の妖狐に憑かれた美少女と、幼なじみの陰陽師の悲恋。短篇「狐武者」を収載。〈解題〉千葉俊二
206733-2

た-30-51
谷崎潤一郎文学案内　千葉俊二編
生誕百二十年を記念しておくる、谷崎文学の読書案内。人と作品、年譜、愛読者によるエッセイ、名作ダイジェストなどをまじえ、その絢爛たる業績をひもとく。
204768-6